BLOCK or Love

MAGALI INGUIMBERT

BLOCK or Love

Hugo Roman

Collection New Romance® créée par Hugues de Saint Vincent et dirigée par Arthur de Saint Vincent
Ouvrage dirigé par Julia Delabays
Couverture : Céline C. Chaverot

34-36 rue La Pérouse
75116 Paris
www.hugopublishing.fr

ISBN : 9782755675344
Dépôt légal : août 2024
Imprimé en France par CPI Brodard & Taupin

LEXIQUE

Ace : point directement marqué au service.

Annonce : en général, c'est la passeuse qui l'utilise pour indiquer discrètement à l'aide de signe où elle prévoit d'envoyer sa passe aux différentes joueuses.

Attaque basket : technique utilisée par les attaquantes se caractérisant par une impulsion à un pied. Cette technique est surtout utilisée dans le volley-ball féminin. Son objectif est de prendre de vitesse et de mettre hors de position la « contreuse ». Cet effet est obtenu par la différence entre le plan dans lequel l'attaquante effectue son impulsion et le plan dans lequel elle frappe la balle.

Beach-volley : volley sur le sable.

Block : un mouvement défensif au filet = un contre. Peut être effectué à plusieurs mais ne compte pas comme une touche de balle.

Block-out : à l'attaque, balle envoyée dans le contre pour la faire rebondir et l'envoyer en dehors du terrain.

Centrale : joueuse au centre du terrain, attaque sur des passes courtes et contre au filet.

Feinte : simuler une passe pour finalement placer le ballon dans une zone adverse ou pour simuler la puissance de frappe.

In : la balle est bonne, dans le terrain.

Libéro : joueuse qui porte un maillot toujours différent sur le terrain. Ne passe jamais au filet ni au service. Vraie spécialiste de la défense au fond du terrain.

Out : la balle est en dehors du terrain.

Pointue : joueuse en bout de filet ou sur les ailes. Spécialiste de l'attaque en smash ou en amortie.

Réceptionneuse-attaquante : joueuse capable de réceptionner l'attaque de l'équipe adverse mais aussi d'enchaîner une attaque.

Service smashé : action de servir en sautant.

Set : une équipe doit remporter 3 sets de 25 points (avec 2 points d'écart) pour gagner.

Soutien : lorsque le contre adverse est face à l'attaquante, l'autre joueuse au filet vient en soutien pour préparer la réception du ballon renvoyé par l'équipe adverse.

Temps mort : les deux équipes ont droit à 2 arrêts de jeu de 30 secondes par set.

Tie break : en cas d'égalité (2 sets partout), un 5e set départage les deux équipes, celui-là va en 15 points seulement (toujours avec 2 points d'écart).

POSITIONNEMENT D'UNE ÉQUIPE DE VOLLEY-BALL

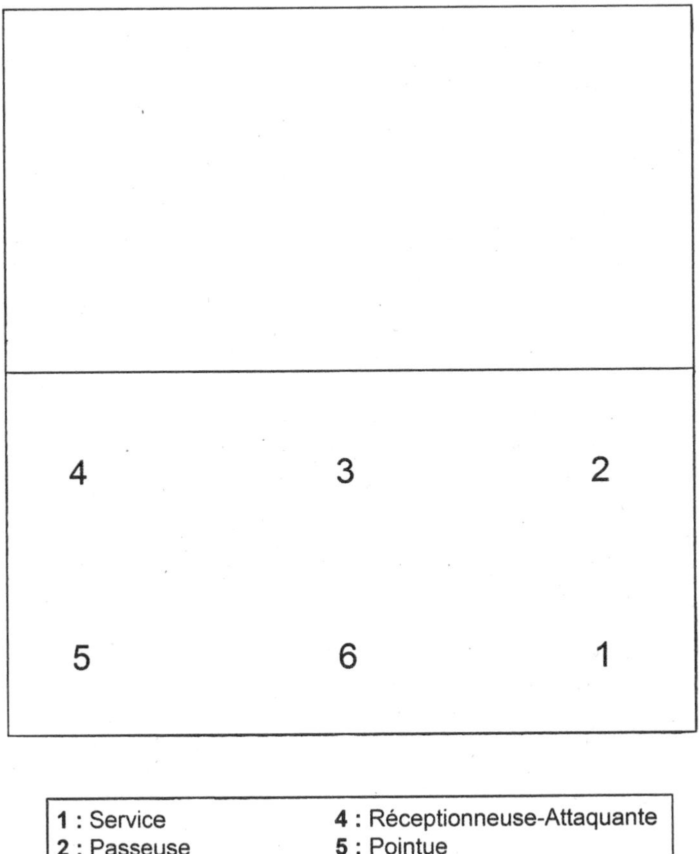

1 : Service	**4 :** Réceptionneuse-Attaquante
2 : Passeuse	**5 :** Pointue
3 : Centrale	**6 :** Centrale ou Libéro

À Milou, Steph, les Aurélie, Johanna,
Marion, Nono, et à tous·tes ceux et celles
que j'ai croisés sur un terrain.

CHAPITRE 1

Ma vieille Coccinelle cabriolet caresse enfin l'asphalte du Golden Gate, je ne peux m'empêcher de contenir mon excitation en chantant à tue-tête *You Need to Calm Down* qui passe à la radio. J'ai tellement rêvé et attendu ce moment que j'ai du mal à y croire.

Je le vis enfin !

Je laisse la joie m'envahir alors que le vent encore chaud de l'été s'engouffre dans mes cheveux châtains. Puis je remercie le ciel d'être arrivée en vie jusqu'ici dans mon vieux tacot. J'essaie de comprendre ce tourbillon d'émotions qui ne me quitte plus depuis que je suis sur ce pont emblématique. Mon cœur bat la chamade, la chair de poule parcourt mon corps, un large sourire se dessine sur mes lèvres et une sensation de légèreté m'envahit peu à peu. Je crois que c'est ce que l'on ressent lorsqu'on réalise son rêve.

Et ce n'est que le premier !

Je me sens si petite au milieu de San Francisco, de ses gratte-ciel qui contrastent tant avec ma ville natale, perdue au fin fond de l'Arizona. Pourtant, j'ai cette drôle d'impression d'avoir enfin trouvé mon chez-moi. Encore quelques kilomètres et je foulerai enfin le sol de l'université de Stanford. Je ne l'ai pas choisie pour son prestige, ni pour mettre dix heures de route entre mes parents et moi. *Quoique !* Mais uniquement parce que c'est la seule à avoir été neuf fois championne du NCAA[1] de volleyball féminin. Un record !

L'an dernier, la coupe leur est passée sous le nez, mais je suis bien déterminée à ce que ça ne se reproduise pas. Cette rentrée est un pas vers mon objectif ultime : devenir joueuse professionnelle de volleyball. Je suis prête à tout pour y parvenir. Les sacrifices ne me font pas peur pour réussir.

Je me gare enfin sur le parking de la résidence, mes ambitions et mes certitudes sous le bras. Mon installation devrait être rapide, mes affaires se résument à mon sac de sport, une valise remplie de vêtements et un carton d'objets en tout genre. Sans oublier Molten, mon ballon de volley qui me suit partout.

Après avoir cherché plusieurs minutes ma chambre, je la trouve enfin. En ouvrant la porte, je découvre ma colocataire en train de poser ses habits sur son lit. Elle se tourne dans ma direction en m'entendant entrer. Ses cheveux blonds sont attachés en une queue-de-cheval haute. À première vue, je dirais qu'elle est plus petite que moi, environ un mètre soixante-dix-huit.

Je lui souris timidement et la salue avant de m'installer de mon côté de la chambre. Je sors quelques cadres photos de mon carton quand j'entends sa voix derrière moi.

– Première année, hein ? lance-t-elle de but en blanc.

– Ça se voit tant que ça ? réponds-je en ouvrant ma valise.

– Laisse-moi deviner : centrale.

Je me retourne aussitôt, surprise.

---

1. Tournoi organisé par la National Collegiate Athletic Association (NCAA) aux États-Unis. C'est une compétition prestigieuse qui attire les amateurs de volleyball universitaire et offre aux équipes l'opportunité de démontrer leur excellence sur la scène nationale.

– Fais pas cette tête, ils essaient de regrouper les filles par section sportive pour les entraînements, poursuit-elle. Puis, je sais reconnaître une joueuse de volley quand j'en vois une.

Intéressant, je l'ignorais. C'est bon à savoir.

– Et toi ? Ton poste ? enchaîné-je, curieuse.

– Pointu[2].

Je hoche la tête, un sourire aux lèvres.

Elle s'avance vers moi.

– Jordane Weatherly, dit-elle en me tendant la main.

– MacKenzie Miller, me présenté-je à mon tour.

– Bienvenue ! Je suis sûre que t'aimerais voir le gymnase, je me trompe ?

Si elle savait à quel point ça compte pour moi.

– Je ne pense qu'à ça, avoué-je, l'impatience crépitant dans mes veines.

– Allez, viens ! Je t'emmène.

Je regarde mes affaires encore posées sur le lit, l'air coupable.

– Tu feras ça à notre retour, me rassure-t-elle avec un clin d'œil.

Je n'hésite pas une seconde de plus et la suis. Nous marchons plusieurs minutes durant lesquelles Jordane me parle mais je n'entends rien à part mon cœur qui bat à tout rompre dans ma poitrine et l'excitation qui me noue la gorge. Bien sûr, j'ai fait la traditionnelle visite du campus cet été, mais là c'est différent, cette fois, c'est concret. Lorsque le gymnase se tient devant moi, à quelques mètres, je ne peux cacher mon émotion. Des larmes de satisfaction se forment aussitôt au coin de mes yeux.

---

2. Attaquante placée à l'opposé de la passeuse. Elle attaque généralement en poste 2 sauf en phase de réception lorsqu'elle-même est au poste 4 afin d'éviter des rotations inutiles. Elle attaque alors en 4.

J'ai tellement imaginé ce moment... J'ai réussi !

J'essaie de graver en moi le sentiment incroyable que me procure cet instant pour ne jamais l'oublier. Jordane me sort de ma contemplation et me fait signe de la suivre. Après avoir passé les portes du bâtiment, je me dirige sans attendre vers le centre du terrain pour caresser le filet de mes doigts, un sourire triomphal sur les lèvres. C'est ici que va se jouer mon avenir.

J'observe les gradins qui entourent le parquet en bois et me souviens aussitôt du moment où tout a basculé pour me permettre d'être là aujourd'hui : la finale du championnat d'Arizona. Les supporters étaient en délire, on ne pouvait même pas s'entendre penser. Avant d'entrer sur le terrain, ma coach m'a prévenue. Elle m'entraînait depuis quatre ans et connaissait parfaitement mes ambitions. Elle m'a juste dit : « MacKenzie, ils sont là. » Je suis entrée sous les yeux des recruteurs cachés parmi les spectateurs. La peur au ventre mais la rage au corps, j'y suis allée, déterminée.

Je caressais mon rêve du bout des doigts et là j'étais prête à m'en emparer. Ce match a été extraordinaire et m'a procuré des sensations indescriptibles. Remporter le titre avec mon équipe restera l'un de mes plus beaux souvenirs. Ça a été mon ticket pour obtenir une bourse d'étude à Stanford.

– Cinq fois par semaine on a entraînement, m'explique Jordane en me ramenant à la réalité.

Ça ne me fait pas peur, je vis que pour ça, cette équipe.

– Tu veux voir les installations ? poursuit-elle.

Jordane joue la guide des lieux. Tout y passe ; les vestiaires, la salle de kiné ou encore celle de cryothérapie. Je suis émerveillée par toutes ces infrastructures mais je suis surtout impatiente de jouer ! *Encore peu de patience...*

Après avoir récupéré mon emploi du temps auprès de l'administration, je fais un tour du campus pour repérer les endroits stratégiques de ma future vie d'étudiante : la cafétéria, mes salles de cours et la bibliothèque. À mon retour, seule dans ma chambre, je finis de ranger mes affaires. J'en profite pour appeler mes parents et leur raconter mes premières impressions au sujet de Stanford.

– Tu gardes bien ta bombe au poivre sur toi, on ne sait jamais, s'inquiète comme toujours ma mère.

– Oh ! mais elle assez grande pour savoir ce qu'elle a à faire, entends-je mon père derrière elle. Elle est rentrée à l'université, pas au goulag.

– Être prévoyant, ça ne coûte rien, se défend-elle.

– Passe-moi le téléphone, tu vas finir par lui faire peur. Ma chérie, ta mère et moi sommes fiers de toi. Tu vas tout déchirer, Stanford ne sait pas encore qu'ils ont recruté la meilleure. Garde en tête que tu as un truc en plus que certains chercheront toute leur vie sans jamais le trouver. Ça s'appelle, le talent. Si tu vis parfois des moments difficiles, rappelle-toi ce que je t'ai dit, d'accord ? On t'aime.

Je souris à l'autre bout du fil et quand je raccroche, je sens déjà le manque me gagner.

Un peu fatiguée, je m'installe sur mon lit, l'ordinateur posé sur mes jambes pour regarder des vidéos… de volley, évidemment.

Ce sport est entré dans ma vie à un moment particulier : l'adolescence. Mon corps changeait trop vite et je ne comprenais pas très bien ce qui m'arrivait. Ma propre image a été façonnée dans le regard des autres. J'avais toujours l'impression d'être l'arbre qui cache la forêt. J'avais hâte que mes amis grandissent à leur tour, comme moi, pour me sentir moins seule. Mais ce jour n'est jamais arrivé. J'étais devenue la géante d'un mètre quatre-vingt-deux.

C'est en entrant au collège que ma professeure de sport m'a conseillé de jouer au volley. Plutôt maigrichonne, de nature timide, introvertie et en souffrance, je suis allée au premier entraînement plus que sceptique. Bien sûr, il m'a fallu un peu de temps pour apprivoiser cette discipline mais j'ai très vite compris que, pour une fois, ma taille serait un atout. J'avais trouvé une échappatoire à ce quotidien parfois trop lourd à supporter. C'est difficile d'être une exception quand tout de ce que tu désires, c'est être ordinaire ou être en lumière quand tu préfères l'obscurité.

Pourtant, encore aujourd'hui, je m'efforce chaque jour d'essayer de passer inaperçue, en vain. Curieusement, on dirait que ces centimètres en « trop » permettent aux gens de dire tout ce qui leur passe par la tête : « Mais pourquoi tu mets des talons ? », « Ton objectif, c'est de toucher la lune ? », « Comment vont tes copines, les girafes ? », « Ça va là-haut, la vue est belle ? ». Sachez que l'humour blessant n'est jamais drôle.

Je me suis longtemps détestée ainsi que mes parents car j'avais besoin d'un coupable. Le volley m'a sauvée de cette haine qui me consumait de l'intérieur. Pour la première fois, on considérait ma taille, ma différence, comme une force, elle servait enfin à quelque chose. Lorsque je l'ai compris, le volley est devenu ma raison de vivre et ma passion. Il y a toujours des hauts et des bas, mais quoi qu'il arrive, je sais que le gymnase reste mon refuge.

Après avoir remporté la finale à Salt Lake City, on m'a remis le trophée de la meilleure joueuse de mon lycée. En montant sur le podium, j'ai affiché un sourire revanchard en regardant la foule. J'étais fière de leur montrer que, malgré les obstacles, j'avais réussi ! Je devrais presque les remercier d'avoir fait naître en moi, cette rage de vaincre que j'utilise sur le terrain. Ce sport m'a donné la place que j'ai si longtemps cherchée et je lui en suis reconnaissante chaque jour.

La nuit tombe déjà, je dois être en forme pour ma première journée demain. Je referme mon ordinateur, impatiente d'entamer ce nouveau chapitre de ma vie.

Pour la première fois ce matin, lorsque mon réveil a sonné, je n'ai pas eu envie de rester sous ma couette. Je suis bien trop excitée par cette rentrée. Après avoir soigneusement préparé mon sac, me voilà prête pour entamer cette journée. Premier arrêt à la cafétéria pour prendre un café et un donut. Je les mange sur le chemin vers mon premier cours.

Lorsque j'ai parlé de ma carrière dans le volley à mes parents, ils ne m'ont pas dissuadée de prendre une autre voie, en revanche ils m'ont demandé d'avoir un plan B. Le sport de haut niveau est réservé à une poignée de personnes, les places sont chères. J'ai donc opté pour un cursus de journalisme en plus de mes entraînements intensifs à la fac. Mais je le sais, je le sens, mon avenir est ailleurs. Cette conviction est aussi ce qui me déconcentre pendant la matinée, la rendant interminable. Je ne pense qu'à entendre mes baskets résonner sur le parquet.

Quand la dernière heure de cours se termine, je me précipite vers la cafétéria pour manger un bon repas avant mon premier entraînement. Alors que je suis dans la file pour prendre un plateau, mes écouteurs dans les oreilles, je remarque un groupe de filles un peu plus loin devant moi se retourner dans ma direction et rire entre elles. Coïncidence ou simple paranoïa, je l'ignore, mais je sens le malaise s'installer en moi peu à peu. Je jette un coup d'œil aux alentours et m'aperçois que je dépasse les autres d'une tête, voire plus. J'ai cette désagréable sensation que tout le monde me regarde. Sentant la crise de panique arriver, je décide de m'enfuir. C'est peut-être juste moi qui me fais des idées, pourtant dans ce genre de moments, je n'arrive pas à me raisonner. Je ne souhaite qu'une chose : me cacher dans un trou de souris. J'opte donc pour un sandwich au distributeur, assise contre un arbre, près du gymnase.

Lorsque je passe les portes du bâtiment, quelques filles sont déjà là, à attendre. Je reconnais Jordane, ma colocataire, mais mon regard est immédiatement attiré par Arina Porokova. Je suis l'équipe depuis longtemps maintenant. Arina est déjà une star notamment à son poste, une centrale impressionnante, sans doute l'une des meilleures de sa génération. Sa qualité de jeu est exceptionnelle, je suis très admirative. C'est sa dernière année avant d'être diplômée, ce qui signifie à quel point elle sera capitale pour elle. Dès l'entrée à l'université, les joueuses sont suivies par tous les recruteurs potentiels et une victoire du championnat serait décisive pour être repérée.

Quand je tourne la tête, j'aperçois un homme qui semble consulter ses notes, je le reconnais aussitôt : Martin Vaughn, le coach. Il est la deuxième raison pour laquelle, j'ai choisi Stanford. Le palmarès de cet ancien joueur fait de lui une légende. Champion olympique, champion du monde, plusieurs fois élu meilleur joueur du monde et détenteur du record du service le plus rapide jusqu'en 2016 : sa réputation n'est plus à faire et son parcours en fait rêver plus d'un. Y compris moi. Cet homme force mon admiration, il est l'incarnation de mon objectif.

Je m'approche de lui lentement pour me présenter et, pour la première fois de ma vie, je me sens petite. Ce n'est pas tant à cause de ses deux mètres de hauteur mais plutôt de voir ce monstre du volley en vrai !

– Monsieur Vaughn, c'est un véritable honneur. MacKenzie Miller, enchantée, me présenté-je, impressionnée.

L'homme lève le nez de ses fiches pour me regarder avec un sourire bienveillant.

– Enchantée MacKenzie. Tout le monde m'appelle « coach » ici, me répond-il, sans manières.

Et en plus, il est humble.

– Entendu.

– Je te laisse rejoindre le reste de l'équipe, nous n'allons pas tarder à commencer.

Je m'exécute en hochant la tête et m'assieds à l'arrière du groupe, un peu intimidée. Le coach observe une derrière fois son téléphone avant de se tourner vers nous.

– Bien. Bonjour à toutes et bienvenue aux nouvelles. Je ne sais pas si les anciennes ont eu le temps de vous prévenir mais je suis plutôt un homme d'action alors les discours, ce n'est pas vraiment mon fort, je vais donc être bref. Cette année, comme toujours, nous visons le championnat national mais avec une différence de taille : remporter la victoire qui nous a échappé la dernière fois. Nous n'avons pas à rougir de notre parcours l'année dernière. Nous sommes arrivés jusqu'en demi-finale, rappelons-le. Cependant, je pense qu'il nous manquait juste un petit quelque chose pour faire la différence. C'est pourquoi cette saison, j'ai fait appel à un coach adjoint. Quelqu'un qui amène sa propre vision du jeu, son talent et sa fraîcheur au service de notre équipe.

Parmi les filles, les regards interrogent et la curiosité se lit sur leur visage.

– Où est-il ? On le connaît ? demande l'une d'entre elles.

– Patience, il ne devrait plus tarder, il a juste un peu de retard. En attendant, au boulot ! Hop ! Hop ! Hop !

Tout le monde s'exécute. Chacune saute à pieds joints dans les gradins selon ses indications quand un jeune homme dont le visage m'est familier entre dans la salle. Le coach nous ordonne de poursuivre pendant qu'il va à sa rencontre. J'entends l'équipe chuchoter, spéculant sur son identité.

– Très bien les filles, faites une pause et venez par ici, s'il vous plaît, ordonne le coach.

On peut dire que ce moment de répit tombe à point nommé ! Sans se faire prier, nous le rejoignons près de l'entrée. Naturellement, nous formons un arc de cercle, toutes essoufflées mais attentives.

– Même si son nom ne vous est sans doute pas inconnu, laissez-moi vous présenter mon nouveau coach adjoint : Andy Spencer. Il prendra aussi souvent les commandes que moi pour vous préparer au mieux.

Andy Spencer ! Mais bien sûr !

Étoile montante du volleyball, le plus jeune joueur sélectionné deux fois dans l'équipe nationale et champion olympique. Au cours des phases de qualification pour les prochains JO qui se sont déroulés il y a quelques mois à peine, Andy s'est grièvement blessé. La scène a été filmée en direct. La vidéo est devenue virale sur les réseaux sociaux pendant un moment ! Ce soir-là, son équipe a gagné mais il n'était plus en état pour le voir. Quelques semaines plus tard, il mettait fin à sa carrière définitivement. Un drame… Alors qu'il avait un avenir plus que prometteur, a à peine vingt-deux ans tout s'est arrêté à cause d'une blessure.

Comment se remet-on d'une épreuve pareille ?

Andy s'avance vers nous à l'aide d'une canne pour nous saluer du haut de son mètre quatre-vingt-dix-huit. Il n'a rien perdu de sa musculature impressionnante. Une barbe de trois jours recouvre sa mâchoire, détail qu'il n'avait pas lorsqu'il jouait encore. Des cernes creusent son visage et durcissent davantage ses yeux couleur marron glacé tandis que ses boucles brunes tombent parfaitement sur son front et font ressortir son regard triste. Je ne doute pas qu'il a connu des mois difficiles.

Andy s'avance vers nous, une expression fermée sur le visage.

– Salut les filles, j'espère être à la hauteur de l'enjeu et de la confiance de votre coach. Je vais tout faire pour. Je mettrai mes connaissances et mes compétences au service de votre équipe, soyez-en sûres. Je vous demanderai deux choses en retour : larmes et sueur. On m'a dit un jour : « C'est en visant l'excellence qu'on devient bon, c'est en atteignant l'excellence qu'on aspire à la perfection. » Ne vous fiez pas aux apparences, si cette canne est peut-être un signe de faiblesse, sachez que ma force est ailleurs. Je ne vous apprends rien, le mental est la clé ! À moi de vous montrer ce qui vous attend au haut niveau. Un conseil ; laissez vos états d'âme au vestiaire, sur ce parquet, on joue uniquement au volleyball. Détestez-moi si ça vous chante, tout ce qui compte, c'est le résultat, conclut-il d'une voix grave et déterminée.

J'en aurai presque des frissons. Il sait comment s'imposer et faire son entrée. Il est encore plus impressionnant en vrai qu'à la télé.

Un silence s'étire alors que tout le monde se dévisage. Est-ce l'autorité ou son charisme qui opère ?

Le coach frappe dans ses mains et nous demande de reprendre nos exercices. Après un premier échauffement douloureux, je reconnais que la préparation physique est montée d'un cran par rapport à tout ce que j'ai connu jusque-là. Il semblerait que je ne sois pas au bout de mes peines car il va falloir faire mes preuves sur le terrain. Nous sommes testées sur nos capacités à nos postes respectifs.

Au volley, en règle générale, chacune a son poste. Ça varie rarement. La centrale, surnommée ainsi car elle est toujours au centre du filet, a un rôle bien défini. Sa mission principale : l'attaque et le block. Elle monte au contre. Dans le meilleur des cas, le ballon retourne dans le camp adverse, parfois même pour marquer, mais cela permet de ralentir considérablement sa vitesse afin de pouvoir construire une nouvelle défense-passe-attaque, mais il arrive souvent qu'il soit tellement dévié que la défense derrière est désarçonnée.

La passeuse, elle, distribue les ballons aux divers postes attaquants. En ce qui concerne le libéro, c'est celle qui porte toujours un maillot différent sur le terrain, afin de la différencier du reste de l'équipe car sa mission est de défendre tous les ballons au fond du terrain. Elle ne passe jamais à l'attaque.

Ce qu'il faut retenir, c'est que chaque joueuse a son poste établi mais qu'elles tournent obligatoirement pour que tout le monde puisse passer au service. Seulement, l'entraîneur use toujours de stratégie pour que chacune puisse retrouver son poste respectif à chaque point.

À présent, le coach souhaite mesurer notre détente. Pour toutes les attaquantes, c'est un élément essentiel. Sauter soit à l'attaque soit au contre est primordial dans ce sport. Évidemment, plus on saute haut plus on est efficace.

Lorsque je me rends compte que je passe juste après Arina, je panique un peu… Le coach me fait signe d'approcher, je cours et m'élance pour faire trois sauts en pas chassés.

J'arrive près de lui, attendant son verdict.

– Arina va plus haut alors qu'elle est plus petite que toi. Tu dois au moins gagner deux centimètres, c'est le minimum pour une taille pareille ! lâche-t-il, imperturbable.

C'est la douche froide. Sa remarque nous désarçonne, moi et ma confiance. Je dois admettre que ce n'est pas ainsi que j'imaginais mon arrivée dans l'équipe. J'étais convaincue de débarquer avec une valeur ajoutée, un truc en plus mais certainement pas en moins ! Me grandir ? C'est bien la première fois que ma taille ne suffit pas ! Incapable de me contrôler, je rougis de honte.

Je rejoins les filles, les yeux rivés au sol pour un nouvel essai et les entends ricaner ouvertement. Je mentirais si je disais qu'à cet instant, leur comportement ne m'atteint pas.

Je croyais que le volley était un sport collectif ?

Avant mon deuxième passage, j'essaie de faire taire ce doute qui s'insinue lentement en moi, en me rappelant les raisons qui m'ont menée jusqu'ici. Quand c'est à nouveau mon tour, mon cœur bat la chamade, alimenté par l'adrénaline et la peur. Je m'entends rugir en effectuant mes sauts mais le coach hurle « plus haut ». Mon inquiétude s'accroît. J'ai toujours sauté de cette façon et on ne me l'a jamais reproché.

Et si je n'y arrivais jamais ?

L'entraînement se termine par un match. Un nuage d'échec plane toujours au-dessus de ma tête. Mon état d'esprit ne risque pas de s'améliorer étant donné que la passeuse m'évite soigneusement. Heureusement, le coach met enfin un terme à nos souffrances.

Surtout aux miennes !

Avant de nous libérer, il nous demande de nous asseoir pour énumérer nos points à travailler.

Mon cœur s'arrête lorsque vient mon tour.

– Je veux que tu gagnes minimum deux centimètres de détente. Il faut que tu utilises ta taille, car c'est un atout. Tu dois t'en servir, aller chercher toujours plus haut. Quand on t'observe, on dirait que tu as peur de te grandir. Il n'y a pas de mal à ça, au contraire. Il va falloir que tu apprennes aussi le service smashé. À notre niveau, se passer de ce service est une erreur. Le ballon flotte, fuse et c'est une très bonne façon d'engranger des points facilement. Souvenez-vous que vous êtes aux portes d'une carrière sportive. Il reste du chemin pour l'atteindre mais avant il y a la sueur, l'effort et les sacrifices. On ne vous choisira pas parce que vous avez l'étiquette Stanford collée sur votre maillot. Les recruteurs viennent chercher une exception, une puissance, un talent. Mon job, c'est de faire ressortir tout ça chez chacune d'entre vous mais non sans efforts ! Sur ce, à demain et en forme ! termine le coach Vaughn.

Je reste un instant, interdite. La peur me gagne. Je suis venue ici parfaire mon jeu, pensant avoir une base solide or il s'avère que je faisais fausse route.

Seulement, suis-je capable d'y arriver ? Deux centimètres de détente, c'est énorme ! Ça implique des heures à sauter sans jamais toucher un ballon. Ce ne sont pas les efforts qui m'effraient mais bien que le résultat ne soit jamais à la hauteur.

Et s'il s'apercevait qu'il s'est trompé en me choisissant ?

Je récupère mon sac et traîne mon amertume tout en regagnant la sortie, déçue de mes performances, de cet entraînement et de mes rêves trop hauts pour moi. Quand je m'apprête à quitter le gymnase, je reconnais Arina qui rassemble ses affaires près de l'entrée. Toujours aussi impressionnée par son talent, je m'avance vers elle. Elle relève la tête et sa parfaite chevelure blonde vers moi.

– Je m'appelle MacKenzie, je voulais simplement te dire que je t'admire vraiment, tu es très douée, bégayé-je.

Arina me toise pendant de longues secondes avant de répondre :

– J'ai besoin d'une coéquipière, pas d'une fan.

Elle hisse son sac sur son épaule et part sans même se retourner, me laissant avec mon reste de dignité à mes pieds.

Je hais Stanford !

CHAPITRE 2

Assise à la cafétéria près de la fenêtre, perdue dans mes pensées, je joue avec ma tasse de café, devenu froid depuis un moment. Je me suis installée là, pensant trouver l'inspiration pour l'exercice de ma professeure de rédaction, une journaliste du *San Francisco Chronicle* qui a eu la brillante idée de nous demander de rédiger un article pour nous présenter. J'ai écrit seulement deux mots depuis ce matin sur mon bloc-notes : *MacKenzie Miller.*

Un vrai Pulitzer, dis donc !

Des cris, quelques tables plus loin, me sortent de mon inertie. Deux garçons, l'un debout, aux cheveux bruns parfaitement coiffés, vêtu d'un polo blanc et d'un jean délavé, penché sur l'autre, attablé, avec les cheveux courts et un anneau à l'hélix, portant une veste kaki tachée de peinture et un jean troué.

Celui qui me tourne légèrement le dos hurle :

– Tu n'es qu'une tapette !

Aussitôt mon corps se raidit. Ces mots affreux me replongent, malgré moi, à une époque où j'aurais aimé que quelqu'un réagisse lorsque j'en étais incapable. Celui qui est toujours assis reste totalement impassible alors que je bouillonne de l'intérieur. Mes doigts se referment sur la table. J'hésite à me lever. Toute la cafétéria est spectatrice sans le vouloir et semble médusée par la scène devant nos yeux.

– Tu devrais avoir honte. Des gringalets dans ton genre, j'en mange tous les matins au petit déjeuner ! crache-t-il.

OK, c'en est trop pour moi. Sans réfléchir, je me lève d'un bond, faisant grincer ma chaise et trembler ma table au passage, puis m'approche d'un pas déterminé.

– Et des filles comme moi, t'en manges combien ?

Le grossier personnage doit faire une tête de moins que moi, ce qui l'oblige à la relever pour me regarder. Je ne le lâche pas du regard.

Tu n'impressionnes personne ici !

Il recule en silence et m'ignore pour lancer un dernier coup d'œil plein de dédain à son bouc émissaire avant de tourner les talons.

C'est bien ce que je pensais !

Je reste concentrée sur lui jusqu'à ce qu'il quitte la pièce. L'autre garçon, toujours assis m'interpelle.

– Merci Wonder Woman, mais je ne t'ai rien demandé.

Je croise enfin son regard.

– Je sais, je ne l'ai pas fait pour toi mais parce que je voulais évacuer une frustration.

Il me scrute à son tour, affiche un demi-sourire et se décide à me tendre une main.

– Gavin, se présente-t-il d'une voix joviale.

– MacKenzie, lui réponds-je sur le même ton.

– Assieds-toi, je t'en prie.

Je vérifie l'heure sur mon téléphone.

– D'accord, mais pas longtemps.

Je m'installe en face de lui pendant qu'il me sonde un instant.

– Première année ? essaie-t-il de deviner.

– Première année, et toi ?

– Deuxième première année, m'explique Gavin en souriant.

– Original… pouffé-je.

– J'erre un peu dans cette université en attendant d'être frappé par la foudre de la vocation, un éclair de génie ! Mais ça ne vient toujours pas…

– Encore un peu de patience, ça va forcément venir !

– Je n'en doute pas. Je ne suis peut-être pas Wonder Woman mais j'ai aussi un superpouvoir.

– Ah bon, et lequel ?

– Je suis moi, répond-il fièrement, en redressant le buste.

Je ne peux me retenir d'éclater de rire tandis qu'il conserve son air confiant.

– Et sinon, tu étudies quoi à Stanford ?

Je m'apprête à lui répondre lorsque je lis l'heure sur l'horloge près de la porte et saute de ma chaise.

– Je vais être en retard, on en parlera une autre fois si tu veux bien. Faut que je file !

Je ne lui laisse pas le temps d'objecter et récupère mes affaires avant de me diriger vers le gymnase en courant.

Je file aussitôt dans les vestiaires. Certaines filles sont déjà là, et parmi elles je reconnais Arina assise sur le banc. Instinctivement, j'opte pour le fond de la pièce. Je me change tranquillement dans mon coin quand une blonde aux cheveux très courts s'approche de moi.

– Salut, je m'appelle Jane.

– Enchantée, MacKenzie.

Elle intercepte mon regard qui traîne sur le reste de l'équipe derrière elle.

– Je suis là depuis l'année dernière et certaines m'ont à peine adressé la parole.

– Sérieusement ? Elles ont une drôle de définition de « sport collectif ».

– Je suis passeuse remplaçante et comme Gail a des doigts d'or, je chauffe le banc en attendant… C'est sa dernière saison donc je compte bien être titulaire après son départ !

– C'est tout ce que je te souhaite, déclaré-je d'une voix douce.

– Ça devrait être pareil pour toi. Arina est la centrale numéro un et Bianca, numéro deux. Arina sera sans doute recrutée avant l'été, faisant passer Bianca en premier. Il y aura donc une place à prendre.

Une année entière en tant que remplaçante, ça va être interminable !

Je garde mes désillusions pour moi et grimace un sourire en guise de réponse.

Pendant notre entraînement, je cours après ma détermination. Depuis mes débuts ici, j'avoue que mon ego en a pris un sacré coup. Les mots de Jane tournent en boucle dans ma tête, je refuse d'être sur un banc pendant un an. Mes doutes et mes certitudes se livrent une véritable guerre dans mon esprit. J'étais sûre d'avoir du talent en arrivant mais je le suis beaucoup moins aujourd'hui. Ce n'est pas être remplaçante qui me pose un problème, on patiente toutes à un moment donné, c'est plutôt la durée de ce statut qui me freine dans mes projets. Évidemment que je veux progresser, devenir meilleure, si ce n'est être *LA* meilleure, mais admettre que j'ai des lacunes est une véritable épreuve pour moi.

On poursuit avec différents exercices et, sans grande surprise le coach Vaughn me désigne le mur pour commencer, celui devant lequel je dois sauter pour améliorer ma foutue détente. Après de longues minutes, lasse, j'essaie d'observer furtivement ce que font les autres. Lorsque mon regard croise celui du coach Andy, il m'intime de poursuivre et de continuer mes sauts pliométriques.

Pourquoi ai-je la désagréable impression d'être punie ?

Il se dirige alors vers moi et trace au marqueur noir un trait sur le mur.

– Voilà, ton objectif, dit-il simplement d'une voix inflexible.

Puis il s'en va en souriant fièrement.

Enfoiré ! J'arrive bien en dessous de ce satané trait !

Je serre les dents et essaie à plusieurs reprises, mais en vain. Après tout, Rome ne s'est pas fait en un jour.

Je n'ai jamais été aussi soulagée de changer d'exercice. Le nouveau s'effectue en duo. Quand j'aperçois mon binôme du jour, Arina, j'ai soudain envie de retourner vers le mur. Assises par terre, on s'échange le médecine-ball, un ballon plein et lourd de plusieurs kilos. Le but est de muscler le haut du corps mais aussi de travailler l'agilité. J'ignore si elle le fait exprès mais Arina m'envoie des missiles. Je ne dis rien et encaisse. À la fin, mes épaules sont tout endolories.

Nous passons ensuite au travail de la défense. Le coach Andy nous fait passer deux par deux en défense, il s'empare du bac à ballons et commence à attaquer sur chacune d'entre nous. L'objectif : se jeter sur chaque balle à la recherche d'une précision dans la réception. J'essaie de donner mon maximum même si plonger n'est pas ma qualité première. Malgré nos deux passages respectifs, le coach ne semble pas convaincu. Son regard balaie l'équipe, lorsqu'il se pose sur moi, un peu trop longtemps à mon goût, je comprends…

Quelle coïncidence !

– Toi là, d'où tu viens ? m'interpelle-t-il en me désignant du doigt.

– De…

– Parle plus fort, je n'entends rien.

– Arizona ! crié-je, agacée.

– Approche, ordonne-t-il accompagné d'un geste de la tête.

Je m'exécute sans discuter.

– Ce que je m'apprête à vous dire peut sembler machiste mais sachez que ce n'est pas mon intention. Au volleyball, un homme a plus de puissance qu'une femme, ça a été mesuré, prouvé, je n'invente rien. Si je fais cette précision, c'est seulement pour vous expliquer que je ne retiendrai pas ma force, volontairement, pour cette démonstration. L'objectif est simple ; si vous réussissez à réceptionner mes balles en gérant la vitesse de frappe, alors vous aurez un avantage non négligeable face à vos adversaires. Arizona, place-toi.

Je me mets en position, non sans trembler. J'ai la furieuse envie de triompher devant mes coéquipières, de leur montrer ce que j'ai vraiment dans le ventre et de faire mes preuves. Le coach Andy arme son bras, son attaque est rapide, précise et surtout puissante. Ma réception envoie le ballon dans les plafonniers.

– Recommence, mais cette fois fléchis davantage tes jambes. Il faut accueillir la balle et pas vouloir t'en débarrasser, accompagne-le.

Je prends sur moi, malgré mon échec, et le coach recommence. Je crois que sa frappe est plus forte que la précédente. Comment est-ce possible ? Ses conseils paient car mon ballon est un peu plus précis, il passe juste au-dessus de sa tête.

– Tu y es presque !

Cette dernière est si furtive que je n'ai pas le temps de l'intercepter, la balle heurte ma poitrine, me faisant tomber à la renverse. Je m'octroie une minute pour reprendre mon souffle alors que le coach Andy me conseille.

– T'as le droit d'utiliser tes jambes, tu sais…

Sa remarque fait rire l'assemblée alors qu'elle me secoue plus que le ballon. Je me relève sans même cacher mon irritation.

– Une dernière ou tu en as assez ? dit-il avec un sourire en coin.

Son air de défi fait écho à mon esprit de compétition. Je hoche la tête en crispant ma mâchoire, me remets en place, mon regard déterminé plongé dans le sien.

Tu peux y aller mon gars ! Je suis prête !

Sa frappe est si vive que la balle flotte dans les airs comme un véritable boulet de canon. Cette fois, je ne vacille pas. Mes bras réceptionnent le ballon, ralentissent sa vitesse et l'envoient à ses pieds. Je ne peux contenir mon sourire satisfait. Cependant, attendre un quelconque compliment semble illusoire. Il se contente de dire :

– Suivante !

Dès que je rejoins le reste du groupe pour laisser ma place, je me masse discrètement les avant-bras rougis et observe à mon tour mes coéquipières passer les unes après les autres. On enchaîne avec une session de plongeons, ce qui est loin d'être mon exercice préféré mais essentiel. Être grande à un poste près du filet est un avantage mais en défense, c'est plutôt une plaie. Je me sens vraiment plus à l'aise quand on passe enfin à l'attaque. Même si les coachs ne cessent de crier « plus haut » à chacun de mes passages, je parviens tout de même à placer correctement mes balles aux quatre coins du terrain.

Nous terminons comme toujours par des petits matchs. Cette fois, je n'hésite pas à appeler la passeuse titulaire afin de pouvoir attaquer mais elle continue de m'ignorer. La frustration est totale. Heureusement, le match suivant, je joue avec Jane qui sert toutes les attaquantes, je peux enfin jouer comme je sais le faire. Je marque des points avec l'impression de pouvoir montrer pourquoi je suis là, que ce n'est pas un hasard et que ma place est bien ici.

Dans cette composition à six, je me sens à l'aise, une équipe digne de ce nom, où les filles communiquent, s'encouragent et se félicitent.

Je suis plus que satisfaite lorsque je réussis à contrer une attaque d'Arina lors d'un duel de centrales au filet.

Pour finir, direction la salle de musculation, avec Sara comme binôme.

– Le coach y est allé un peu fort tout à l'heure durant l'exercice de réception, déclare-t-elle.

– J'imagine que c'est pour nous faire progresser.

– J'ai bien cru qu'il allait finir par t'arracher un bras, plaisante-t-elle.

– Ne m'en parle pas ! Je le sens encore, ça risque même d'être douloureux pendant quelques jours, réponds-je tout en me massant une nouvelle fois la zone.

– C'est mal si je te dis que je craque pour ses bras ? lâche Sara sans gêne.

– Pardon ?

– Tu as très bien entendu. Je l'ai beaucoup observé quand il se préparait pour attaquer, tous ses muscles se sont tendus, ils ont tressailli et je ne sais pas… Sa façon de faire est sexy ! s'émoustille-t-elle.

– Je n'ai absolument pas remarqué, j'étais trop occupée à éviter qu'il ne me brise un os ! ris-je.

En quittant le gymnase, je suis complètement vidée. Une douche, un repas et au lit. Au fil des jours, ce programme devient mon quotidien. Cours en journée, entraînements le soir. Et lorsque j'arrive à ne pas m'endormir sur mes devoirs, c'est une sacrée victoire !

Ce matin, en me rendant à mon cours de communication, je reconnais Gavin près du distributeur. Il s'énerve sur la machine qui retient en otage sa barre chocolatée.

Je m'approche en silence.

– Je pourrais t'aider mais je crains que ce soit mal interprété.

Gavin se retourne vers moi, surpris.

– Ah, salut ! Je meurs de faim, donc ne m'oblige pas à te supplier.

Sans un mot, je tape fermement sur la vitre et le Reese's tombe enfin. Je le lui tends alors qu'il l'observe comme Charlie Bucket[3] devant le ticket d'or avant de l'engloutir entièrement.

– Avec plaisir, bien sûr, dis-je sur un ton ironique.

Mais Gavin est trop occupé à savourer le chocolat qui fond sur sa langue pour me remercier.

– OK, t'es définitivement adoptée. J'étais déjà intrigué par notre rencontre de l'autre jour mais maintenant que je sais que tu sauves les barres chocolatées, je ne peux plus te laisser filer.

– Je présume que je dois me réjouir ?

– Tu peux ! Tu finiras par comprendre à quel point tu es chanceuse.

– Qu'est-ce que j'y gagne moi ? demandé-je en arquant un sourcil.

– Un pote divertissant, fidèle en amitié et qui te promet de ne jamais montrer d'intérêt à ce qui se situe en dessous de ta ceinture ! C'est une vraie chance, crois-moi. Ça te dit, qu'on déjeune ensemble ?

– Pourquoi pas ? On se donne rendez-vous tout à l'heure à la cafet' ?

Il acquiesce.

Je finis par décrocher de mon cours de littérature anglaise et cache mon téléphone dans ma trousse pour regarder sur

3. Héros du roman *Charlie et la chocolaterie* de Roald Dahl.

YouTube des astuces afin de gagner en détente. Je crois que ça vire à l'obsession. Les vidéos s'enchaînent et la sonnerie retentit enfin !

Je rejoins comme convenu Gavin à la pause. En arrivant, je le vois griffonner sur un carnet mais il le referme à la hâte dès qu'il m'aperçoit, puis le range dans son sac. Je m'installe face à lui.

– Tu as quelque chose à cacher ? lui demandé-je, curieuse.

– Je ne vais quand même pas tout te dévoiler au deuxième *date*, proteste-t-il pour détourner la conversation.

– Un *date* ? Vraiment ! ris-je, en levant les yeux au ciel.

Je connais ce garçon depuis deux minutes mais il me plaît déjà. Son humour et son sarcasme sont un véritable bol d'air frais.

– Alors dis-moi, pourquoi Stanford ? m'interroge-t-il en posant son menton sur sa main.

– Je pensais que tu l'avais déjà deviné.

Gavin m'observe une minute.

– Hum… Tu es trop jeune pour être la fille de Joe Biden, trop timide pour envisager une carrière d'actrice, par élimination, je dirais une future businesswoman que l'on appellerait Elona Musk ?

Sa façon d'énumérer les quelques célébrités qui ont étudié ici me fait sourire.

– Plus sérieusement, à ton avis ?

– Je sais que lorsqu'on me regarde comme ça, on a l'impression que j'ai la science infuse mais c'est un mythe ! se défend-il.

Je soupire et capitule.

– J'ai obtenu une bourse pour rejoindre l'équipe de volley.

– Oh mon Dieu, j'ai pactisé avec l'ennemi !

J'éclate de rire.

– Quand tu m'as vue la première fois, ça ne t'a pas donné un indice ?

– Chérie, ce n'est pas écrit sur ton front.

– Pourtant, ma taille est bien souvent ce qu'on remarque d'abord chez moi.

– Crois-moi, je l'ai bien remarqué étant donné que je frôle à peine le mètre soixante-cinq au réveil ! Oui, je suis toujours plus grand le matin, c'est comme ça… Donc forcément à côté de moi, tout le monde paraît immense sauf Danny DeVito, faut quand même pas déconner !

– Tu es vraiment unique en ton genre, commenté-je, le sourire aux lèvres.

– Je sais…

Comment fait-il pour garder son sérieux alors que je suis littéralement morte de rire ?

– Bien, maintenant qu'on sait que tu es presque parfaite, si j'exclus le volley, qu'y a-t-il de plus dans ta vie ?

– Rien, le volley, c'est ma passion, je vis pour ça.

Il hausse les sourcils, sceptique.

– Y a bien une fille ou un garçon qui fait battre ton cœur un peu plus qu'un ballon quand même ?

– Absolument pas. Mon seul objectif, c'est d'être une volleyeuse professionnelle, de haut niveau. Ce qui signifie qu'il n'y a pas ou peu de distractions possibles.

– Sportive doublée d'une none, on aura tout vu ! Aussi rare qu'une licorne…

Je secoue la tête, amusée par sa comparaison.

– Et toi ?

– Célibataire mais pas par choix. Je suis tout le contraire de toi, je me qualifierais plutôt d'opportuniste.

– Hum, intéressant… Bon, ce n'est pas tout mais je dois aller à mon entraînement. C'était cool, mais faut vraiment que je file. Je te laisse mon numéro ? demandé-je naïvement.

– Regardez-la, deuxième *date* et déjà accroc !

– T'as pas idée ! Pire qu'à une série Netflix ! J'ai hâte d'être au nouvel épisode.

– Allez, donne-moi ton numéro et considère ça comme une bonne action.

Tout ça pour un simple numéro de téléphone… Je mentirais si je disais que ce moment passé avec lui n'était pas agréable. Je regagne le gymnase de bonne humeur.

Avant qu'on commence, le coach Vaughn souhaite nous parler. On se rassemble autour de lui et du coach adjoint Andy.

– Les filles, les dates du championnat régional sont tombées, il commence dans un mois. On poursuit nos efforts mais en les intensifiant. La victoire, c'est notre laissez-passer pour le championnat national ! Règle numéro un : ne jamais sous-estimer nos adversaires. Chaque match doit être abordé comme le dernier. Je compte sur vous pour tout donner et plus encore. Règle numéro deux : n'avoir aucun regret ! Dans les prochaines semaines, on testera plusieurs configurations afin de trouver la meilleure combinaison sur le terrain. J'attends de vous que vous vous dépassiez durant les entraînements, je veux voir des gouttes de sueur sur ce parquet, est-ce clair ?

– Oui, coach ! répond l'équipe en chœur.

Alors que le groupe se disperse, je rencontre le regard du coach Andy qui me désigne le mur en souriant. Aussitôt, mon visage se ferme et mes mâchoires se crispent. En plus d'être talentueux au volley, il semblerait qu'on puisse ajouter médium à ses qualités. En effet, il avait prédit qu'on finirait par le détester… et il avait raison !

CHAPITRE 3

L'étau se resserre.

Un mois de préparation, c'est vraiment court en réalité.

Le coach n'a pas menti, les entraînements sont de plus en plus denses et laissent peu de place à une vie en dehors du terrain. Je peine à faire mes devoirs en rentrant tellement je suis épuisée. Sans parler du fait que je n'ai pas encore atteint l'objectif demandé. Et j'ignore toujours si j'en serai capable un jour...

Toujours est-il que j'ai l'impression que le coach Andy prend un malin plaisir à me voir sauter contre ce fichu mur ! Je n'arrive pas à le cerner et j'ignore même si j'en ai envie. Tout ce que je sais en revanche, c'est que lorsque mes yeux se posent sur lui, la seule chose que je ressens, c'est de l'exaspération. J'ai également remarqué comment Arina lui tourne autour.

De plus, les filles ont mis en place une sorte de concours avec un barème de points pour comptabiliser toutes les fois où Andy les aide à se positionner correctement ou leur donne quelques conseils. Arina ne se prive pas pour abuser sciemment de l'aide du coach. Soit il est idiot, soit son manège lui convient. Ils font bien ce qu'ils veulent, je trouve juste le spectacle consternant, voire pathétique.

J'ignore si les coachs ont remarqué le manque d'esprit d'équipe, toujours est-il qu'aux derniers entraînements, les binômes n'ont pas cessé de changer. Malgré tout, cela m'a permis de sympathiser avec d'autres joueuses même si on est loin d'un vrai esprit d'équipe. Je suis avec ces filles cinq jours par semaine, pourtant je ne me sens toujours pas à ma place.

Ce que j'ai compris en revanche, c'est qu'Arina et Gail se considèrent comme les meneuses uniquement parce qu'elles sont en dernière année. Même si je peux admettre que leur avenir professionnel dépend de ces prochains mois, j'ai du mal à accepter leur façon de faire. Leur irrévérence pour le reste de l'équipe me stupéfie.

Selon moi, ça ne peut pas fonctionner ainsi. Même en mettant les six meilleures joueuses sur le terrain, s'il n'y a pas un minimum d'alchimie, alors, c'est voué à l'échec. C'est l'essence du sport collectif : tu gagnes ensemble, tu perds ensemble.

Aujourd'hui, le coach Andy me propose quelque chose de nouveau. Je dois désormais, alterner entre des sauts contre le mur et des fentes sautées, ayant toujours le même but. Mes cuisses me brûlent, mon rythme cardiaque s'emballe, des gouttes de sueur dégoulinent le long de ma colonne vertébrale. Je n'ai qu'une envie : m'allonger dans un coin et mourir. Andy n'en loupe pas une miette. Je pourrais abdiquer mais je refuse de lui faire ce plaisir, alors je serre les dents et ne lâche rien.

Quand tu veux, tu dis stop !

Ça me semble durer une éternité… Lorsqu'Andy m'intime enfin d'arrêter, j'ai juste envie de m'écrouler mais au lieu de ça, je pose mes mains sur mes cuisses et tente de retrouver une respiration normale.

– Tu vois quand tu veux… lâche-t-il avec un sourire.

Un sourire que je ne saurais décrire mais qui m'agace !

Je crois que je n'ai jamais autant attendu le moment de récupération. Accompagnée de quelques filles, je me glisse dans le jacuzzi non loin de la salle de kiné. Cette eau chaude me fait le plus grand bien, elle m'aide à relâcher la pression.

J'ai mal partout.

Finalement, mes coéquipières sortent et je me retrouve seule dans ce grand bain. J'en profite pour m'autoriser à fermer les yeux quelques instants. Je suis tellement détendue que je finis par m'endormir.

Soudain un bruit tonitruant me fait sursauter et revenir au moment présent. Je découvre Andy dans l'encadrement de la porte.

– Désolé, je faisais juste le tour pour que le gardien puisse fermer le gymnase. J'ai croisé les filles, j'ai donc pensé qu'il n'y avait plus personne ici, bredouille-t-il, le regard furtif, tout en glissant la main dans ses cheveux, l'air embarrassé.

– Pas de problème, je sors.

Andy a la correction de se retourner avant que je m'enroule dans ma serviette. Quand je passe près de lui, il me retient pour me demander :

– J'ai l'impression que tu ne m'apprécies pas beaucoup, je me trompe ?

Son regard me déstabilise encore plus que sa question. En quoi ça l'intéresse ?

– Ce n'était pas le but recherché ? rétorqué-je, en lui rappelant sa propre promesse.

D'ailleurs, je ne saurais répondre à sa question…

Mais avant qu'il puisse répliquer, je me dirige vers les vestiaires pour me changer et quitte le gymnase à la hâte, pressée d'oublier cette entrevue étrange.

Dernier entraînement avant notre premier match. J'essaie de ne pas trop y penser car, je dois l'admettre, ça me rend nerveuse. Après l'échauffement habituel, le coach Andy décide de nous faire travailler le service smashé. *Le fameux !*

Même s'il a abandonné sa canne pour libérer ses mains, il ne peut toujours pas sauter car il doit faire attention à ses jambes. Le pourra-t-il un jour ?

Je m'imagine à sa place et rien que l'idée de ne plus jouer au volley comme avant, me serre le cœur.

Il demande à celles qui le maîtrisent déjà, soit soixante-dix pour cent de l'équipe, de faire une démonstration en veillant à bien décomposer le geste.

Je sais déjà que je vais me ridiculiser. Pourtant, ce n'est pas faute d'avoir essayé, sans doute une centaine de fois mais je n'y suis jamais arrivée ! Au lieu de ça, je me suis concentrée sur la puissance et la précision de mon service tennis, ce qui m'a plutôt réussi jusque-là.

En effet, sans surprises, c'est un nouvel échec cuisant ! Au bout de la troisième tentative, le coach Andy m'interrompt.

– Arizona, viens par là.

Je le rejoins en soupirant discrètement près du filet.

– Bon, je vais t'envoyer un ballon pour l'attaquer. Tu sais faire ça ? tente-t-il de plaisanter.

Mon visage reste fermé. *J'en ai marre d'amuser la galerie.* Je me contente de hocher la tête.

– D'accord, recule un peu.

Dès que je suis prête, je lui fais signe et il s'exécute.

– Maintenant, suis-moi.

Nous retournons au fond du terrain, trois mètres derrière la ligne blanche.

– Tu vas faire exactement la même chose. Le timing dont tu sers pour frapper à l'attaque est similaire à celui du service smashé. La différence, c'est uniquement la manière de lancer le ballon, OK ?

J'acquiesce une nouvelle fois.

– Ça t'arrive parfois de parler ?

Sa pique égratigne mon ego, il le remarque aussitôt à ma façon de rougir.

– Pour plus de plaisir, tu n'as qu'à imaginer que c'est ma tête ! raille-t-il, sans attendre ma réponse.

– Compte là-dessus… marmonné-je dans ma barbe.

Je prends une profonde respiration et m'élance, seulement la balle finit dans les filets.

– Tu es en retard, recommence !

Ça s'enchaîne tellement que j'ai du mal à retrouver mon souffle entre deux services. Ses yeux noisette virent au noir d'encre. On dirait que sa détermination le rend aveugle au monde qui nous entoure. Le coach Andy se contente de répéter « encore » sans même regarder où mes frappes atterrissent.

Lorsqu'il décide de mettre fin à mon calvaire pour aller s'occuper de Jane, mes poumons sont en feu dans ma poitrine. Je suffoque, au bord de la détresse respiratoire. Jordane, ma coloc, s'approche discrètement de moi.

– Il est vraiment dur avec toi.

Je hausse les épaules, pas certaine de la raison de l'acharnement du coach.

– Il considère sans doute que j'ai encore des progrès à faire pour rattraper le niveau de l'équipe.

– Je ne sais pas… répond-elle, perplexe.

Pourtant, il n'y a pas à tergiverser. Il est coach, je suis sa joueuse, il essaie de me tirer vers le haut pour atteindre l'excellence. Toujours est-il que je préfère les exercices du coach Vaughn, au moins, je ressors en vie !

Alors que nous nous apprêtons à quitter la salle, ce dernier nous demande de nous rassembler autour de lui.

– Encore quelques secondes d'attention. Je tiens entre mes mains la liste des six titulaires pour le match de samedi. Pas d'inquiétude pour les nouvelles, ce n'est pas parce que votre nom n'y figure pas que je ne vous ferai jamais jouer. Soyez toujours prêtes à entrer durant un match, car sur le banc ou sur le terrain vous faites partie de cette équipe.

L'entraîneur se retourne, accroche son papier sur le panneau en liège et nous laisse la place pour le lire. Tout le monde se jette dessus, espérant être sélectionné. Très vite, la réalité me rattrape. Je vais devoir encore attendre mon tour. J'essaie de cacher ma déception, même si au fond de moi je savais que je ne serais pas retenue. Comme on dit, l'espoir fait vivre…

J'ai besoin de me défouler dans la salle de musculation avant de rentrer. Sans répit, je m'acharne sur les machines pour tenter d'évacuer l'amertume qui me consume. Je me noie dans ma fureur, n'en voulant à personne d'autre qu'à moi. Les gouttes de sueur ruissellent sur mes tempes tandis que ma rage coule dans mes veines.

Soudain, je sens une main se poser sur mon épaule. Je sursaute et lâche aussitôt la barre. Je me retourne et découvre le coach Andy témoin de ma surprise.

– Désolé, je ne voulais pas te faire peur. Je t'ai appelée plusieurs fois mais tu avais l'air ailleurs. Décidément, t'es toujours la dernière…

Je te le fais pas dire !

Encore perturbée par son interruption, je suis incapable de lui répondre. J'entends seulement mon cœur résonner dans mes oreilles mais il poursuit.

– Ça va aller ? demande-t-il, les yeux emplis de sincérité.

Très vite, il retire la main de mon épaule.

Je hoche la tête, attrape ma serviette et m'essuie le visage.

– Et sinon, ça t'arrive de parler ? Enfin, je veux dire, pas avec des onomatopées, je pensais plutôt à des mots qui forment des phrases, tu vois le genre ? tente-t-il avec humour.

– J'avais la tête ailleurs, satisfait ?

Qu'est-ce qu'il peut être agaçant ! Ce n'est pas ma faute si je ne parviens jamais à trouver la bonne réplique au bon moment…

– Waouh ! Une phrase complète, sujet, verbe et complément ! Je préférerais sans agressivité, tu peux recommencer ? me taquine-t-il.

C'est bien ce que je dis, exaspérant…

– T'es contrariée parce que tu n'es pas sur la liste ?

Je m'apprête à quitter la pièce mais sa question retient mon attention et me coupe le souffle.

Je ferme les yeux une seconde. En quelques mots, il fait remonter tous mes doutes, en appuyant précisément là où ça fait mal. La journée a été particulièrement difficile, je ne supporterai pas son sarcasme une minute de plus.

Éreintée, je me retourne une dernière fois vers lui.

– On ne peut rien te cacher, tu es tellement perspicace, ironisé-je avant de le dévisager froidement et de disparaître.

C'est un jour spécial : premier match pour notre équipe. Je me contemple un instant dans le miroir, portant fièrement la tenue rouge et blanche des Cardinal. *Enfin !* Je me suis promis d'essayer aujourd'hui d'oublier ma frustration quant à mon statut de remplaçante.

En foulant le parquet, toutes mes désillusions s'envolent pour laisser place à la magie ! Les gradins sont bondés, les pom-pom girls font leur show et la fanfare anime les tribunes. L'ambiance est absolument incroyable !

Dès que nous entrons, le public nous acclame. L'atmosphère était déjà géniale dans mon lycée mais ici, c'est clairement autre chose, un autre niveau. Même lorsque le coach nous parle, j'ai du mal à l'entendre tant les cris des spectateurs couvrent sa voix.

À l'échauffement, j'ai toujours pris pour habitude de regarder l'adversaire, une façon d'évaluer les joueurs. L'équipe de San Diego a de bons éléments mais ils ne sont pas forcément agressifs en attaque. Je pense que nous sommes tout à fait capables de remporter la victoire ce soir.

Lorsque le match démarre, toutes les remplaçantes s'installent sur le côté du terrain, prêtes à encourager nos coéquipières. À chaque point marqué, on saute de joie tout en restant concentrées. On remporte aisément le premier set puis le second mais avec un score plus serré. Le dernier est bien plus corsé que les deux précédents, San Diego se bat jusqu'au bout.

Nous sommes à trois points de la victoire quand le coach Vaughn demande un changement et fait un signe dans ma direction. J'avance, incertaine. Lorsqu'il m'intime de me dépêcher, je comprends qu'il n'y a pas d'erreurs. Bianca, l'autre centrale titulaire, me tape à peine dans la main en sortant. Je suis tellement confuse que je ne le remarque pas sur le coup.

Je prends place à mon poste sous les applaudissements du public. Je sens mon estomac se nouer et le stress m'envahir. J'essaie de me mettre dans le jeu, de me concentrer mais la pression pulse dans mes veines.

L'arbitre siffle et la joueuse de San Diego sert sur Serena, la libéro. Gail fait ensuite la passe à Jordane qui attaque mais l'équipe adverse arrive à renvoyer le ballon. C'est à moi d'agir et de choisir où contrer, j'opte pour la centrale mais je me rends compte trop tard de mon erreur. Je viens de laisser le champ libre à l'attaquante de San Diego en poste quatre. La balle tombe sur le sol à l'image de mon enthousiasme.

Et merde !

En me rejoignant au centre du terrain, Gail me souffle au passage :

– Concentre-toi.

Je n'ose pas regarder vers le banc, alors je reprends ma place à quelques centimètres du filet. Nouveau service pour San Diego, Gail envoie encore le ballon vers Cheyenne en poste quatre qui réussit à marquer le point.

Balle de match !

Cette fois, Sara sert et je choisis correctement mon block. Convaincue de ne pas recevoir de passe, je me dirige vers Cheyenne pour la soutenir. *Nouvelle erreur*. Heureusement, elle la rattrape de justesse. Je devrais être concentrée sur le jeu mais au lieu de ça, je me focalise sur les fautes que j'accumule.

Pour ce dernier point, je monte au contre avec Cheyenne qui signe un très joli *block out*, lorsque le ballon sort du terrain après avoir touché les mains de l'attaquante adverse. J'espère que personne n'a remarqué que j'étais en retard…

Le reste de l'équipe nous rejoint au centre du terrain pour célébrer notre victoire. On salue celle de San Diego ainsi que l'arbitre avant de se diriger vers les vestiaires. Je sors mes affaires et file sous la douche pour essayer de me débarrasser de cette honte qui me colle à la peau. *Comment ai-je pu aussi mal jouer ?* On aurait dit une débutante !

Pourtant, je me suis toujours sentie à l'aise sur un terrain, à ma place et ce soir, tout ce que je voulais, c'était le fuir le plus loin possible. J'étais prise au piège à cause de mon stress sans jamais pouvoir m'en défaire.

J'ai dû rester trop longtemps sous l'eau chaude car lorsque j'en sors, le vestiaire est presque vide. Je m'habille, range mes affaires avant d'apercevoir le coach Andy non loin, appuyé contre le mur, une jambe repliée.

Quand j'arrive à sa hauteur, il m'interpelle.

– Alors, tes impressions sur ton premier match ?

Je lui jette un regard en coin, la mâchoire crispée.

– Tu es resté juste pour m'entendre dire que je n'étais pas à la hauteur ?

– Non. Je suis là parce que je voulais savoir s'il y avait eu une prise de conscience après ce désastre ?

– Comment ça ? demandé-je en fronçant les sourcils, pas certaine de comprendre.

– Ce soir, j'ai insisté pour que le coach Vaughn te fasse entrer sur le terrain, afin que tu comprennes pourquoi tu ne fais pas partie de nos six joueuses de base. Pour l'instant, on ne peut pas véritablement évaluer ton jeu car tu ne nous as pas montré grand-chose à part ton manque de niaque. Je ne dis pas ça pour te blesser mais pour réveiller la rage qui est en toi, cet esprit de vaincre. Ce soir, on aurait dit une biche prise au piège dans les phares d'une voiture. Tu es une bonne joueuse de volley mais comme il en existe des milliers. Pour accéder au haut niveau, il te faut quelque chose en plus, qui te différenciera. C'est forcément quelque part en toi, trouve-le, déterre-le et surtout n'aie pas peur de le montrer, de l'assumer.

Clairement, je ne m'attendais pas à ça. C'est violent…

Je sens les larmes me monter aux yeux, ma vue se brouille et je ne le vois plus. C'est bien mieux ainsi. Je baisse la tête pour cacher ma vulnérabilité évidente. Je préfère partir avant d'être encore plus minable.

Je n'attends pas pour quitter le gymnase et me réfugier dans ma chambre. Jordane, plongée dans l'obscurité, un casque sur les oreilles, regarde un film sur son ordinateur. Je me glisse rapidement sous mes draps, me cache pour pleurer, évacuer ma rancœur et blâmer la seule responsable : moi.

Au réveil, j'ai l'impression d'avoir été roué de coups. Je décide d'aller dans la seule salle de bains de l'étage pour me rafraîchir. À mon retour, je jette un coup d'œil à mon portable posé sur la table de chevet.

Un message de Gavin :

Café thérapie ?

Il ne le sait pas mais son invitation tombe à point nommé.

Je réponds sans attendre :

Avec joie !

Mon téléphone bipe à nouveau :

Je savais que tu étais folle de moi.

Merci Gavin de me faire sourire alors que je pensais en être incapable aujourd'hui.

Je m'habille à la hâte et me précipite pour le rejoindre à la cafétéria.

En arrivant, pas de Gavin à l'horizon, je patiente à une table près de la fenêtre en me perdant sur Internet. Une vidéo en entraînant une autre, je tombe sur un extrait d'un match de l'équipe nationale. Je reconnais Andy, un peu plus jeune. Je l'observe alors qu'il s'apprête à servir, sa vitesse de frappe est si puissante qu'il marque carrément un ace ! L'instant d'après, il est filmé durant une attaque. Je décortique le mouvement au ralenti. Waouh ! Andy était vraiment impressionnant sur un terrain.

Trop concentrée sur mon écran, je n'entends pas mon ami arrivé et sursaute lorsqu'il me salue. Aussitôt, j'éteins mon téléphone.

– Quelque chose à cacher ?

– Oh… euh… rien de bien intéressant, bégayé-je.

– Très bien dans ce cas, pourquoi tu rougis ?

– Ben… c'est…

– Arrête de mentir et dis-moi plutôt pourquoi tu fais cette tête ?

– Quelle tête ? Qu'est-ce que j'ai ?

– On dirait qu'un train t'a roulé dessus pendant la nuit ! dit-il en s'installant devant moi.

Ouais, c'est bien ce qui me semblait, j'ai une mine affreuse !

J'ai vraiment un bon pressentiment concernant Gavin, je me sens plus légère, il me fait rire. J'ai envie de passer du temps avec lui, d'apprendre à le connaître mais de manière purement amicale. Je crois que ça me ferait du bien de me livrer et de pouvoir compter sur quelqu'un.

– Ça risque d'être un peu confus, car l'expliquer n'est pas forcément simple.

Il hoche la tête en silence et m'intime de continuer.

– Je rêvais de rentrer à Stanford depuis quelques années déjà. Je pensais être prête, mais il s'avère que j'avais tort. Rien ne se passe comme je l'avais prévu. Je me demande même ce que je fais là. Tu aurais dû entendre hier soir les mots de mon coach, c'était dur. S'il m'avait mis un coup de poing, ça aurait été moins douloureux ! soupiré-je, l'estomac encore noué en repensant à cet échange.

– Tu l'auras compris, je préfère éviter tout ce qui se rapporte au sport, mais je présume que les rapports humains sont les mêmes dans cette drôle de communauté que dans le monde normal. Alors pourquoi accordes-tu autant d'importance aux propos de ton coach ? Je veux dire, on a tous connu des professeurs avec des idées très arrêtées sur ce que nous allions devenir et qui se sont plantés. Ils ont la connaissance mais pas la science infuse.

– Tu as raison, cependant c'est un ancien joueur professionnel, il sait de quoi il parle. C'est très bizarre, car avec lui, j'ai l'impression d'être en permanence face à un miroir dont le reflet me montre ce que je m'efforce à fuir depuis si longtemps. Comme s'il était capable d'appuyer exactement là où ça fait mal.

Il réfléchit quelques secondes avant d'ajouter :

– Que ton arrivée à l'université ne soit pas comme tu l'avais imaginée, ça ne m'étonne pas. Tu l'as fantasmée, et crois-moi en fantasme, je m'y connais ! À présent, tu es confrontée à la réalité alors laisse-toi le temps de t'adapter. Tu viens de tout quitter pour l'inconnu et pour vivre une vie que tu n'as vue que sur un dépliant. Ne sois pas trop dur avec toi-même…

J'avais raison, le simple fait de parler avec lui suffit à calmer un peu mes angoisses. Je me rends compte à quel point l'amitié est quelque chose qui me manque.

– Merci Gavin, tes mots me font beaucoup de bien. Je savais que tu étais sympa, dis-je en souriant.

– C'est normal, j'ai quelque chose à te demander.

Je ne peux m'empêcher d'éclater de rire. Il est vraiment incorrigible !

– J'avoue que je ne l'ai pas vu venir ! Bon, dis-moi, qu'est-ce que je peux faire pour toi ?

– Mes parents souhaitent fêter mon anniversaire, rien de grandiose, juste un repas sans intérêt. Mais comme, avec mon père, c'est toujours tendu, je me suis dit que tu pourrais me servir de bouclier humain. Je crois que la seule chose que nous avons en commun, ce sont quelques gênes. Il n'y aurait que mes parents, mon frère et toi, m'explique-t-il, en jouant avec ses mains, un peu nerveux.

– Je m'attendais à pire, commenté-je pour le taquiner. Tes parents habitent loin d'ici ?

– À peine à quelques miles. Si je vis près du campus, c'est seulement à cause d'une incompatibilité d'humeur avec mon père.

– Eh bien, tu peux compter sur mon soutien.

CHAPITRE 4

Les jours se suivent et se ressemblent. Plus le temps passe et plus je me demande si j'ai les épaules pour être volleyeuse professionnelle et si je suis à la hauteur de mes ambitions. Je crois que je suis arrivée ici trop confiante. Je pensais être prête pour cette équipe, avoir le talent nécessaire pour en faire partie.

Oui, j'ai vraiment cru que Stanford m'attendait.

La réalité est violente et j'ignore si je suis capable de l'affronter. Si mon ego était un moteur jusque-là, désormais, c'est un fardeau que je traîne comme un boulet. Je suis une joueuse parmi tant d'autres alors que mon souhait était de briller, de sortir du lot. Alors, à quoi bon ? Le doute est devenu une seconde peau, un épais brouillard dans lequel je me perds.

Ça fait plusieurs entraînements que j'évite volontairement Andy. Et peut-être que lui aussi après tout, mais ça me va très bien ainsi.

Comme d'habitude après ma séance de course, je continue avec mes exercices pour travailler ma détente. Le coach Vaughn s'approche pour observer mes « progrès », accompagné par Andy. *À mon grand désespoir !* J'essaie de faire abstraction de leur présence pour me concentrer. Finalement, mon premier entraîneur est hélé par le gardien du gymnase, nous laissant seuls. Pour autant, je ne quitte pas des yeux le trait sur le mur.

Soudain, Andy intervient.

– Refais une série de fentes sautées avant d'essayer d'atteindre cette marque.

Je m'exécute en lui tournant le dos. Je fais même une série supplémentaire pour lui prouver ma bonne volonté avant de m'élancer, mais je suis encore loin de mon objectif.

– Encore ! ordonne-t-il.

Je ne dis rien et recommence sans résultat.

Je pose mes mains sur mes hanches, essoufflée et baisse la tête, dépitée par ce nouvel échec.

– Encore ! répète-t-il.

– Je peux plus, haleté-je.

– J'ai dit : encore, insiste-t-il d'un ton froid.

Encore ! Mais il n'a que ce mot à la bouche ou quoi ? Je ne le supporte plus ! Euh, le mot ou celui qui le prononce ? Même moi, je ne sais pas.

J'ai l'impression d'atteindre mes limites. Mon corps tremble de part en part, mon cœur tambourine dans ma poitrine, mon souffle est anarchique, mes genoux sont sur le point de céder tandis que mes mollets brûlent sous l'effort.

Pourtant, je ne dis rien, serre les poings et me remets en place. Je puise dans mes dernières forces. Alors que j'effectue une nouvelle flexion, mon corps est saisi d'une douleur inouïe. Je sens les gouttes de sueur dévaler ma colonne vertébrale. Ce saut est fatal, je m'effondre dans tous les sens du terme sur le sol. Le dernier rempart vient de céder, mes larmes inondent mon visage et deviennent intarissables.

Andy s'approche de moi pour me tendre la main.

– Laisse-moi ! hurlé-je en la repoussant.

– Ça va venir, tente-t-il de me rassurer.

Mais ses mots se mêlent à ma déception, et ce cocktail n'est pas un bon mélange.

– Je n'y arriverai jamais ! C'est bien ce que tu voulais me prouver, non ?

Je sais plus quoi faire, je suis à bout de forces. Je dois me rendre à l'évidence : je ne suis pas la joueuse que je pensais.

– Va boire de l'eau et reviens quand ça ira mieux, me conseille-t-il d'une voix plus douce.

– Je n'ai pas besoin d'eau ! crié-je en le fusillant du regard.

Tout le monde s'est arrêté pour nous observer, stupéfaits.

– Arizona, respire un grand coup.

Je ne veux pas de sa pitié. *Il ne comprend vraiment rien !*

– Tu sais de quoi j'ai besoin ? J'ai besoin que tu me lâches la grappe, j'ai besoin que tu arrêtes d'être constamment sur mon dos, je n'en peux plus ! Après tout, ce que tu voulais, c'était que je laisse tomber. Félicitations coach, je baisse les bras !

Je le fixe un instant pour qu'il assimile le sérieux de mes propos avant de lui tourner le dos. Je regarde droit devant moi sans faire attention à la surprise plaquée sur le visage de mes coéquipières.

Quand je quitte le gymnase, je tente d'expulser cette douleur qui me tord la poitrine mais rien n'y fait. À mesure que je m'approche de ma résidence, l'assurance qui était présente sur le parquet cède place aux doutes.

En arrivant dans ma chambre, je balance mon sac de sport avant de me jeter sur mon lit pour étouffer mes regrets dans mon oreiller. *Impossible de faire machine arrière !* Je viens vraiment de tout foutre en l'air ? Mais qu'est-ce qui m'a pris ? J'ai fait une énorme connerie. *Une putain de connerie !* L'inquiétude me gagne.

Alors que je fais les cent pas dans la pièce à la recherche d'une idée pour réparer mon erreur, Jordane apparaît.

– Le coach… commence-t-elle avant que je l'interrompe.

– Oui, je sais… Je n'aurais pas dû ! J'ai merdé ! Comment je vais faire pour arranger ça ?

– D'abord, respire profondément puis répète après moi : « Je suis désolée. » Maintenant, descend, il t'attend.

J'écarquille les yeux, ahurie.

– Je te demande pardon ?

– Oui ça marche aussi, allez fonce, il ne va pas rester là indéfiniment ! Et quoi qu'il dise, tu réponds toujours : « Je suis désolée », compris ?

Je me précipite dans l'escalier, complètement abasourdie. Cependant, je redoute ce qu'il va me dire. Je sors et l'aperçois adossé à un lampadaire. Je marche lentement dans sa direction, le cœur battant, les mains moites, littéralement morte de trouille.

Face à lui, je garde la tête baissée.

– C'est bon ? Tu es calmée ? demande-t-il d'un ton à la fois soucieux et assertif.

Je ne réponds pas, préférant le laisser parler en premier.

– Avant tout, que les choses soient bien claires, je ne viens pas te supplier mais seulement t'expliquer quelques points. Ensuite, le choix t'appartiendra. On est d'accord ?

Je relève alors la tête pour le regarder dans les yeux. Je suis suspendue à ses mots, angoissée à l'idée d'avoir tout perdu à cause de la pression.

– Tu penses que je suis ton ennemi mais tu te trompes car ton pire ennemi, c'est toi et uniquement toi. Tu ne dis jamais rien, tu te dévalorises en silence et finis par croire tes doutes. Mon rôle n'est pas de te brosser dans le sens du poil. Tu n'as pas atterri ici par hasard ! Ton job, c'est de te dépasser, de donner le meilleur de toi-même. Si je te fixe un objectif, c'est que je sais que tu peux l'atteindre, mais ça ne se fera pas sans travail ou en un jour ! Celle contre qui tu dois te battre, c'est toi ! Je ne vais pas venir te chercher à chaque fois que tu as des états d'âme. Tu crois que tu ne peux pas améliorer ta détente, je te parie vingt dollars que, dans un mois, tu auras déjà gagné un centimètre. Mais pour ça, il faudrait que tu me fasses confiance. Alors, qu'est-ce que tu en dis ?

– Je suis désolée, coach, dis-je simplement, affectée par ses mots.

– Je ne suis pas venu chercher des excuses mais une battante, une joueuse qui en veut et qui va tout donner pour être à la hauteur de ses ambitions. Es-tu cette fille ?

Il plonge ses yeux dans les miens, attendant ma réponse.

– Oui, assuré-je, sans détourner le regard.

Il hoche la tête, satisfait.

– Je peux t'aider sur la technique mais pour devenir la meilleure, il y a un truc contre lequel je ne peux rien, c'est ton mental. Il t'appartient et personne ne pourra faire le travail à ta place.

Je me contente d'acquiescer, car je sais qu'il a raison.

– Demain matin, rendez-vous aux aurores sur la plage de Montara State Beach, OK ?

– D'accord.

– Bien. Il ne me reste plus qu'à te souhaiter une bonne soirée et d'être en forme pour la suite du programme.

– Merci.

Andy s'apprête à partir quand une question me brûle les lèvres.

– Coach, une dernière chose. Pourquoi me donner une deuxième chance ?

– Il n'y a pas de chance, Arizona, que du travail, répond-il simplement avant de disparaître dans la nuit.

Je rentre dans ma chambre, encore perturbée par notre entrevue. Jordane, impatiente, se jette sur moi.

– Je vous ai vus par la fenêtre mais je suis nulle pour lire sur les lèvres. Qu'est-ce qu'il t'a dit ?

– J'ai fait ce que tu m'as conseillé, je me suis excusée.

– Et ?

– Je ne suis pas virée, mais je ne dois rien lâcher !

Je préfère garder pour moi pour l'instant ce rendez-vous à la plage.

– Si tu avais vu sa tête quand tu es partie… Tout le monde était sous le choc ! Je crois qu'il s'est rendu compte qu'il était allé trop loin. Bien sûr, tu n'aurais pas dû réagir ainsi. Cependant, je peux comprendre, trop de pression, tue la pression. Le principal, c'est que ça se finit bien !

Lorsque je pars pour Montara State Beach, Jordane dort encore. Le soleil illumine à peine l'océan quand je gare ma voiture. Je descends les quelques marches à la recherche de mon coach. La plage est quasi déserte, à part un homme courant au bord de l'eau et un autre installé près du terrain de beach-volley.

Je m'avance tandis qu'Andy, assis, observe la mer d'un air pensif.

– Salut, dis-je tout bas, de peur de le déranger.

– Salut, répond-il en se tournant vers moi.

Il se relève avec l'aide de sa canne et plonge ses yeux dans les miens.

– Prête ?

– Oui.

Il m'explique ce qu'il a prévu pour aujourd'hui puis je pose mon sac, ma veste et m'élance vers l'océan. Je laisse la brise marine me caresser le visage en profitant du spectacle qui s'offre à moi. C'est un duel entre les falaises rocheuses d'un côté et l'eau turquoise de l'autre. Comme si l'océan déchaîné, essayait désespérément de toucher la terre, en vain.

En revenant près d'Andy, il me tend une bouteille d'eau que j'accepte avec joie.

– Tu as dit que tu n'en pouvais plus de ce mur alors je te propose de nous retrouver ici tous les matins à la même heure. En contrepartie, plus de mur, plus de marque, ça te va ?

Sa voix est posée, calme. Je perçois néanmoins toute son assurance, il sait ce qu'il fait.

– Parfait !

– En revanche, ne te réjouis pas trop vite, car ce que je te réserve pourrait bien te faire regretter le gymnase…

La grimace sur mon visage parle pour moi. Andy n'est pas du genre à se laisser attendrir, bien au contraire, il m'indique le chemin du terrain.

– Allez au travail ! Sans réfléchir, tu attaques toutes les balles que je t'envoie.

C'est la première fois que je joue dans le sable et c'est complètement différent. Lorsque je m'élance pour frapper le ballon, mes pieds se soulèvent à peine. Andy remarque immédiatement mon étonnement.

– Eh oui, dans le sable, tu vas devoir redoubler d'efforts. Il te faut chercher plus loin pour réussir à te décoller au maximum du sol. L'avantage de t'entraîner sur la plage, c'est que tous tes efforts seront visibles ensuite sur le parquet.

Un voile de sueur recouvre à présent mon corps mais je tiens bon. Si mes attaques sont plus que laborieuses, ce n'est rien comparé à mes services smashés. À tel point que le premier tombe à quelques mètres de moi et que le deuxième est carrément loupé.

Un rire nerveux me saisit, et je le vois se retenir pour ne pas m'imiter.

– Je te l'accorde, c'était drôle. Maintenant, remets-toi en place, s'il te plaît, il ne reste plus beaucoup de temps.

Je me concentre mais mon ballon ne dépasse jamais le filet.

Dès qu'il m'annonce la fin de notre session, je m'écroule sur le sable, épuisée. Il me tend une nouvelle bouteille d'eau que je bois d'une traite.

– Pas mal pour une première en beach-volley, commente-t-il en s'asseyant près de moi entre deux gorgées.

– Tu plaisantes ? Je n'ai même pas réussi un service !

– Donc quand j'essaie la manière forte, ça ne va pas et quand j'essaie la manière douce, ça ne va pas non plus. C'est bon à savoir…

Il lève les yeux au ciel avec humour.

– Pour ce qui s'est passé hier, j'étais juste à bout de forces et sans doute à bout de nerfs. Je sais que ça n'excuse rien, mais j'étais paralysée par l'idée de ne pas y arriver et que mes rêves s'arrêtent à ce trait noir inaccessible. J'ai perdu mes moyens. Cependant, j'ai compris ce que tu m'as dit ; je vais te faire confiance, me battre et réussir.

– C'est tout ce que je voulais entendre, dit-il en hochant la tête, un rictus au coin des lèvres.

Un sourire se dessine sur les miennes, je suis soulagée par cette nouvelle perspective.

– On en reparle malgré tout dans un mois, quand tu seras venue tous les matins, sans exception. On verra si tu as toujours cette même expression plaquée sur le visage. Je te préviens, une seule protestation et ça sera des pompes.

– Bien, coach.

Est-ce que je me réjouis chaque matin de me lever et de retrouver Andy sur la plage ? Absolument. De cet entraînement aux aurores se dégage un sentiment de bien-être absolu, auquel je suis devenue complètement accro.

Je mange du sable, mes genoux sont écorchés par endroits et ma voiture est à peine visible à cause de la poussière, mais j'ai pris goût à nos rendez-vous.

J'ai retrouvé le plaisir de jouer. Je remarque même des améliorations, notamment en attaque. Au-delà du jeu, j'ai la sensation de nouer un lien particulier avec Andy. C'est plus apaisé entre nous.

Au fil de ces levers de soleil, il se livre davantage. À chaque fois qu'il évoque des souvenirs de sa carrière ou bien une anecdote lors de ses derniers Jeux olympiques, je rêve les yeux ouverts. Je n'ai pas encore osé lui parler de sa blessure mais la question me brûle les lèvres. Je crains d'aller trop loin et d'éclater cette jolie bulle dans laquelle j'aime le rejoindre.

D'ailleurs, j'ai constaté certains changements de son côté. J'ignore s'il s'en est rendu compte. Lorsqu'il me fait des passes, ses pieds se décollent légèrement du sol, ce qui n'était plus le cas depuis son accident. Ce n'est peut-être pas grand-chose mais je suis certaine que c'est un bon présage.

Complètement happée par mes pensées, je ne réceptionne pas la bouteille d'eau qu'il m'envoie et qui atterrit sur moi. Andy se moque alors que je la ramasse. J'en bois une gorgée et lui balance le reste au visage. À mon tour de rire ! Mais c'est de courte durée quand il m'attrape, me fait basculer sur son épaule malgré mes hurlements pour me jeter dans l'océan ! Trempée jusqu'aux os, je réussis tant bien que mal par l'éclabousser, incapable d'arrêter de rigoler.

Ça fait du bien de lâcher prise, d'être une fille de mon âge qui s'amuse un peu.

Chaque moment que je partage avec lui provoque une sensation étrange qui parcourt tout mon être. Quelque chose sur lequel je n'ai pas encore mis de mots, mais qu'il ne vaudrait mieux pas nommer.

Aujourd'hui, c'est l'anniversaire de Gavin ! Après avoir terminé l'entraînement avec Andy, je pars aussitôt. Je m'arrête rapidement à la résidence pour prendre une douche et me changer. Quand je descends, Gavin en parfait gentleman m'attend déjà. Je le salue puis nous partons en direction de chez ses parents.

Étrangement, aucune trace de sarcasme ou tentative de blague, Gavin demeure silencieux durant tout le trajet. Quand il s'arrête en voiture devant, ce que je présume être, sa maison, j'essaie de le détendre un minimum.

– Est-ce qu'il y a quelque chose que je peux faire pour t'apaiser un peu ? m'inquiété-je.

– Juste, promets-moi de m'aimer toujours après ça.

– Mais qui t'as dit que je t'aimais ?

– Merci, conclut-il avec un mince sourire.

En sortant du véhicule, je surprends Gavin en train de prendre une profonde inspiration. *C'est si terrible que ça ?*

Ça me fait de la peine de le voir aussi tendu.

Nous sommes dans le centre de San Francisco, face à une maison rouge et blanche mitoyenne des deux côtés. J'aperçois une femme nous attendre sur le perron, en haut des marches. Elle est très élégante, son brushing est parfait et elle est vêtue d'une robe fleurie cachée sous son tablier blanc.

Elle attrape son fils en premier avant de me serrer à mon tour.

– Enchantée, Madame, la salué-je en souriant.

– Entrez donc, nous invite-t-elle d'une voix enjouée.

Nous dépassons le couloir quand je devine un homme assis dans un fauteuil, visionnant un match de football américain. Son père.

Il se lève soudain pour nous accueillir. Je le dépasse de quelques centimètres mais il reste intimidant avec son ventre prédominant et son crâne dégarni. Moins chaleureux que sa femme, il me tend la main.

– Bienvenue, Mac c'est ça ? m'interroge-t-il d'un regard frigide.

– Oui, Monsieur. Ravie de vous rencontrer ! réponds-je par politesse.

Le visage de cet homme ne m'est pas inconnu, j'ai le sentiment étrange de l'avoir déjà croisé quelque part, mais où ?

– C'est bien la première fois que Gavin ramène une fille à la maison ! commente-t-il avec un rire grave.

Je me contente de sourire et remarque que mon ami ne réagit pas, presque en retrait.

– Ne restez pas là, asseyez-vous ! m'ordonne gentiment sa mère.

On s'exécute, la télé toujours allumée.

– Je vais éteindre. Si tu es comme mon fils, le sport ne t'intéresse pas, lance-t-il sur un ton amer.

– À vrai dire, je…

– Vingt ans aujourd'hui, Gavin, j'espère que c'est l'âge de la raison, m'interrompt-il.

Ce dernier ne répond toujours pas tandis que sa mère fait irruption dans le salon.

– James, tu ne vas pas commencer !

– Ben quoi ? Faut bien que quelqu'un essaie de le raisonner !

– On devrait passer à table. Ton frère a prévenu qu'il aurait un peu de retard, reprend-elle en s'adressant à Gavin.

Je commence à comprendre pourquoi il a tant insisté pour que je l'accompagne…

Son père se lève en premier, suivi de notre duo.

Gavin s'approche de moi et chuchote :

– Plus tôt on sera débarrassés, mieux ce sera.

– Courage, lui intimé-je en lui serrant la main.

On s'installe silencieusement à table avant que sa mère m'interroge.

– Alors, comment vous vous êtes rencontrés ?

– À la cafétéria de l'université. On a parlé musique et fait connaissance. On s'est très vite bien entendus.

– Tu viens d'où ? demande son père.

– C'est un interrogatoire ? intervient Gavin.

– On veut juste en apprendre davantage sur ton amie, explique sa mère pour le rassurer.

– Je viens de Benson, en Arizona, réponds-je entre deux bouchées de salade. Je suis venue à Stanford parce que j'ai obtenu une bourse d'étude pour jouer au volley.

– Justement…

La porte s'ouvre au même moment.

– Je suis là ! s'écrie la personne depuis l'entrée.

Cette voix ne m'est pas étrangère… Je n'ai pas le temps de deviner à qui elle appartient qu'Andy apparaît dans l'encadrement de la porte. Je m'étrangle de surprise. Gavin me tend un verre d'eau.

– J'allais justement te demander si tu connaissais mon fils ! reprend son père fièrement.

Pendant que je fusille du regard mon ami, je chuchote discrètement :

– Pourquoi tu ne m'as rien dit ?

– Oups ! se contente-t-il de répondre, un air faussement embarrassé sur le visage.

– Je vais te tuer ! le menacé-je d'une voix grave.

– J'exige une mort lente et dans d'atroces souffrances.

– Compte là-dessus !

Vu la tête d'Andy, il est aussi surpris que moi. Il m'observe un long moment mais s'interrompt lorsque sa mère passe près de lui.

– Qu'est-ce que tu fais planté là droit comme un piquet ? le gronde-t-elle gentiment. Va donc t'asseoir.

Ces mots le libèrent de son étonnement. Andy ne se fait pas prier et claque l'arrière de la tête de son frère au passage.

Plus fort ! J'aurais tenté le traumatisme crânien, au moins !

CHAPITRE 5

Est-ce que ce repas est embarrassant ? Assurément ! Avoir mon coach face à moi et mon ami silencieux juste à côté de lui paraît irréel. Je me liquéfie sur ma chaise et n'ai qu'une seule envie : fuir le plus loin possible.

Pourtant, mon corps refuse de bouger. Depuis qu'Andy a débarqué, le malaise est palpable. De nous trois, plus personne n'ose se regarder dans les yeux. Leur père à ma gauche et leur mère à ma droite semblent être les seuls à l'aise à cette table.

– Alors Mac, mon fils est un bon entraîneur ? me demande son père entre deux bouchées de pommes de terre.

Je jette un coup d'œil rapide au concerné avant de répondre :

– Oui… Oui, Monsieur.

Gavin me regarde et mime avec sa bouche : « Attention, tu rougis ! » En réponse, je dessine un joli *fuck* avec la nourriture dans mon assiette, qui le fait pouffer de rire. Aussitôt, Andy hausse les sourcils. Quand leur mère tourne la tête vers moi, je m'empresse de manger pour effacer toutes traces de mon impudence mais les deux frères ont du mal à contenir leur hilarité. *Tant mieux si ça peut aider à détendre l'atmosphère !*

– Les garçons, nous avons une invitée, s'il vous plaît, gronde-t-elle.

– Dis, fiston, tu penses que Stanford a une chance de remporter le championnat national cette année ? Ce serait le dixième titre pour l'université.

– On y travaille, papa, lui répond Andy, sans vouloir s'attarder.

– Si ce n'est pas le cas, tu sais que le poste de commentateur à la chaîne t'attend.

– Papa, tu ne vas pas recommencer…

– Quoi ?

– Une minute ! Vous êtes James Spencer ? Votre visage me disait bien quelque chose ! Vous êtes le célèbre commentateur sportif de Fox Sports ?

– On ne peut rien vous cacher ! confirme-t-il en se redressant fièrement.

– Quand je vais dire ça à mon père ! C'est un de vos plus grands fans ! Il utilise souvent votre formule célèbre : « C'était James Spencer, je rends l'antenne et n'oubliez pas, le sport, c'est l'âme des Warriors ! » l'imité-je avec une voix grave.

– Génial ! Une groupie… marmonne sarcastiquement Gavin.

Cette fois, c'est plus fort que moi, je lui lance un coup de pied discrètement sous la table.

– D'atroces souffrances, hein… lui rappelé-je en chuchotant.

Mon ami se masse le tibia en grimaçant.

Le karma !

– Enfin quelqu'un à cette table qui reconnaît mon talent à sa juste valeur ! se congratule leur père.

Gavin et Andy lèvent les yeux au ciel.

– Vous pouvez souffler mais j'ai travaillé dur pour arriver où je suis. Je vous rappelle que je suis un ancien sportif de haut niveau, reconverti en commentateur sportif et aujourd'hui, directeur de la chaîne. J'aurai juste aimé que vous preniez exemple sur moi. J'ai même imaginé que vous suivriez mes traces mais à vous voir, c'est la pire chose qui pourrait vous arriver !

– James, qu'est-ce qu'il y a de mal à ce qu'ils suivent leur propre voie ? intervient sa femme.

– C'est ce que tu penses ? Gavin n'a même pas été foutu d'avoir son année, parce qu'il croit que porter des tenues extravagantes, c'est suffisant pour être créateur de mode. Heureusement qu'Andy s'en sort mieux… Disons que je ne désespère pas, s'emporte-t-il.

– Joyeux anniversaire Gavin ! ironise mon ami, les mains crispées sur la table.

Je m'essuie la bouche et regarde son père droit dans les yeux.

– Il n'y a pas de mal à avoir des rêves et tout faire pour les réaliser. Vous connaissez sûrement ça, le sport de haut niveau exige des sacrifices et beaucoup de sueur. Vous n'êtes pas arrivé sur le terrain ni à la télévision par hasard, je présume. De mon côté, j'espère un jour avoir le même parcours que votre fils. C'est pour ça que je suis là, déclaré-je en fixant Andy. Il a peut-être joué de malchance, mais il s'en sort très bien. Gavin, lui, a une âme d'artiste qu'il ne faut pas sous-estimer, il finira par briller parce que la lumière, c'est qui lui va le mieux.

Un silence de plomb s'installe autour de la table tandis que je sens le regard des deux frères sur moi. Leur père le brise comme s'il n'avait rien entendu de mon intervention.

– Qu'il ne tarde pas trop quand même, car pour l'instant, c'est le néant absolu !

Quel connard !

– James, maintenant ça suffit ! le corrige sa femme.

– Ben quoi ? On ne fait que discuter.

– Mac, je suis désolée, mon mari a une façon bien à lui de faire la conversation.

– Ça doit être pareil dans ta famille Mac, non ?

Je crois que le malaise est à son comble, inutile d'en rajouter. Je hoche la tête, la gorge nouée par cette situation de plus en plus gênante.

Note à moi-même : dire à mes parents à quel point je suis reconnaissante et chanceuse pour leur soutien sans bornes à mon égard.

– Bien, et si on passait au gâteau ? nous demande sa femme, dans le seul but de détourner l'attention.

Nous répondons en chœur tous les trois :

– Avec joie !

Nos raisons sont sans doute différentes mais le désarroi dans notre voix est unanime. *Qu'on en finisse !*

Une fois le dessert sur la table, je m'empresse de sortir mon paquet prévu pour l'occasion. Je le tends à Gavin qui me regarde bizarrement.

– Tu m'as fait un cadeau ? me demande-t-il, les yeux ronds.

– C'est une tentative de drague désespérée, plaisanté-je avec un sourire.

Mais mon ami ne dit rien. Cette fois, il ne cède pas à ce petit jeu fait de sarcasmes que nous avons instauré naturellement depuis quelques semaines. Je me demande alors si je n'en ai pas trop fait devant les œillades curieuses de ses parents.

Il s'empresse de déchirer le papier cadeau.

– J'espère seulement que cette fois, quand tu griffonneras, tu me laisseras jeter un coup d'œil, commenté-je en attendant sa réaction.

Je suis tentée de dire que Gavin est ému devant le carnet en cuir que je lui ai offert. Une simple lueur fugace a éclairé son regard, aussi vite disparue qu'elle est apparue, mais j'ai pu la saisir à sa juste valeur.

Andy lui donne le sien à son tour. Une fine enveloppe qui suscite la curiosité de son frère. Gavin en sort deux places.

– C'est pour le FOG en janvier prochain, je me suis dit que ça te plairait. Si tu décides d'y aller un dimanche, je pourrai même t'y accompagner.

– Qu'est-ce que c'est que ça, le FOG ? demande sa mère, intriguée.

– Un festival d'art et de design, lui explique Gavin, l'air rêveur.

Quelle jolie attention de sa part.

– Pourquoi tu l'encourages ? intervient sèchement son père à l'attention d'Andy.

Mon téléphone sonne au même moment. *Sauvée par le gong !* C'est impoli de répondre en plein repas, j'en ai conscience, mais au vu de la situation, j'ai besoin de respirer. Je m'excuse rapidement mais personne ne fait cas de mon absence. Tous sont trop absorbés par leurs disputes incessantes.

Je sors à l'arrière de la maison pour décrocher.

– Salut maman !

– Ça fait plaisir de ne pas parler qu'à ton répondeur, lance-t-elle comme un reproche.

– Désolée, c'est que j'ai été très prise.

Ce n'est pas comme si j'avais eu beaucoup de temps libre.

– Je m'en doute. Je vais mettre le haut-parleur pour que ton père puisse t'entendre, m'informe-t-elle, déjà plus enjouée.

– Papa, tu ne devineras jamais avec qui je viens de déjeuner ?

Évidemment, je ne mentionne pas les récents événements.

Ça m'avait manqué de ne pas avoir les miens au téléphone, ça me fait un bien fou ! Bien sûr, je leur raconte mon début dans l'équipe et mon père remonte aussitôt mon baromètre de confiance en moi, comme il sait si bien le faire.

Même s'il redescend aussi vite…

En pleine conversation, j'entends la porte s'ouvrir derrière moi. Je me retourne et découvre Andy

– Bon, papa, maman, faut que je vous laisse, mais on se rappelle très vite, promis.

– Promis ? répète ma mère, d'une petite voix.

– Mais oui ! Je vous embrasse.

Je raccroche à la hâte et me lève des marches pour faire face à mon coach.

– Je ne voulais pas te déranger, juste m'assurer que ça allait.

– C'étaient mes parents, disons que je les ai un peu négligés, ces temps-ci…

Andy pince seulement les lèvres en guise de réponse et décide de changer de sujet.

– Alors comme ça, tu connais Gavin ? s'étonne-t-il en arquant les sourcils.

– Alors comme ça, tu es son frère ? répliqué-je sur le même ton.

– Et tu l'ignorais ? insiste-t-il, sceptique.

Mes yeux s'arrondissent.

Si je m'y attendais !

Une profonde envie de me justifier me saisit.

– Bien sûr ! Comment aurais-je pu le deviner ? Le seul qui savait, c'est Gavin et il a fait en sorte de garder ça pour lui !

Je me sens rougir à cause de ses insinuations.

Il m'observe une minute.

– Je te fais marcher ! Si t'avais vu ta tête quand je suis entré tout à l'heure ! rit-il.

– Moque-toi mais je crois que tu n'as pas vu la tienne, ça valait le coup aussi, répliqué-je en le taquinant.

Andy sourit en se massant la nuque, un brin gêné.

– Mon frère est le plus blagueur de nous deux.

– Le mot est faible, ajouté-je pour le narguer.

Il descend les marches pour arriver à mon niveau, face à face.

– C'est vrai que c'est curieux de vous voir tous les deux ensemble. Gavin aurait très bien pu se servir de ma notoriété pour se faire des amis sur le campus, mais au contraire, il ne parle jamais de nos liens pour préserver son quotidien. Il est plutôt du genre solitaire, c'est pour ça que je suis étonné qu'il t'ait laissé entrer dans son univers.

– Je ne peux pas parler à sa place, mais pour moi, il est une vraie bouffée d'air frais et ça fait toute la différence dans ma vie. J'aime le découvrir un peu plus chaque jour, même si je n'arrive pas encore à discerner quand il joue la comédie de quand il est sérieux. J'ai parfois l'impression qu'il me laisse entrevoir certaines failles et son vrai visage, ce que je considère plutôt comme encourageant. Je ne désespère pas, lui expliqué-je avec sincérité.

– La preuve en t'amenant aujourd'hui. C'est une première ! Mon f-ère est un gars bien, mais ne lui répète jamais que j'ai dit ça, je le nierai dans tous les cas, me prévient-il avec clin d'œil.

– Un frère sentimental, ça fait tache, c'est vrai, ris-je.

– Mademoiselle, plaisante… J'ai hâte d'être à demain pour te faire payer ce sourire ! chuchote-t-il un peu trop près de mon oreille.

Mon sourire s'efface aussitôt, pas parce que je crains ses menaces mais parce que mon cœur palpite d'une façon inédite.

J'en perds mon assurance. Je n'ai pas le temps d'en comprendre les raisons que Gavin ouvre la porte.

– Si vous faites des gosses, gardez-m'en un !

Andy se contente de pouffer et de secouer la tête avant de lui mettre une nouvelle tape derrière la tête et de regagner la maison. Mon ami me regarde toujours.

Je ne peux m'empêcher d'ajouter :

– Qu'est-ce qui ne tourne pas rond chez toi ?

– T'as de quoi prendre des notes ?

Je soupire en souriant.

– Bon, on rentre ? Le *reboot* de *Kissing Booth*, c'est surfait.

Je ris avant de rejoindre le reste de sa famille.

Heureusement, il est temps de partir. *Plus jamais !* Andy nous annonce qu'il reste encore un peu mais nous raccompagne tout de même jusqu'au perron avec sa mère, son père préférant retourner devant sa télé.

Je descends trois marches et regarde Gavin dire au revoir. Que ça soit sa mère ou son frère, les voir dans les bras l'un de l'autre fait naître un sourire ému sur mes lèvres. Ils sont adorables ! Je n'ose refuser quand cette dernière insiste pour faire de même avec moi.

Soudain, je me retrouve face à Andy sans trop savoir comment m'y prendre. *Quelle idiote !* L'embarras semble réciproque car nos regards hésitent, nos mains se frôlent… *et nos cœurs s'arrêtent !* Finalement, un simple hochement de tête suffit.

Je sens mes joues se teinter de rouge quand je monte dans la voiture de Gavin. Mon ami fait mine de rien.

Il reste silencieux pendant le chemin du retour, j'essaie donc de le distraire.

– On a survécu ? soufflé-je, soulagée.

J'ai du mal à interpréter son regard en coin.

– Mes parents, ce n'est pas de la tarte, hein ? me répond-il en gardant ses mains crispées sur le volant.

– C'est clair que je n'en mangerai pas tous les jours…

– Je ne relèverai pas cette blague pourrie.

– Désolée.

– Tu m'as servi de bouclier humain alors je crois que je devrais plutôt te remercier bien qu'il y ait eu quelques ratés, malgré tout. Merci quand même ! dit-il avec une fragilité dans la voix.

Je sais qu'à cet instant, Gavin ne joue pas la comédie car sa vulnérabilité m'émeut. Je crois qu'il a besoin qu'on dédramatise la situation.

– Ce sont les remerciements les plus bizarres que j'ai entendus !

– Je les trouve cool, moi.

– Je peux te poser une question ?

– Tu veux connaître mon secret pour être aussi beau ? Je n'y suis pour rien, c'est naturel.

Je retrouve enfin mon ami !

– Tu peux essayer d'utiliser le rire pour détourner l'attention mais ça ne marche pas avec moi. Gavin, comment peux-tu être aussi lumineux et drôle, quand nous sommes ensemble et aussi éteint et triste avec tes parents ? Pourquoi tu ne leur montres pas qui tu es vraiment ?

Il inspire profondément quelques secondes avant de répondre.

– Parce qu'ils s'en fichent, je n'entre pas dans leur moule, un point c'est tout. Trop excentrique, trop différent, trop gay aussi… Ça ne correspond pas à leur image idéale de la famille.

Ça me serre le cœur de l'entendre parler ainsi, de savoir qu'il pense ne pas mériter leur amour et d'être une perpétuelle déception. Sauf qu'il se trompe !

– Tu as tort. En réalité, tes parents font ce qu'on appelle une « projection ». Il suffit que tu saches dès l'enfance jouer au ballon correctement pour qu'ils t'imaginent déjà footballeur professionnel. Ils avaient peut-être des projets pour toi à l'époque mais aujourd'hui, tu n'es plus un enfant. Tu as tes propres envies, ambitions et rêves. Si tu y crois, tu dois aller jusqu'au bout, même si ton entourage n'approuve pas ou, pire, te décourage. Albert Einstein disait : « Ceux qui disent que c'est impossible sont priés de ne pas déranger ceux qui essaient. » Ce n'est pas le destin de tes parents que tu tiens entre tes mains, mais uniquement le tien.

– Combien je te dois pour la séance ? tente-t-il une nouvelle blague.

– Ah ! Qu'est-ce que tu peux être agaçant ! Je te parle sérieusement, là !

– Je sais... Mais j'ai eu ma dose de « sérieux » pour la journée. J'entends ce que tu me dis et je dormirai dessus, je te le promets. Là, tout de suite, j'ai envie de légèreté.

– OK... C'est ton anniversaire, après tout.

Par contre, il se trompe s'il pense que je vais lâcher l'affaire aussi facilement.

– Et si on parlait plutôt de mon frère et toi ? En voilà, un sujet croustillant ! J'ai interrompu quelque chose tout à l'heure, dans la cour ? demande-t-il d'un air diabolique.

– Qu'est-ce que tu insinues ? J'étais simplement au téléphone avec mes parents lorsque ton frère passait au même moment. Qu'est-ce que tu vas chercher, franchement ? plaisanté-je.

Pourquoi j'ai à nouveau le cœur qui s'emballe ?

– Mais t'es aveugle, ce n'est pas possible ! C'était tellement chargé en électricité entre vous deux qu'on aurait pu éclairer toute la Mongolie !

Je lève les yeux au ciel.

– Je crois surtout que tu devrais arrêter de regarder Netflix, tu te fais trop de films.

– Et moi, je te dis que tu devrais enlever ce ballon de volley qui t'obstrue la vue !

– Ton frère est mon coach et ça ne va pas plus loin, conclus-je, en tentant d'avoir l'air convaincante.

– Bien sûr, t'as raison…

– Tu me fais marcher, c'est ça ?

– Non, tu as vu juste. Inutile d'aller bien loin, il est vraiment tout près ! plaisante-t-il en me regardant.

Gavin arrête la voiture devant la résidence au même moment. Comme son frère avant moi, je lui donne une tape derrière la tête.

– Tu es exaspérant, tu le sais ? Je crois que je vais te laisser divaguer tout seul. Bonne soirée !

Je descends, agacée, mais Gavin m'interpelle.

– Essaie de ne pas trop mouiller les draps ce soir en pensant à mon frère !

– Connard !

Je lui tourne le dos mais l'entends derrière moi imiter des gémissements avant qu'il n'éclate de rire. Aussitôt, je lui fais un doigt d'honneur sans être sûre qu'il le voie, puis disparaît dans la résidence.

Ce matin, comme à notre habitude, je retrouve Andy au bord de l'océan. Ses menaces d'hier, quand il m'avait juré de me faire souffrir, sont mises à exécution ! Il m'a préparé un tout autre programme. Après la course, les séries de pompes et d'abdos, je sue sur les squats. Quel sadique ! Je vois bien qu'il prend un malin plaisir à me voir endurer sa vengeance.

Ses « ça va ? » répétés avec un ton bizarrement enjoué entre chaque série prouvent bien qu'il souhaite m'entendre le supplier d'arrêter. Mais je refuse de lui faire ce plaisir, je suis plus forte que ça !

Ce n'est pas ce que disent tes mollets tremblants !

Il m'invite enfin à passer sur le terrain.

– Place-toi en position de réception, m'ordonne-t-il.

Sans discuter, je m'exécute et fléchis les jambes.

Il m'envoie un véritable boulet de canon, quel enfoiré ! Je ne m'attendais pas à une telle puissance. Andy lit tout de suite l'étonnement sur mon visage.

– Y'a un problème ? s'empresse-t-il de savoir.

Son ton est trop angélique pour être sincère. *Son petit jeu n'est donc pas terminé !* Est-ce que ça m'amuse ? Complètement ! Même si mes poignets brûlent de douleur, je réponds à son sourire avec la même innocence.

– Non, non… Je n'étais pas concentrée, c'est tout. Désolée, recommence.

Andy est médusé par ma réaction, mais il se ressaisit très vite.

– Bien. Alors en position !

Sa frappe est incroyable !

J'encaisse, mes bras aussi mais je ne dis rien. Les balles s'enchaînent et la tension s'accentue. Le jeu laisse place doucement à un duel d'ego. Ni lui ni moi ne voulons nous avouer vaincus. J'ai envie de lui prouver que je peux le faire, que je peux réceptionner ses attaques violentes.

Je le regarde attentivement armer son bras, vois ses muscles du haut du corps bouger à la perfection et enfin ce ballon. Il va trop vite, trop fort, trop… sur moi ! Il me frappe directement sur la poitrine et, sous la violence de l'impact, je tombe sur le sable. J'ai l'impression qu'il a mis mon cœur sur pause. J'essaie de reprendre mon souffle alors que ma cage thoracique souffre le martyre.

Je n'ai pas encore ouvert les yeux que je sais qu'Andy est près de moi, son ombre me recouvre. *J'ai trop mal !*

Je le sens s'agenouiller à côté de moi.

– Je ne sais pas ce qui m'a pris. J'y suis allé trop fort, je suis désolé, s'excuse-t-il d'une voix coupable.

– Ce n'est rien, c'est le métier qui rentre ! tenté-je de le rassurer.

– Tu es quand même bien rouge ici !

Du bout des doigts, Andy caresse ma peau blessée. Aussitôt mes paupières s'écarquillent, mon cœur bat anormalement et le temps se suspend. Je suis contente d'avoir mes lunettes de soleil pour dernier rempart afin de cacher ma réaction absurde. Et comme si ça ne suffisait pas, les paroles de Gavin, encore présentes, me reviennent en mémoire. Andy ne bouge plus et semble aussi perturbé. Un bref instant, je me demande s'il ressent lui aussi cette sensation étrange.

Puis en un battement de cils, je retrouve enfin la raison et me relève rapidement.

– Je vais aller mettre un peu d'eau dessus.

Lorsque je me redresse, je vois bien qu'il a l'air d'accuser le coup mais je refuse de jouer à ce jeu-là sans en connaître les règles, alors je cours vers la mer sans réfléchir. Je me rafraîchis mais ça ne suffit pas, j'aurais plutôt besoin d'une cryothérapie. J'observe Andy de loin, et à cet instant, j'en veux à Gavin d'avoir insufflé ses théories ridicules dans mon esprit, comme si ses mots m'avaient été injectés directement en intraveineuse.

Pourvu que ce sang contaminé ne gagne pas mon cœur !

CHAPITRE 6

Aujourd'hui, j'ai juste le temps d'avaler une pomme pour le déjeuner. Le prof de médias et communication a terminé son cours en retard et j'ai dû encore passer à la bibliothèque avant d'aller à l'entraînement.

Je mange mon fruit en marchant quand j'aperçois Andy et Arina devant le gymnase. Il me tourne le dos mais pas cette dernière. Je discerne dans ses yeux les flammes de la séduction et ce qui me gêne le plus, c'est ce que je ressens au même moment. Mon cœur se serre douloureusement dans ma poitrine. Si c'était un ballon, j'aurais déjà tapé dedans ! Je m'en veux de penser ça ainsi mais il semblerait que mes réactions soient indépendantes de ma volonté. *Quelle volonté ?*

Je ferme les yeux juste une seconde, inspire profondément et, lorsque je les dépasse, je les salue de la manière la plus détachée possible.

En entrant dans le gymnase, adossée contre le mur, je lâche un soupir de soulagement. Je n'ai pas le temps d'analyser mes émotions ou ce que je ressens, Jane fait son apparition. Parfaite distraction, je la suis jusqu'aux vestiaires et me concentre uniquement sur ses paroles.

De nouveau sur le terrain, mon regard se pose sur Arina et je me laisse distraire par mes pensées pendant que les coachs donnent leurs directives. Cette fille est un show à elle seule. Ses cheveux blonds plaqués parfaitement en arrière, sa posture idéale, son menton toujours bien relevé et ses yeux, remplis de détermination. Force est de constater que tout est dans l'attitude et… le talent ! Je pourrais dire qu'il s'y cache malgré tout ses faiblesses mais ce serait un mensonge. Arina est tellement parfaite que c'en est écœurant !

Prise en plein flagrant délit, le coach m'interpelle.

– Arizona, tu es avec nous ? me demande Andy.

Tous les yeux se braquent alors sur moi et je ne peux m'empêcher de rougir.

– Oui, oui… balbutié-je à demi-mot.

– Alors à toi !

Je me place devant Arina qui chuchote à mon passage afin d'être la seule à l'entendre :

– Va lui montrer comment joue une remplaçante !

Il ne m'en fallait pas plus pour raviver mon envie de tout déchirer. Lorsque je passe à l'attaque, je bous littéralement et n'essaie même pas de le cacher.

Le coach Vaughn m'observe attentivement.

– Comme Arina, tu commences par une attaque classique placée, annoncée et pour la seconde, une basket, compris ?

Je hoche la tête car je suis déjà concentrée sur le ballon qu'il tient entre ses mains.

– Alors la première en poste quatre et pour la seconde, dans l'angle du poste un, poursuit-il en m'indiquant les repères sur le terrain.

Jane est à la passe. Dès que le coach siffle, plus rien n'a d'importance à part ce ballon que j'attends avec impatience. J'applique tous les conseils que j'ai reçus jusque-là, notamment celui où j'imagine la tête d'une personne que je déteste à la place du ballon. Bien sûr, aujourd'hui il s'agit du visage angélique d'Arina.

La passe est parfaite, je m'élance et frappe de toutes mes forces. Je crois même avoir lâché un cri de rage dans ma course. Mon attaque est magnifique, dans les trois mètres mais surtout dans l'angle demandé.

Quand mes pieds touchent de nouveau le sol, je sens un sourire satisfait naître sur mes lèvres. Pour la première fois depuis longtemps, je suis fière de moi. Pourtant, je cherche aussitôt l'approbation dans les yeux de mes coachs. Je m'aperçois par la même occasion que tout le monde me dévisage.

Le coach Vaughn échange un drôle de regard avec Andy comme s'il s'agissait d'un message codé. Ce dernier s'approche de moi et murmure :

– Je crois qu'il est temps, suis-moi.

Il est temps ? Pour quoi ? Je le suis sans trop comprendre.

– Le moment est venu, déclare-t-il en me désignant le mur et la trace faite au marqueur.

Andy attend tandis que j'observe ce trait pour la première fois sans le détester, mais non sans une certaine pression. S'il pense que je suis prête, je dois lui faire confiance.

Je respire profondément, observe mon objectif, me concentre et saute enfin. Bizarrement, j'ai l'impression d'être légère comme une plume.

Andy ne loupe rien de ma détente, s'empresse de mesurer puis se tourne vers le coach Vaughn.

– Un et demi, coach ! crie-t-il fièrement.

– Bien MacKenzie, mais il me semble que l'exercice n'est pas encore terminé.

Je ne peux contenir ma joie, encore moins quand je croise le regard noir d'Arina qui nourrit davantage ma satisfaction.

Andy s'approche pour murmurer à mon oreille :

– Je suis sûr que pendant l'attaque de tout à l'heure, t'es montée à deux centimètres ! Les cinquante millimètres manquants viennent de la rage que tu y as mise. Essaie de l'apprivoiser car c'était vraiment impressionnant ! me félicite-t-il avec un rictus.

Un sentiment de fierté gonfle ma poitrine. Andy passe près de moi, m'enveloppe de son parfum naturel et instinctivement je souris… comme une gourde !

Je me retiens de me gifler…

Je peux dire sans conteste que c'était le meilleur entraînement depuis la rentrée ! Si la journée a été épuisante, j'ai pourtant l'impression de marcher sur un nuage. La sensation d'avoir réussi quelque chose est tellement exquise. Je ne sais pas vraiment comment la décrire à part que je pourrais très vite y être accro.

Quand je sors du gymnase, Arina et Gail sont en pleine discussion. Je fais mine de ne pas les voir et poursuis mon chemin.

– Passer de médiocre à passable lui suffit pour se voir déjà aux prochains Jeux olympiques, ridicule ! commente Arina.

Sa remarque m'arrache un sourire. Je me retourne et avance vers elles, les dominant de toute ma hauteur.

– Tu savais que quand t'as peur, une veine apparaît sur ton front, juste là ? l'informé-je en pointant la partie entre ses deux yeux.

Il n'en faut pas plus pour que la noirceur de son âme colore ses iris.

– Je n'ai peur de rien, ni de personne et encore moins de toi. Tu ne m'arriveras jamais à la cheville, on ne fait pas d'un âne un cheval de course. Mets-toi bien ça dans le crâne.

– Je te trouve bien sûre de toi pour quelqu'un qui stagne. Tes statistiques n'ont pas bougé depuis des mois, je crois sans me tromper que ce sont les mêmes que l'année dernière, non ? répliqué-je en croisant les bras.

– Tu me surveilles ?

– Contrairement à toi, j'étudie les joueuses, les matchs qu'elles jouent, leurs forces, leurs faiblesses, car bien connaître son adversaire fait partie du jeu.

– S'il y a une chose sur laquelle on est d'accord, c'est qu'on est bien adversaires.

Elle n'a donc rien compris au principe de jouer en équipe…

Elle me dévisage mais je refuse de baisser les yeux. Après un silence éloquent, je tourne les talons, ravie d'avoir pu tous leur montrer ce soir qui je suis vraiment.

Encore surprise, je n'en reviens pas de lui avoir tenu tête ! Sur le chemin du retour, je repense à notre discussion en me demandant comment peut-on prétendre aimer un sport collectif quand on est à ce point individualiste… Avec un état d'esprit comme le sien, nous ne gagnerons jamais. Si rien ne change, le coach Vaughn peut dire adieu au championnat national.

Ce samedi nous affrontons à domicile l'équipe de Berkeley. Un match sans grande inquiétude car c'est une équipe bien moins classée que nous. En me rendant au gymnase je suis plutôt sereine. Sans surprise, les supporters sont encore au rendez-vous et l'ambiance est toujours aussi incroyable. Tout ce rouge et blanc dans les tribunes, ces cris qui nous portent telle une septième joueuse sur le terrain et cette ferveur me donnent une seule envie : gagner.

Le match commence et je rejoins les remplaçantes sur les bancs. Nous décrochons le premier set, mais pas aussi facilement que je l'imaginais. Je ronge mon frein, impuissante face à nos erreurs bien trop nombreuses. Berkeley remporte le deuxième set sous nos yeux sidérés. Le coach Vaughn choisit d'effectuer des changements au troisième que nous réussissons à arracher sur le fil.

Au quatrième, le coach me désigne pour rentrer. Sans hésiter, je tape dans les mains de mes coéquipières et entre sur le terrain plus déterminée que jamais. Je veux qu'on fasse la différence pour la simple et bonne raison que nous en sommes capables. Mais encore faudrait-il avoir des passes ! Gail fait exprès de ne pas me servir ou de m'envoyer des balles inattaquables. Comme je le craignais, nous perdons ce set.

Alors que nous changeons de terrain, je me rapproche de Gail, ma déception est trop grande pour ne rien dire.

– Quand est-ce que tu vas comprendre que ton acharnement à ne pas me faire de passes, va nous conduire à la défaite ? craché-je avec dégoût.

– Une bonne attaque à l'entraînement et ça se voit déjà star de l'équipe, ça va les chevilles ? me répond-elle sans daigner me regarder.

– On dirait une marionnette d'Arina, soufflé-je en levant les yeux au ciel.

Gail s'offusque de ma remarque, s'arrête net et se retourne pour me faire face. Elle me bouscule sans ménagement avant de hurler sans se soucier du monde qui nous entoure. La foule dans les gradins pousse un cri général de surprise.

– Pour qui tu te prends ? s'époumone-t-elle en me poussant.

Si dans un premier temps, sa réaction me sidère, ce sont ensuite la colère et la frustration qui dominent.

Les filles nous séparent alors que le coach Vaughn s'interpose entre nous.

– Vous arrêtez ça tout de suite. Je vous veux dans mon bureau, lundi avant l'entraînement. MacKenzie retourne t'asseoir maintenant ! ordonne-t-il d'un ton grave.

– Mais coach… tenté-je de me défendre.

– Ce n'est pas le moment. Fais ce que je te demande, tout de suite ! s'impatiente-t-il.

Je souffle, outrée par la situation, et rejoins les autres. Étant à égalité, il nous faut donc jouer un tie-break pour déterminer l'équipe gagnante, un set décisif et plus court que les autres.

Du début jusqu'au coup de sifflet final, je ne bouge pas du banc, silencieuse.

C'est fini.

Je prends mon sac, notre défaite sous le bras, et rentre pleine d'amertume. Cette équipe est un puzzle dont chaque pièce pense avoir de la valeur sans comprendre que c'est en les assemblant qu'on révélera sa vraie grandeur.

Je me demande comment elles ont appris à jouer au volley. On ne peut pas être à ce point égoïste et prétendre aimer ce sport, il y a une erreur quelque part.

Je fulmine sur mon lit quand Jordane entre à son tour dans la chambre.

Elle balance ses affaires puis se tourne aussitôt vers moi en s'asseyant.

– Mac, qu'est-ce qui s'est passé tout à l'heure ?

– Tu ne vois pas que Gail refuse délibérément de me faire des passes à chaque fois que j'entre sur le terrain ? l'interrogé-je, en levant les yeux au ciel.

– Bien sûr que je l'ai remarqué, comme tout le monde, d'ailleurs. Elle obéit à Arina.

Je secoue la tête, ahurie par un tel comportement.

– Franchement, je ne comprends pas. À cause d'elles, nous sommes tributaires du match d'USC[4] samedi prochain. Si on perd encore, adieu les qualifications pour le championnat national !

---

4. Université de Californie du Sud.

Je m'y refuse !

– Les anciennes joueuses qui sont parties n'étaient pas comme ça. Je crois que passer en dernière année leur a un peu monté à la tête.

– Doux euphémisme… En attendant, lundi, le coach ne va pas me louper !

Comme d'habitude, lundi matin avant d'aller en cours, je rejoins Andy sur le sable. Heureusement, il n'évoque à aucun moment l'incident du week-end.

Aujourd'hui, on travaille principalement mon service basket qui n'est définitivement pas au niveau comme mon moral. Je suis préoccupée durant toute la séance ce qu'Andy remarque.

– Bon, tu vas cracher le morceau ou continuer ta série de services minables ? Ça a un rapport avec le match, je me trompe ? lâche-t-il, feignant d'être agacé.

– On ne peut rien te cacher, avoué-je à demi-mot.

– Tu pourrais développer…

– J'aimerais t'en parler mais j'ai peur que tu te méprennes sur mes intentions, balbutié-je, hésitante tout en bougeant les mains nerveusement.

– C'est à moi d'en juger.

J'hésite quelques secondes avant de me lancer.

– Je sais qu'Arina est la meilleure joueuse de l'équipe et peut-être même de l'État, mais dans sa façon de jouer, elle est beaucoup trop individualiste et l'équipe en pâtit. Même si elle veut être recrutée, ce n'est pas juste qu'elle néglige les autres pour ses propres ambitions, débité-je d'un seul coup comme si je cherchais à me délester d'un poids.

– Elle n'est pas la seule, Mac… conclut-il avec une voix particulièrement douce comme s'il craignait de me froisser.

Je passe sous silence qu'il vient de m'appeler par mon prénom pour la première fois en espérant qu'il n'a pas remarqué à quel point ce simple détail me fait rougir.

– Je ne suis pas d'accord, car quand ce jour viendra pour moi aussi, je veux gagner avec mon équipe, pas contre elle. Jamais ! Je suis même étonnée que tu puisses la défendre. Tu sais très bien que ce n'est pas ça le volleyball. Faire passer des consignes pour que je ne t'attaque pas et que tu puisses marquer des points, c'est normal ? Regarde où ça nous a conduits !

Pourquoi il ne considère pas ça comme un problème ?

– J'entends ce que tu dis, tu arrives avec ta fougue et des rêves plein la tête, mais c'est plus compliqué que ça.

– L'envie de gagner, c'est compliqué ? m'étouffé-je.

– Bien sûr que tout le monde a soif de victoire. Arina se bat depuis trois ans pour être remarquée et c'est aujourd'hui que tout se joue, essaie de la comprendre. Sans oublier qu'il faut créer une osmose au sein de l'équipe alors que les joueuses changent chaque année, ainsi que leur façon de jouer et leur caractère. Comme si ça ne suffisait pas, un nouveau coach adjoint débarque avec sa propre vision du jeu, donc oui, ce n'est pas simple. Il faut laisser le temps au temps et à tout le monde.

Rien de ce qu'il vient de me dire ne me rassure, ne me satisfait ou ne calme mon sentiment d'injustice. Je dois prendre mon mal en patience et comprendre que la défaite fait partie de la victoire ? Tu parles !

Je suis tellement tendue que taper dans un ballon, là, tout de suite, me ferait le plus grand bien.

– On joue ? soufflé-je pour changer de sujet avant que je ne dise quelque chose que je pourrais regretter.

Andy a très bien saisi que j'étais contrariée mais a la délicatesse de ne pas insister, ce que j'apprécie.

Lorsque notre entraînement se termine, j'ai une dernière question à lui poser.

– Le coach Vaughn va me tuer pour samedi ?

Andy se retourne un sourire magnétique sur les lèvres et sa bouteille d'eau à la main.

– Prépare-toi à morfler…

Je grimace en imaginant ce qui m'attend tandis qu'Andy éclate de rire face à ma tête déconfite.

J'ai hâte…

Je n'ai pas mis un pied dans le gymnase que le coach Vaughn braille en m'indiquant son bureau. Je n'en mène pas large quand j'entre et découvre que Gail est déjà assise, trop détendue à mon goût. Le coach referme la porte et s'appuie sur le meuble, face à nous.

– Ce qui s'est passé samedi est inadmissible. Perdre fait partie du jeu mais la honte, non. Et samedi, j'ai eu honte. Deux joueuses de la même équipe se battant comme de vulgaires chiffonnières, ça dépasse l'entendement. MacKenzie, tu es arrivée avec beaucoup d'enthousiasme et c'est très bien, mais tu dois être patiente, ne pas brûler les étapes.

Je me redresse sur ma chaise pour tenter de me justifier mais le coach lève sa main pour m'en empêcher.

Gail jubile.

– Je ne veux pas connaître les raisons, je ne suis pas juge et mon bureau n'est pas un tribunal, poursuit-il. Je veux juste que vous écoutiez ce que j'ai à dire. Gail, rappelle-toi quand tu étais en première année. Toi et MacKenzie, vous n'êtes pas si différentes. Je ne vous demande pas de vous entendre, je vous contrains juste à vous respecter sur le terrain quoi qu'il arrive. En revanche, je vous donne un avertissement. Si ça se reproduit, vous serez exclues toutes les deux, sans discussion. Une dernière chose, ici, le coach, c'est moi. Vous n'avez pas à discuter mes décisions ni la composition de mon équipe. Je sais ce que je fais, est-ce clair ? conclut-il sans appel.

Nous hochons la tête de concert puis nous nous levons pour retourner sur le terrain quand le coach nous interpelle une dernière fois.

– J'allais oublier, cent pompes et abdos à la fin de l'entraînement toute la semaine pour toutes les deux ! Au travail maintenant !

C'est le genre de sanction qui n'aide pas à se faire des amis…

À cause de notre défaite samedi, notre participation dépend uniquement du match d'USC, en fonction du score et de l'équipe gagnante, nous pourrons toujours être dans la course. Quelques filles de l'équipe ont décidé de regarder le match diffusé sur Youtube, malgré l'angoisse je me suis jointe à elles.

Chaque seconde jusqu'au coup de sifflet final, nous avons retenu notre souffle mais quand USC remporte la victoire au tie-break, tout le monde hurle notre soulagement. Nous pouvons encore concourir pour le championnat national !

Les filles proposent de sortir fêter ça mais je décline gentiment l'invitation.

Je m'allonge sur mon lit, un sourire apaisé sur les lèvres avec une seule envie : partager cette nouvelle avec Andy. Il doit être au courant pourtant la tentation est trop grande.

On est sauvés !

Sa réponse est quasi instantanée.

Le champ des possibles s'ouvre à vous, il ne faut rien lâcher !

Aussitôt, un plus grand sourire s'étire sur mon visage. Toujours allongée sur mon lit, mes pensées prennent de toutes nouvelles tournures ; je me demande ce qu'il fait en ce moment, où, avec qui. Soudain, je me ressaisis en secouant la tête. Je ne peux pas me permettre de tomber dans ce piège sentimental dont je ne ressortirai pas indemne. C'est trop risqué…

Il est prévu que je rejoigne Gavin en ville pour déjeuner. Seulement, en arrivant, je ne m'attendais pas à le retrouver avec ce mec dont la tête ne m'est pas inconnue. Plus je m'approche, plus les doutes s'envolent. C'est bien lui, c'est le mec de la cafétéria !

Je les salue et reste stoïque.

– Mac, je te présente Mark. Mark, voici mon amie Mac.

De toute évidence, lui aussi m'a reconnue, je perçois son malaise mais ne fais rien pour le rassurer. *Qu'est-ce qu'ils font ensemble ?* Mark ne s'attarde pas. Heureusement !

Dès qu'il franchit la porte du restaurant, je bondis sur Gavin.

– Tu peux m'expliquer ? demandé-je avec une pointe d'incompréhension dans la voix.

– Mark est un gay refoulé, il aime les hommes mais prétend le contraire, lâche-t-il comme si l'évidence résonnait dans sa réponse.

– Merci Merriam-Webster[5], je connais la définition. Ce que je veux savoir en revanche, c'est pourquoi il était assis avec toi ?

5. *Merriam-Webster* est un dictionnaire connu aux USA.

– C'est vrai que je ne t'ai encore rien dit, mais je couche avec Mark de temps en temps.

– Attends, quoi ? Je l'ai surpris en train de t'insulter, la dernière fois, m'exclamé-je, prise au dépourvu.

– Oh ça… C'était une mise en scène. Il a tellement peur que les gens comprennent qu'il préfère Ken à Barbie qu'il imagine toujours des scénarios pour prouver sa virilité. Maintenant, si tu veux me faire un petit sermon, je suis prêt.

Gavin ferme les yeux comme s'il attendait mon coup de grâce.

Je secoue la tête.

– Je suis juste surprise. Au moins on ne peut pas lui enlever son jeu d'acteur, je ne m'en serais pas doutée, dis-je en me laissant tomber sur ma chaise, stupéfaite.

– C'est tout ? Pas de « Ce mec n'est pas pour toi », « Il va te faire souffrir », « Tu vas être malheureux » ou « Tu ne mérites pas qu'on te traite de cette façon » ? T'étais à ça de remporter l'*award* de la meilleure amie, mais je le remets à Edwige, la bibliothécaire, plus raisonnable apparemment.

Je me retiens de rire, il est vraiment unique en son genre.

– Tu veux que je te dise quoi ? Ma relation la plus longue est avec Molten.

– Qui ? grimace-t-il.

– Mon ballon.

– Tu veux me faire croire que… dit-il en mimant avec ses doigts, tu n'as jamais embrassé de mec, genre jamais ? insiste-t-il.

– N'exagère pas ! Je suis sortie avec un garçon au lycée, cependant il n'a pas supporté de passer après le volley, logique, mais ça m'a permis de savoir quelles étaient mes priorités.

– Donc… à ce jour… MacKenzie Miller est toute neuve ? Zéro kilomètre au compteur ?

Je fronce les sourcils, pas certaine de comprendre ses insinuations.

– Tu es vierge ?

– Oui, réponds-je sans détour.

Gavin me tâte aussitôt.

– Je viens de toucher une vierge, c'est un miracle ! s'enthousiasme-t-il.

– T'es taré !

– Et toi, t'es vierge !

Je lève les yeux au ciel, exaspérée.

– Bon, c'est bon ! On a compris ! Quand j'aurai signé avec l'équipe de mon choix, je pourrai m'attaquer à ce détail, ajouté-je pour me défendre.

– Qui l'aurait cru ?

– On peut parler d'autre chose maintenant, non ? soufflé-je, légèrement agacée.

– Tu as raison, je m'égare. Justement, si je voulais te voir, c'est parce que j'ai un service à te demander.

– Juste après t'être moqué de moi ? Certainement pas.

– Bien alors, je recommence. Jeudi soir, on sort toi et moi dans un bar branché.

– Alors regarde-moi bien, je suis très sérieuse, c'est non. Je ne sors jamais, et encore moins en semaine !

– Tu ne vas pas m'obliger à te supplier ?

– Et pourquoi as-tu tant besoin de moi ? Tu n'as qu'à proposer à Mark… répliqué-je en haussant les épaules.

– James O'Hara est un styliste qui commence à avoir le vent en poupe. Je le suis sur les réseaux sociaux depuis quelque temps et il organise un défilé dans un bar. Je veux y aller mais pas seul, je vaux mieux que ça… Ce n'est pas toi qui m'encourageais à me lancer ? dit-il en battant des cils, un sourire hypocrite sur les lèvres.

Gavin joue avec ma sensibilité, il sait parfaitement ce qu'il fait ! *Enfoiré !*

– Tu ne veux pas avoir la mort d'une carrière prometteuse sur la conscience ? ajoute-t-il comme si ça ne suffisait pas.

– Roh, ça va ! Mais on ne rentre pas tard, de toute façon si ça s'éternise, je te laisse tomber peu importe que tu restes seul !

– Génial ! Et fais-moi plaisir, habille-toi bien ! Il va y avoir du beau monde, je ne veux pas donner l'impression d'être accompagné par le mauvais sosie de Mel C[6] !

– Tu sais ce que tu mérites ? L'*award* du pire ami au monde !

Pendant plusieurs jours, Gavin m'envoie des messages, principalement pour me parler de ma virginité. Encore... Apparemment, il ne s'en remet pas.

Certains d'entre eux m'ont quand même fait rire, notamment :

Regarde Céline Dion, elle a perdu sa virginité à vingt ans, et on sait tous ce qui est arrivé au « Titanic » !

Ou encore :

J'ai lu que Lisa Kudrow avait perdu sa virginité à trente-deux ans, tu te rends compte ? Je comprends mieux maintenant pourquoi elle chantait : « Tu pues le chat ! »

Le jour du défilé est arrivé un peu trop vite à mon goût. Je ne suis vraiment pas motivée pour sortir ce soir. Je suis allongée sur mon lit avec une seule envie : dormir !

6. Chanteuse dans le groupe des Spice Girls.

J'imagine déjà tout un tas de scénarios qui pourraient me servir d'excuses pour rester ici lorsque mon téléphone sonne.

`Bouge-toi ! Et je sais de source sûre que tu es en pleine forme ! Sois jolie pour changer !`

Connard !

Je me tire de mon lit non sans mal et enfile une combinaison noire simple, légèrement décolletée. Je détache mes cheveux, les laisse tomber en cascade sur ma poitrine et mon dos. J'accroche mes créoles argentées à mes oreilles, mets un peu de blush sur mes joues, du mascara sur mes cils et du gloss rosé sur mes lèvres.

Je descends jusqu'au parking où Gavin m'attend déjà. Avant de m'installer, j'ouvre la portière et tourne sur moi-même sur le trottoir à la lumière du réverbère.

– Alors, comment tu me trouves ?

– Je m'en contenterai ! Monte !

J'éclate de rire. Je savais pertinemment qu'il allait trouver un truc à dire. Une fois à l'intérieur, je déclare :

– Tu sais que tu es un bel enfoiré !

Je ne peux m'empêcher de sourire.

– C'est aussi pour ça que tu m'aimes, répond-il avec un air satisfait.

Au moins, il ne manque pas de confiance en lui pour ce soir. Cela dit, Gavin ne cesse de jeter des coups d'œil à ma tenue.

– Je salue ton effort, Mac, mais tes choix sont toujours si discrets qu'on pourrait croire que tu ne veux jamais te faire remarquer.

– Je ne vois pas du tout de quoi tu parles, dis-je distraitement en tournant la tête vers la vitre.

– Si tu le sais très bien, mais tu refuses de l'admettre. C'est à ce point dramatique de te trouver jolie ?

– Je ne t'ai pas demandé un quart d'heure « thérapie ». Si je t'accompagne, c'est seulement pour que tu n'y ailles pas seul alors ne me fais pas changer d'avis, le préviens-je en me concentrant sur la route.

Gavin demeure silencieux le reste du trajet et se gare à quelques pâtés de maisons du bar où a lieu le défilé. Quand nous arrivons, je crois reconnaître une silhouette. Je ne dis rien par peur de subir une énième taquinerie si jamais je fais erreur. Mais plus on avance et plus mes doutes se dissipent.

Aussitôt, je pose une main sur la poitrine de Gavin pour l'empêcher de poursuivre.

– Tu as demandé à ton frère de venir ? l'interrogé-je, les yeux écarquillés.

– Pourquoi ? Ce n'est pas une bonne idée ? répond-il avec l'air innocent d'un escroc.

J'ai envie de le tuer ! Il s'amuse vraiment avec mes nerfs.

J'observe à la dérobée mon coach, bien différent de l'apparence du sportif que je vois tous les jours. Il est simplement vêtu d'un jean clair délavé et d'un tee-shirt blanc, uni, près du corps, qui fait ressortir son teint légèrement hâlé. J'en perds mes mots.

Je n'ai pas le temps de rétorquer qu'Andy arrive à notre hauteur. En m'apercevant, il fronce les sourcils, surpris de ma présence.

– Je croyais que tu étais seul pour venir ce soir ? demande Andy.

– Jusqu'au dernier moment j'avais peur que Mac me lâche, ment-il.

Andy et moi échangeons un regard lourd de sens. Il n'est vraiment pas croyable.

Nous entrons dans le Tunnel Top Lounge, un bar aux allures d'entrepôt désaffecté. L'endroit est affreusement bondé et bruyant. Nous sommes obligés de nous frayer un chemin pour accéder au défilé plus au fond.

Le show commence à peine que je me sens déjà oppressée. Gavin, juste à côté de moi, est complètement ébahi devant un tel spectacle. Je ne veux pas gâcher son moment alors je lui fais signe que je retourne près de l'entrée. Il hoche la tête, toujours concentré sur les mannequins.

Lorsque j'arrive à hauteur du bar, par chance, une place se libère et je m'assieds aussitôt. Je commande un jus d'orange que je bois d'une traite.

Je pose à peine mon verre qu'un mec me bouscule un peu violemment.

– Je suis vraiment désolé ! Pardon, mais il y a un monde fou ce soir, ça va ? Je ne vous ai pas fait mal ?

– Non, non, ça va ! crié-je par-dessus le bruit ambiant.

– Tant mieux. Vous êtes une habituée de l'endroit ? Je cherche désespérément les toilettes ! Quelle idée d'avoir bu autant de bières ! plaisante-t-il.

– J'aimerais bien vous aider mais c'est la première fois que je viens ici !

– Je vais continuer de chercher alors… Souhaitez-moi bonne chance !

– Bonne chance ! répété-je en souriant.

J'observe l'endroit attentivement quand je repère Andy s'avancer vers moi.

– Il y a tellement de personnes que j'ai du mal à respirer là-bas, m'explique-t-il.

– Oui, c'est la raison pour laquelle, je suis venue m'installer au bar.

– Ton verre est vide, je t'offre quelque chose ? fait-il remarquer avec un sourire.

– C'est gentil, un jus d'orange serait parfait.

Andy interpelle un serveur pour nous servir deux jus, avant de s'asseoir à mes côtés. Lorsque le jeune homme nous ramène nos verres, je tends la main pour attraper le mien et mes doigts frôlent ceux d'Andy.

Pendant une seconde, ses yeux plongent dans les miens, me faisant rater un battement. *Mais qu'est-ce qui m'arrive ?*

Cet instant suspendu est brisé par le mec de tout à l'heure qui s'approche du comptoir.

– Je les ai trouvées !

Encore confuse, les sourcils froncés, je demande :

– Quoi donc ?

– Les toilettes !

– Super… réponds-je laconiquement.

– Tu es seule depuis tout à l'heure, je pourrais peut-être te tenir compagnie ?

Mais avant que je puisse rétorquer quelque chose, il tourne la tête vers Andy qui n'a rien loupé.

– T'as un mec, j'aurais dû m'en douter, râle-t-il avant de partir.

J'ouvre la bouche pour protester mais Andy pose sa main sur mon bras pour me faire comprendre que c'est inutile.

Difficile de ne pas rougir et de cacher mon embarras derrière mon sourire timide. Soudain, Gavin apparaît devant nous, complètement excité.

– J'ai pu discuter avec James O'Hara, vous vous rendez compte ?

– Raconte, s'empresse de demander son frère.

– Je lui ai parlé de mes projets et il m'a proposé de passer le voir en me donnant l'adresse de son showroom. C'est une chance extraordinaire, je n'en reviens pas !

Je prends mon ami dans mes bras, vraiment fière de lui.

– Je suis heureuse pour toi, Gavin. Je pense sincèrement que ce n'est qu'un début. Maintenant que ma mission touche à sa fin et que tu n'as plus besoin de moi, je vais rentrer.

– Tu vas faire comment ? s'inquiète-t-il.

– Ne t'en fais pas, dis-je en lui indiquant l'écran de mon téléphone.

Il attend quelques secondes au cas où je change d'avis avant de retourner au fond du bar quand Andy l'interpelle.

– Je vais y aller aussi.

Il fronce les sourcils mais hoche la tête, avec un petit rictus.

– Pas de problème !

Gavin est complètement dans sa bulle, ça me fait sourire.

Il part, nous laissant seuls dans une ambiance étrange. Andy semble être pris au piège par ses pensées, alors j'en profite pour commander un taxi sur mon téléphone. Je m'apprête à lui dire au revoir lorsqu'Andy appelle le serveur.

– Un shot de vodka, s'il vous plaît.

Je suis surprise mais ne dis rien et l'observe boire son verre d'une traite comme si c'était la solution qu'il cherchait.

– J'y vais, mon Uber ne va pas tarder, l'informé-je en criant par-dessus la musique.

Je me lève mais Andy m'arrête.

– Attends.

Nos regards se croisent, altérant ma notion du temps.

Est-ce que la Terre s'est arrêtée de tourner ?

Puis il ajoute d'une voix grave :

– Annule la course, je vais te raccompagner.

J'ouvre la bouche mais aucun son ne sort. Il m'attrape par la main pour fendre la foule, déclenchant par ce simple geste l'embrasement de mon corps. Cette douce sensation caresse mon cœur. L'air frais extérieur ne calme pas le feu qui me consume. J'essaie de respirer, de regarder partout sauf Andy pour retrouver mes esprits mais rien n'y fait.

– Ma voiture est par là, m'indique-t-il.

Il marche tête baissée, sa main toujours dans la mienne. *S'en est-il rendu compte ?* Je me garde bien de le lui faire remarquer.

Il semble contrarié tandis que je suis envahie par toutes ces sensations nouvelles qui se sont insinuées en moi pour prendre possession de mon corps. Je suis prise au piège, sans issue.

Alors que je me demande combien de temps ça va encore durer, Andy m'attire par surprise au coin d'une rue et me plaque contre le mur. Son souffle se mélange au mien, à quelques centimètres de ma bouche. Nous sommes tous deux plongés dans le noir.

– J'ai bu cette vodka pour oublier ou pour me donner du courage, mais maintenant, j'ai choisi, murmure-t-il avant de poser ses lèvres sur les miennes.

Est-ce l'étincelle de la bombe qui vient littéralement de faire exploser mon cœur ? Incontestablement ! C'est un véritable court-circuit, mon bon sens, mon discernement, ma morale, tout a disjoncté !

J'entends pour la première fois ces battements dans ma poitrine, un sentiment nouveau s'empare de moi. Je comprends enfin ce dont parlait Patrick Swayze dans *Dirty Dancing*.

CHAPITRE 7

La nuit a été difficile et mon sommeil, agité. En ouvrant les yeux, ma première pensée est : était-ce un rêve ? D'instinct, je caresse mes lèvres du bout des doigts, alors mon cœur bat plus fort. Il n'y a plus de doute.

Ce baiser était aussi intense que perturbant. Aussitôt, je revis ce souvenir avec délectation. Je revois ses mains s'enchevêtrer dans mes cheveux pour m'attirer davantage vers lui tandis que les miennes caressaient sa nuque avec ardeur. Dans ce duel charnel, aucun gagnant. La passion dévorante a tout balayé sur son passage sans nous laisser la moindre chance. Oscar Wilde disait : « La meilleure façon de résister à la tentation, c'est d'y céder. »

Ce n'était pas un simple baiser sans importance, je le sens, je le respire, je le vis. Il a démoli les barrières derrière lesquelles je cachais mes sentiments. Depuis, ils ne me quittent plus, s'insinuant jusque dans mes rêves. Je suis envahie de questions sans avoir les réponses. *C'est une torture !*

Je crois que ça nous a bouleversés tous les deux, et pour cause ; quand nous sommes rentrés hier soir, c'était le silence complet dans la voiture. Il m'a simplement déposée devant chez moi sans un mot après que nous nous sommes embrassés comme si notre vie en dépendait.

Le vibreur de mon téléphone m'arrache à mes pensées.

Rendez-vous sur la plage à l'heure habituelle.

Aussitôt une vague de frissons parcourt mon corps, même si j'appréhende nos retrouvailles. Je m'empresse de m'habiller pour le rejoindre. Dans ma voiture, j'essaie de faire taire mon cœur qui tambourine et de contrôler mes mains tremblantes. Je déteste ces sensations qui m'animent sans ma permission.

Lorsque j'arrive sur le sable, je l'aperçois assis près du terrain de volley, sa canne à côté de lui. Je ferme les yeux un instant pour essayer de m'apaiser. *Je déteste être comme ça !*

Je m'approche et le recouvre de mon ombre. Il lève alors ses yeux noisette vers moi, me coupant presque le souffle.

– Salut, lancé-je timidement.

– Salut. Assieds-toi, répond-il tranquillement.

Je m'exécute sans discuter. Un long silence s'étire entre nous. Je l'observe, les jambes pliées et les bras posés sur ses coudes, le regard perdu vers l'horizon.

– Avant toute chose, je tiens à m'excuser pour hier soir. Je t'ai sauté dessus sans ta permission et je n'aurais pas dû.

– J'en avais envie, avoué-je sans détour.

Andy scrute toujours le paysage devant lui.

– Je m'excuse aussi pour t'avoir déposée sans un mot, mais j'étais comme pris au piège parmi tous mes sentiments en conflit. Je n'arrivais plus à avoir les idées claires.

– Je vois parfaitement ce que tu veux dire. Et aujourd'hui, comment tu te sens ?

Ses yeux rencontrent enfin les miens, pourtant je suis la première à me détourner car ils ont le pouvoir de me rendre fébrile.

– J'ai connu mieux, la nuit a été difficile. J'ai essayé de comprendre, en vain. Je ne sais pas ce qui m'a pris, c'est comme si je ne contrôlais plus rien, comme si t'embrasser était la seule solution. Or, j'avais tort.

– Je crois que j'ai saisi, craché-je sur un ton plus amer que je le voudrais.

La compréhension n'exclut pas la déception. Je cache les larmes naissantes derrière mes lunettes de soleil.

– Mac… La vérité, c'est que ce baiser était exceptionnel, peut-être trop. Un avertissement pour nous dire qu'aller plus loin précipiterait notre chute.

Sans que je m'y attende, Andy prend ma main, provoquant un nouveau tourbillon d'émotions dans mon cœur.

– Il y a trop d'enjeux pour toi et pour moi. Tu sais que si on laisse nos sentiments s'interposer entre nos objectifs, on mettrait en péril notre chance de réussir pour finir par nous détester. C'est un trop gros risque que je ne suis pas prêt à prendre. J'ai goûté à la vie de haut niveau et tu y as droit aussi. Je ne veux surtout pas être celui qui brise tes rêves, mais celui qui t'aide à les réaliser.

Ma conscience hurle qu'il a raison tandis que mon cœur est en miettes. C'est sans doute la meilleure décision pour nous deux.

Andy poursuit :

– Je te propose de venir ce soir, de vivre pleinement cette soirée et de la reléguer ensuite dans une boîte avant de l'enterrer dans le sable. Tu peux choisir quelque chose qui représente ce que tu ressens ou l'écrire, peu importe, on glissera tout ça à l'intérieur pour ne plus jamais y penser.

Pourquoi ai-je l'impression qu'on se ment à nous-mêmes ?

Andy me raccompagne jusqu'à ma voiture.

– On se donne rendez-vous devant le brasero à 18 heures ?

Je hoche la tête. Alors que je quitte le parking, je le vois dans le rétroviseur me regarder partir en gardant mon cœur en otage.

Jusqu'à ce soir !

Un peu comme Olaf, aujourd'hui j'ai traîné mon nuage de pluie au-dessus de ma tête, encore remuée par ma discussion avec Andy. En arrivant à l'entraînement sans entrain, je tente de masquer mon humeur maussade derrière un sourire de façade.

Je suis la première dans les vestiaires et en profite pour me changer à mon rythme. Complètement distraite, je ne fais pas attention aux filles qui circulent dans la pièce jusqu'à ce que Jane m'interpelle pour que je rejoigne le reste de l'équipe. J'entre sur le terrain et repère aussitôt la présence d'Andy. *Je ne sais pas comment je vais me sortir de là !*

Durant toute la séance, je suis ailleurs, trop concentrée sur cette sensation étrange qui compresse mon cœur. Le coach Vaughn agacé, m'ordonne de faire des séries de pompes. Beaucoup. Mais rien n'y fait. Ma raison voudrait retrouver le droit chemin mais mes sentiments lui barrent la route.

Il est l'heure. Prête pour notre feu de joie, je conduis jusqu'à la plage. J'espère ne pas me faire arrêter par la police sur la route pour éviter d'avoir à leur expliquer la présence d'une pelle et d'une chaîne dans mon coffre.

Lorsque j'arrive, Andy est déjà là et a même allumé le feu. *Pressé ?*

Il se tourne vers moi et sourit en m'apercevant.

OK, ça va être dur…

– Ce n'était pas prévu mais j'ai pris des *s'mores*[7], l'informé-je en posant mes affaires.

– Brillante idée, j'adore ça !

7. Biscuit-sandwich à la guimauve et au chocolat, dessert très populaire en Amérique du Nord.

Andy débouche aussitôt une bouteille de vin, sers deux verres avant de nous asseoir près du feu. Nous trinquons à cette soirée atypique.

Mon regard est finalement attiré par un objet dépassant de son sac.

– Qu'est-ce que tu as pris d'autre ? demandé-je en le pointant du doigt.

– Un polaroïd. Je me suis dit que ça pourrait être sympa d'avoir quelques photos en souvenir. Tu as bien pris ton message ?

– Oui, il est dans ma poche.

– Parfait.

Sans crier gare, Andy dégaine son appareil et me prend en photo. Le flash m'éblouit tandis qu'il attrape le cliché entre ses doigts en attendant qu'il sèche. Après quelques secondes, il admire le résultat avant d'ouvrir la fameuse boîte pour la mettre à l'intérieur.

– Et d'une, dit-il fièrement.

– À mon tour, ordonné-je en tendant la main.

– Pas question, s'amuse-t-il.

– Je refuse qu'il n'y ait que ma tête dans cette boîte !

Soudain, Andy se lève. Il tend le bras bien haut pour m'empêcher de l'atteindre tandis que nos rires crépitent comme les étincelles du feu. Alors que je m'apprête à le rattraper, il chute et crie.

– Aïe !

Mes yeux s'écarquillent et mon cœur s'arrête. *Merde, j'avais oublié !*

Je m'accroupis près de lui.

– Andy, est-ce que ça va ? C'est ton genou ? Tu veux que j'aille chercher de la glace ?

Il continue à gémir, les yeux fermés.

– Je suis vraiment désolée ! Dis-moi ce que je peux faire, commencé-je à culpabiliser.

Par surprise, Andy rouvre les paupières et me fait basculer sous lui.

– Je t'ai eue ! hurle-t-il en se mettant à me chatouiller.

– Je vais te tuer, espèce de traître ! le menacé-je entre deux rires.

– Faudrait déjà que tu arrives à te libérer, s'amuse-t-il à me provoquer.

– Andy arrête ! Je t'en supplie, j'en peux plus ! avoué-je, à bout de souffle.

Il s'exécute, triomphant. Nos yeux se cherchent, nos sourires disparaissent tandis que la chaleur du feu nous enveloppe. Je ne sais plus si ce sont les flammes qui éclatent ou bien mon cœur. Désormais, plus aucune trace d'humour dans l'expression d'Andy. Je sens que lui comme moi perdons le contrôle de la situation.

– M'offrirais-tu un dernier baiser ? Le premier était volé et je ne veux pas finir sur ça. Je veux immortaliser la passion, la folie, le désespoir, l'extravagance et l'inaccessible.

Andy finit à peine sa phrase que mes lèvres sont déjà sur les siennes à la recherche de ces promesses. Cette fois, pas de pudeur, juste l'envie de prendre ce qu'il reste à prendre. C'est un braquage de sensations et le temps presse !

Ses mains m'étreignent, me parcourent, en quête de souvenirs à conserver. Je lui donne tout ce qu'on pourra jamais vivre. Les secondes s'écoulent, nos lèvres s'engourdissent à vouloir toujours grappiller un instant de plus. Nos bouches rougies, nos cheveux hirsutes, notre souffle court, voilà à quoi nous ressemblons quand la raison nous rattrape.

Andy me regarde un instant, encore pantelant, front contre front.

– Tu es prête ? demande-t-il d'une voix encore habitée par la tension.

Je prends une profonde respiration pour reprendre mes esprits avant de lui répondre.

– Prête.

Je glisse mon papier, lui aussi, les photos par-dessus et nous refermons la boîte. Andy creuse près du poteau du terrain de volley pour que je puisse l'enfouir sous le sable.

On s'autorise à penser une dernière fois à ces moments volés, à échanger un sourire complice avant de revenir à la réalité.

Nous quittons la plage, déterminés à reprendre le droit chemin, celui de nos vies, sans dévier de nos objectifs.

CHAPITRE 8

Je crois que je viens de comprendre, à mes dépens, la nuance entre théorie et pratique. C'est vrai, nous nous sommes promis d'enterrer ce que nous ressentions l'un pour l'autre, seulement, ignorer les images qui me reviennent *tout le temps* en mémoire n'est pas aussi évident que je l'imaginais. Je me raccroche à ce que je peux. À chaque fois que je suis sur le point d'être submergée par mes émotions, j'utilise une méthode de kinésiologie que j'ai vue sur Internet. Je visualise donc la boîte et essaie d'y glisser les sentiments trop envahissants. Ça a le don parfois de m'apaiser.

En dépit des circonstances, je ne veux pas perdre notre complicité si particulière. Je progresse à son contact et je crois que lui aussi. À présent, il marche un peu mieux, en m'accompagnant de plus en plus lors de mon jogging sur la plage. À son rythme et selon sa forme. Je ne dis rien car j'ai toujours peur de lui rappeler sa blessure qu'il tente d'oublier. Mais retrouver une certaine légèreté de mouvement semble lui faire du bien. D'ailleurs, je le vois de moins en moins avec sa canne.

Nos entraînements matinaux me permettent d'entretenir cette détente que j'ai durement gagnée mais aussi de maîtriser le service basket qui me donne encore du fil à retordre. Andy me donne la force de persévérer.

Après une journée intense de cours, j'arrive au gymnase, plus fatiguée que d'habitude. Je remarque les filles assises près du terrain. Il se passe quelque chose d'anormal. Je les rejoins sans tarder.

Aussitôt, Jordane se penche vers moi quand je me pose à ses côtés.

– Le coach veut nous parler, m'informe-t-elle.

La curiosité me gagne, je suis pressée d'en savoir plus. Andy accompagne le coach Vaughn. Ils discutent quelques instants à voix basse pendant que les dernières filles s'installent.

Notre entraîneur se tourne vers nous, l'air sérieux.

– J'ai tenu à vous rassembler pour évoquer un sujet important. Après concertation avec le coach Andy, nous en avons conclu qu'il vous manquait une chose capitale : un esprit d'équipe. Il est inutile de vous rappeler que le volley-ball est un sport collectif, pourtant nous avons l'impression que certaines d'entre vous l'ont oublié. Seulement, nous sommes à l'approche d'un match décisif pour accéder au championnat national. Perdre parce que l'équipe adverse est meilleure fait partie du sport, mais perdre pour une guerre d'ego sur le terrain, c'est inadmissible ! Nous avons donc décidé de partir ce week-end, tous ensemble pour créer une cohésion et ressouder les liens afin que cette équipe ait toutes les chances de son côté lors du match ! On vous demande à chacune de faire un effort. Bien que vous ayez des caractères différents, quand vous entrez sur le terrain, ça n'a plus d'importance.

Le coach Vaughn se retourne vers son adjoint.

– Tu vois quelque chose à ajouter ?

Il se contente de secouer la tête.

– Bien, une dernière chose : prenez vos dispositions car votre présence est plus que souhaitée. On se donne rendez-vous ici, vendredi à midi. Maintenant, au travail !

J'applaudis cette initiative qui me semble plus que nécessaire. Ce n'est peut-être qu'une coïncidence si elle fait écho à ma discussion avec Andy de l'autre jour, mais je me réjouis de leur décision. Je suis convaincue que c'est la seule chose qui manque à cette équipe pour qu'elle donne tout son potentiel. Andy devine ma satisfaction et son sourire entendu confirme mon instinct.

Si, sur le terrain, je me concentre toujours dans le but de m'améliorer, en dehors, je ne cesse de penser aux perspectives de ce fameux week-end. C'est encore pire lorsqu'une petite voix intérieure s'écrie « Andy » à tout bout de champ, à la façon d'une pom-pom girl !

Quand je rejoins ce dernier pour notre session matinale, j'essaye de lui tirer les vers du nez à propos de notre voyage, mais c'est plus difficile que ce que j'imaginais. À force d'insister, il me propose en contrepartie un défi.

– À chaque service basket que tu réussis, je te donne une information, ça te convient ?

Il est malin ! Depuis la rentrée, ça a été un échec et il le sait très bien.

– C'est à prendre ou à laisser, renchérit-il.

OK, je vois que je n'ai pas le choix.

– Tu vas voir, je vais te surprendre ! tenté-je de l'impressionner.

– Mais je n'en doute pas ! Maintenant, remets-toi au travail.

Andy reste près du poteau et moi, derrière la ligne jaune du terrain. Je me lance mais le ballon atterrit dans le filet. Mes tentatives s'enchaînent mais le résultat reste le même.

– Attends, on va essayer quelque chose de différent.

Il s'approche de moi, dans l'angle du terrain.

– Tu sautes trop tard. Il faut qu'à mon signal, tu partes à la rencontre de la balle, OK ?

Je hoche la tête.

Nouvel essai, sans commentaire. Je crois que je n'y arriverai jamais, la puissance n'est toujours pas au rendez-vous.

– Ne bouge pas. Je vais te décortiquer les étapes.

Il prend ma place pour me faire une démonstration.

– Andy, je pense que ce n'est pas une bonne idée, bégayé-je.

Le sable est plus sournois qu'un parquet, ce n'est pas stable et pour son genou il n'y a rien de pire. Il peut se blesser.

– Tu t'en fais pour moi, maintenant ? plaisante-t-il. Je sais ce que je fais, regarde plutôt.

Dans un premier temps, Andy ne fait que lancer le ballon et le frapper tout en gardant les pieds enfouis dans le sable. J'observe attentivement ses gestes. Cette fois, Andy saute pour frapper la balle, sans doute porté par le feu de l'action, mais en retombant, il s'effondre. Je m'agenouille près de lui et pose mes mains sur sa jambe.

– Si c'est encore une de tes blagues, je te fais manger le sable.

– Je te jure que non, grimace-t-il, le visage tordu de douleur.

– Qu'est-ce que je peux faire ? dis-je, horrifiée.

– Enlève tes mains !

Je m'exécute aussitôt sans discuter.

– Je suis désolée, je ne voulais pas te faire mal.

– Tu m'as fait mal, mais pas de cette manière-là.

Je fronce les sourcils, perdue.

Andy, toujours assis, les jambes légèrement repliées, les mains posées sur ses genoux, m'observe, le souffle court.

– J'essaie de garder mes distances et chaque jour de passé, je me dis que c'en est un de plus de gagner. Mais si tu me touches je ne suis pas certain de pouvoir me contrôler. D'ailleurs, je ne sais même pas ce qui me retient, ta bouche est bien trop proche de moi et tentante.

Sa confidence me laisse sans voix.

– Fais-moi penser à autre chose, maintenant, me supplie-t-il.

Prise complètement au dépourvu, je dis la première chose qui me vient à l'esprit.

– Jette-toi à l'eau !

À ma grande surprise, il se relève non sans grimacer et titube jusqu'à l'océan. Sans réfléchir, il entre dans l'eau, à peine une seconde. Quand il ressort, complètement trempé, je regrette d'avoir eu cette idée ! On dirait que le karma me balance au visage tout ce que je loupe. C'est à mon tour d'avoir chaud et de détourner le regard de son corps parfait pour essayer de retrouver mes esprits.

Il revient vers moi et secoue ses cheveux sur moi.

– Ça fait du bien !

– Si tu le dis, réponds-je d'une voix fébrile et les yeux animés par le désir.

Andy remarque mon changement de comportement.

– Mac, je te propose un truc : choisissons un mot d'alerte, un signal quand nous sommes sur le point de céder à l'envie, à la tentation, et l'autre doit lui lancer un défi pour le distraire. Qu'est-ce que t'en dis ?

OK, j'avoue que je ne m'attendais pas à ça mais peut-être que finalement, c'est une bonne idée. Ça se tente.

– Je suis partante, reste plus qu'à trouver le mot.

– Block ? propose-t-il.

– Block, répété-je pour sceller notre pacte.

Je souris et le remercie en silence car il essaie par tous les moyens de garder notre complicité intacte malgré la situation. Il fait même preuve d'imagination, je dois le reconnaître.

J'aime être avec lui, j'aime ce qu'il me procure et sa personnalité. Je suis convaincue que c'est réciproque, il n'essaie pas de le cacher. Seulement, il sait comme moi que succomber à cette passion, faire de lui mon univers au détriment du volley, serait condamner celle qui nous anime depuis toujours.

Je me souviens de ce premier baiser volé et de ce qu'il a représenté ainsi que de la façon dont j'ai perdu de vue que le sport devait rester ma priorité jusqu'à ce feu de camp. Je ne peux tout simplement pas me le permettre… et lui non plus.

CHAPITRE 9

Vendredi midi, tout le monde est au rendez-vous devant le gymnase, prêt à embarquer dans le bus. Avant que le chauffeur ne démarre, le coach Vaughn s'empare du micro.

– Je crois qu'il est temps de dévoiler notre destination. Nous partons pour…

Les filles trépignent d'impatience.

– Le lac Tahoe ! s'écrie-t-il.

L'annonce est accueillie par un tonnerre d'applaudissements. Nous avons donc plus de quatre heures de route devant nous. L'équipe semble de bonne humeur, ce qui rendra le trajet plus agréable.

J'en profite pour glisser mes écouteurs dans mes oreilles et envoyer un message à Gavin. Ces derniers temps, j'ai eu l'esprit un peu ailleurs et j'avoue l'avoir un peu délaissé.

Salut, je pars avec l'équipe en week-end. Besoin de cohésion. On se voit à mon retour ?

Sa réponse ne se fait pas attendre.

Demande à mon frère, il va te montrer ce que c'est d'être soudé ! Tu ne pourras plus t'en passer ! D'ici là, je t'attends lundi avec impatience pour connaître tous les détails, j'apporte le pop-corn ?

Je ris en lisant son message. *S'il savait !* Mais hors de question de lui parler… de quoi au juste ? C'est tellement irrationnel qu'il ne comprendrait pas. Comment le pourrait-il alors que, moi-même, je suis complètement dépassée par les événements.

Je finis par m'endormir et me réveiller sur l'épaule de Jordane. Quand je m'en aperçois, je me relève aussitôt puis elle tourne la tête vers moi.

– Tu sais que tu ronfles ? m'informe-t-elle en souriant.

Je hausse les épaules, incrédule.

– Essuie-toi, t'as encore un peu de bave là.

– Ah ah très drôle ! réponds-je en lui donnant un léger coup de coude.

On échange un sourire complice quand le bus s'arrête. On se presse de sortir pour admirer les lieux. Il s'agit d'un chalet adorable. Tout le monde est charmé par l'endroit.

Comme toujours, il y a quelqu'un dans ces moments-là pour briser la magie de l'instant – sans surprise, il s'agit d'Arina. Elle n'a pas encore posé le pied sur le sol qu'elle râle déjà…

– Coach Vaughn, il n'y a qu'une barre de réseau dans ce bled, c'est normal ?

– Arina, dois-je te rappeler qu'on est là pour être tous ensemble et non pour être constamment sur ton téléphone ?

Elle lâche un soupir de frustration avant de chercher sa valise. *Je sens que ça va être la fête !*

Le chalet est immense, il y a huit chambres et autant de salles de bains. Au moment d'effectuer la distribution, les coachs nous laissent choisir notre colocataire. Il suffit d'un regard entre Jordane et moi pour qu'on se mette d'accord. Comme ça, pas de mauvaises surprises. Le reste de l'équipe décide aussi par affinités.

On se disperse afin de nous installer chacune dans nos quartiers pour le week-end. Les chambres sont toutes à l'étage mais la nôtre est située au fond d'un long couloir. En entrant, je suis agréablement surprise par sa taille : sur ma gauche, un bureau au-dessus duquel est accroché un grand miroir, puis, sur la droite, deux lits jumeaux.

Cependant, le meilleur se cache derrière des rideaux blancs que je m'empresse d'ouvrir. Une vue à couper le souffle sur le lac et la forêt de sapins. Sans attendre, je fais glisser la baie vitrée pour m'avancer sur le balcon et respirer l'air frais de la nature.

C'est magique !

Ma colocataire, quant à elle, défait immédiatement ses affaires.

– Jordane vient voir la vue ! l'appelé-je, excitée à la perspective de ce week-end détente.

Elle me rejoint puis se laisse séduire aussi par ce paysage.

– Les coachs ont vraiment eu une bonne idée ! confirme-t-elle avec le même entrain.

Comme nous sommes quatorze, il est normal que chacun mette la main à la pâte pour préparer le repas. À la nuit tombée, les coachs nous convient à une soirée feu de camp. Pour l'occasion, le coach Vaughn a prévu des marshmallows. Inévitablement, ça me ramène à *cette* soirée et à cette boîte enfouie dans le sable.

Je respire un grand coup pour éviter de me laisser envahir par ce sentiment nostalgique.

Andy nous distribue une pique afin que nous puissions faire griller nos bonbons. Soudain, notre entraîneur prend la parole.

– Comme nous sommes tous réunis, je vous propose de faire un petit jeu. Chacune votre tour, vous allez raconter comment le volley est entré dans votre vie. Gail, tu commences ? propose-t-il.

Elle sourit, un brin gênée, puis prend quelques secondes pour réfléchir et se lance enfin.

– Sans le moindre doute, le film *The Miracle Meason* car son message est magnifique. Au générique de fin, je savais que je voulais jouer au volley.

– Super, merci. À ton tour Arina.

Tout le monde a les yeux braqués sur elle. Comme si nous étions sur le point de découvrir le mystère qu'elle renferme.

– Le volley n'est pas un choix mais plutôt une voie toute tracée. J'ai grandi dans la performance, le challenge pour devenir l'exception. Ce sport coule dans mes veines depuis toujours. Mon père a remporté la médaille d'argent avec la Russie aux Jeux olympiques de Sydney et mon frère aurait très bien pu faire carrière s'il n'avait pas préféré truquer des matchs pour pallier sa médiocrité. Moi, je reviendrai avec l'or, affirme-t-elle, le menton levé.

Arina, comme à son habitude, ne flanche pas. Comment peut-elle réussir à parler avec un ton aussi calme et donner l'impression de lancer des couteaux aiguisés ? Malgré les trois degrés ambiants, ses mots jettent un froid. Heureusement, les récits suivants détendent l'atmosphère.

C'est désormais au tour de Jordane, assise à côté de moi.

– Ma motivation à entrer dans l'équipe venait du fait que l'entraîneur était super mignon. Mais pas autant que toi, Andy, je te rassure, plaisante-t-elle le rouge aux joues.

Les filles la taquinent, provoquant l'hilarité générale.

Je suis la dernière à passer et ne souhaite pas m'étendre sur le sujet.

– Mon histoire n'a rien d'extraordinaire. Il y avait une équipe dans mon lycée, j'ai fait un essai et ça m'a plu, tout simplement.

– Bien tenté, Mac ! commente mon coach. Pas mal de lycées ont leur équipe de volley. Développe un peu plus, s'il te plaît. Pourquoi ça t'a plu ?

Autour du feu, tout le monde semble attendre la suite, ce qui me rend affreusement nerveuse. Je jette des regards furtifs et quand mes yeux accrochent ceux d'Andy, j'y cherche du réconfort. On dirait qu'il lit mon désarroi et m'offre un sourire encourageant. Je me racle la gorge, prends une profonde respiration et me lance.

– Je crois que j'ai grandi trop vite. Ma croissance a été fulgurante à l'inverse de ma confiance en moi. J'ai été très vite la cible de moqueries, je me suis sentie trop exposée quand ma seule envie était de devenir invisible. Le volley est entré dans ma vie au moment où j'en avais le plus besoin. Ce corps que je considérais comme un handicap depuis des années avait enfin une utilité. Quand je l'ai compris, je n'ai plus jamais voulu quitter le terrain ! avoué-je dans un rire étranglé par un sanglot.

Le coach Vaughn reste silencieux avant de se lever en nous regardant attentivement.

– La vie est un jeu compliqué auquel on participe sans en connaître vraiment les règles. Je suis convaincu qu'elle serait bien plus facile si elle commençait par la fin. Les échecs nous auraient déjà enseigné des leçons, les victoires nous auraient déjà rendus plus forts et, surtout, ce que pensent les gens serait déjà devenu superflu. On se concentrerait donc davantage sur l'essentiel. Malheureusement, ce n'est pas le cas. Dans cette vie, vous savez déjà qu'il y a des combats à mener, des blessures qui laissent des cicatrices et que l'apparence est un miroir dans lequel beaucoup se regardent sans vraiment se voir. Ne cherchez pas la vérité dans les yeux des autres car elle est nulle part ailleurs qu'en vous-même.

Il prend le temps de nous observer chacune notre tour pour donner plus de poids à ses mots. Je crois que je n'ai jamais lu autant de sincérité dans son regard. Ce soir, il nous montre l'homme et pas le coach, comme il voit en nous l'individu et pas la joueuse.

– Bien, il se fait tard. Je vous laisse vous coucher sur ces belles paroles, on se retrouve demain matin pour une dure journée !

Allongée dans mon lit, j'entends la respiration profonde de Jordane, ce qui me laisse penser qu'elle dort déjà. *Et c'est moi qui ronfle !*

Je n'arrive pas à trouver le sommeil après avoir dit tout haut ce qui pèse sur mon cœur depuis si longtemps. Ça m'a plus secouée que je l'imaginais.

Perdue dans mes pensées, mon téléphone vibre.

Andy : *Tu dors ?*

Je réponds au message d'Andy sans attendre.

Mac : *Non.*

Andy : *Rejoins-moi.*

Mac : *Mais tu es seul dans ta chambre ?*

Andy : *Être coach, ça a certains avantages…*

Mac : *Et où est-elle ?*

Andy : *En face de la tienne.*

C'est déraisonnable mais je m'en fiche.

Je ne réfléchis pas plus longtemps et sors de ma chambre sur la pointe des pieds. Je tourne la poignée le plus discrètement possible et remercie le propriétaire d'avoir mis de la moquette sur le sol du couloir, idéal pour étouffer le bruit de mes pas. J'entre et découvre Andy sur le lit, dans une combinaison pyjama du genre Panthère rose qui le recouvre de la tête aux pieds. J'étrangle mon rire entre mes mains.

– Mais qu'est-ce que c'est que ça ? tenté-je de contrôler mon hilarité.

– Si je te réponds que c'est un cadeau de Noël de Gavin, tu me crois ? soupire-t-il en levant les yeux au ciel.

– Oui, pouffé-je.

– Je ne pensais jamais la mettre mais quand je l'ai vue avant de partir, je me suis laissé tenter.

Je reste immobile tandis qu'une drôle d'atmosphère nous enveloppe. Je décide de briser ce silence étrange.

– Tu voulais me voir ? demandé-je timidement.

– Oui, répond-il en se redressant sur son lit. T'avais l'air remué tout à l'heure après tes confidences au coin du feu, je voulais m'assurer que ça allait.

J'apprécie sa bienveillance à mon égard.

– Je me sens un peu bizarre mais ça va passer, avoué-je en baissant les yeux sur la moquette.

Je n'ai pas envie de poursuivre, cette soirée a été suffisamment éprouvante comme ça. Andy se lève et s'approche de moi. Mon regard se perd dans le sien quelques secondes, puis je me ressaisis.

– Je vais y aller, déclaré-je plus bas avant de tourner les talons.

– Attends ! m'interrompt Andy en me rattrapant.

Mes yeux se posent sur nos mains liées avant de revenir sur lui. Andy souhaite dire quelque chose, son attitude le trahit.

– Tu... tu ne veux pas rester un peu ? marmonne-t-il dans une dernière tentative.

Mon cœur en meurt d'envie.

– Je crois que ce n'est pas une bonne idée, réponds-je simplement avant d'ouvrir la porte.

Je regagne ma chambre à contrecœur. Apparemment, mon absence ne semble pas avoir perturbé Jordane qui dort toujours profondément.

À l'aube, on nous réveille en frappant sur nos portes. Je regarde Jordane, aussi surprise que moi, les yeux encore un peu clos.

– Le soleil n'est même pas encore levé !

Je hausse les épaules, n'en sachant pas plus qu'elle.

Nous descendons, déjeunons, le corps à moitié engourdi. On est toutes appelées dans le salon avant qu'Andy prenne la parole.

– Voilà le programme de la journée ; vous allez faire une randonnée de huit kilomètres à proximité de la forêt derrière la maison.

Les protestations éclatent déjà.

– Je n'ai pas terminé ! Cette randonnée s'effectuera en binôme, vous serez également munies d'une carte et d'une boussole. Le meilleur pour la fin : vous serez attachées par le poignet.

Il semble satisfait de son annonce. Moi, je le déteste pour cette initiative et je ne suis pas la seule.

Quelle idée stupide !

– Voici la liste des duos. Merci de les former et d'attendre dehors les dernières instructions, crie-t-il par-dessus les plaintes.

En entendant mon nom associé à celui d'Arina, je me retiens d'étriper Andy. Malgré nos protestations – pour une fois qu'on est d'accord –, nos coachs font la sourde oreille.

Cette journée va être longue.

À regret, nous rejoignons le reste de l'équipe, dépitées.

– Dans votre sac à dos, assurez-vous d'avoir une bouteille d'eau et une barre de céréales au cas où. Gardez précieusement vos cartes et boussoles ! Nous vous attendrons au point de rendez-vous.

– Vous ne venez pas avec nous, coach ? demande Jordane.

– Eh non, vous devez vous débrouiller seules.

– Ce n'est pas juste ! s'exclame l'une des filles.

– C'est mon jeu, c'est donc moi qui fixe les règles ! Nous avons calculé et estimé que les dernières devraient être de retour pour 13 heures maximum. Ne nous obligez pas à appeler les secours ! plaisante Andy. En récompense, un bon repas vous attendra, promis !

Chaque binôme se met en route. La plupart râlent tandis que pour nous, le silence règne. Lorsque nous arrivons à un croisement, nous échangeons nos premières paroles. Il faut choisir le chemin à emprunter.

– Je te dis que c'est à droite, m'assure Arina.

– Et moi, à gauche. Ce n'est pas difficile, regarde la carte ! soupiré-je, exaspérée qu'elle ne veuille pas m'écouter.

– On doit toujours suivre le nord sur une boussole, et là, ça indique le chemin de droite !

– Tu sais t'en servir au moins ? répliqué-je en levant les yeux au ciel.

– Contrairement à toi, je sais ce que je fais.

Ses mots me laissent sans voix. Sonnée, j'abdique et nous optons donc pour le chemin de droite, dans le même silence de plomb.

On marche encore et encore, avec l'impression que les huit kilomètres ont largement été atteints. Pourtant, aucun signe du point d'arrivée.

– Tu es toujours sûre de toi ? demandé-je, un peu fatiguée par cette randonnée qui ne mène nulle part.

– Évidemment, persiste-t-elle.

– Arrête-toi, je vais boire un peu.

– Non ! À ce rythme-là, on arrivera après tout le monde !

– Vu qu'on est perdues, il y a des chances…

– Tu veux bien laisser faire ceux qui savent ?

Donnez-moi la force de ne pas la tuer maintenant. Elle est tellement exaspérante !

– J'espère que les ours te mangeront la première ! réponds-je avant de boire de l'eau.

– C'est bien une réflexion d'incapable, ça.

– Ton silence est bien plus aimable, tu peux te taire, s'il te plaît ?

Elle grogne dans son coin tandis que je range ma bouteille. Nous nous remettons en route, dans la joie et la bonne humeur.

Enfin, si seulement…

Nous arrivons sur un chemin assez exigu, ce qui me confirme que nous sommes sur la mauvaise route.

– Arina, on devrait faire demi-tour et retourner au croisement de tout à l'heure. Je dirai que c'est moi qui me suis trompée, si tu veux.

– Je te dis que c'est par là ! Alors maintenant, avance au lieu de geindre.

Je serre les dents, respire un grand coup pour m'empêcher de la traîner derrière moi de force et la suis, irritée. Elle passe devant comme nous ne pouvons pas marcher de front. Soudain, Arina marche sur une pierre qui se détache et la fait basculer par manque d'équilibre.

Étant toujours attachée à elle, je suis entraînée dans sa chute. Je glisse sur la terre et les feuilles, jusqu'à ce qu'Arina percute un rocher et que j'atterrisse sur elle.

– Aïe ! Ma cheville ! hurle-t-elle à m'en percer les tympans.

Durant notre cascade, les liens qui nous retenaient ont rompu. Je me déleste de mon sac à dos, à part quelques égratignures je n'ai aucune blessure à déplorer de mon côté.

Je m'agenouille près de mon binôme et lui enlève sa chaussure. En effet, sa cheville commence déjà à enfler. L'eau dont je dispose n'est pas assez froide pour la soulager mais je la verse en me disant que ça ne peut pas lui faire de mal.

J'appelle à l'aide mais pas de réponse, seul l'écho de ma voix me répond.

Je cède d'abord à la panique, perdue au milieu de nulle part, puis, comprenant que je ne peux compter que sur moi, je n'ai pas d'autre choix que de me ressaisir.

– Bois un peu d'eau ! déclaré-je d'une voix autoritaire.

– Quoi ? répond-elle, perplexe, les sourcils froncés.

– Bois un peu d'eau ! On va laisser nos sacs ici et je vais te porter sur mon dos.

– Tu ne sais même pas où nous sommes ! gémit-elle.

– Tu vois une autre solution ?

Elle ne répond pas car elle sait que j'ai raison.

– Relève-toi et, quand je te le dis, tu te hisses sur mon dos, OK ?

Arina hoche la tête et s'exécute.

Pour une fois qu'elle fait ce que je lui demande.

Je marche pendant un moment, à bout de souffle, avec une seule idée en tête : randonnée de l'enfer. Nous faisons quelques pauses en espérant arriver bientôt.

Quelle délivrance quand je reconnais Andy au loin !

– Coach, vite ! Arina est blessée !

Il court vers nous, inquiet.

Je pose Arina par terre et Andy l'ausculte rapidement.

– Elle a la cheville gonflée, je n'avais pas grand-chose pour la soigner.

Il la porte dans ses bras pour l'emmener jusqu'au chalet. Finalement, le coach Vaughn appelle un médecin et son verdict est sans appel : une belle entorse. L'ennemie numéro un des volleyeurs. C'est ce qu'on craignait mais, désormais, c'est une réalité.

Bien sûr, cela implique qu'Arina sera suivie par les kinés de l'équipe afin de la remettre sur pied le plus vite possible, mais elle peut faire une croix sur le prochain match.

Elle reste allongée sur le canapé, impassible. *Elle comprendra peut-être une fois seule dans sa chambre ?*

Quant à moi, je suis assise sur l'un des tabourets de la cuisine à côté du salon, en buvant un chocolat chaud.

Andy vient vers moi.

– Comment tu te sens ?

– Crevée, soupiré-je.

– Tu as mal quelque part ? s'enquiert-il.

– Non, ça va. Je crois que je vais prendre une douche et me reposer.

– Bonne idée !

Je me lève et regagne l'étage.

Je m'allonge sur mon lit après m'être prélassée sous les jets d'eau et m'endors sans attendre. À mon réveil, la nuit est tombée et Jordane dort dans le lit voisin. Je regarde l'heure sur mon téléphone et vois un message sur l'écran.

Andy : *Tu me rejoins ?*

Je lui réponds dans la foulée.

Mac : *Je viens de me réveiller, c'est trop tard ?*

Mon portable vibre aussitôt.

Andy : *Tu as juste loupé un set ! Viens !*

Je suis donc conviée à regarder un match. En entrant dans sa chambre, je découvre Andy avec son ordinateur sur les genoux. Il m'aperçoit et m'indique avec sa main son lit pour m'inviter à m'asseoir.

– Je croyais qu'il n'y avait pas de réseau, déclaré-je en m'avançant jusqu'à lui.

– C'est juste qu'on ne vous a pas donné le code Wi-Fi ! se vante-t-il. Le Colorado vient de prendre le premier set en affrontant Pittsburgh.

En m'installant à ses côtés, je retrouve sa chaleur réconfortante. Parfait après une telle journée.

Nous regardons le match attentivement. Très vite, l'écart devient serré et le Colorado remporte la victoire trois sets à un. C'était super intéressant.

Andy referme l'ordinateur et me dévisage un instant.

– Raconte-moi ce qui s'est vraiment passé cet après-midi, pas la version édulcorée que tu nous as servie tout à l'heure.

Je l'observe, surprise.

– Je sais déchiffrer ce que tu ne dis pas, poursuit-il.

– Arina a décidé de n'en faire qu'à sa tête. Cette fille n'écoute qu'elle ! Je lui ai dit qu'on s'était trompées de chemin mais elle n'a rien voulu entendre. La suite, tu la connais.

– Je suis désolé, murmure-t-il en se redressant.

– Désolé ? Mais tu n'y es pour rien !

Il se lève tandis que je m'assieds sur le rebord du lit.

– Cette randonnée, c'était mon idée. Si j'avais imaginé une seule seconde vous mettre en danger…

– Arrête ça tout de suite ! C'est malheureusement quelque chose qu'on ne peut pas prévoir. Moi aussi, je me sens coupable : j'aurais dû l'obliger à faire demi-tour au lieu de la suivre bêtement.

Andy revient vers moi pour me prendre dans ses bras et me serre contre lui. *Ça fait un bien fou !*

Je me redresse, son regard dans le mien, et nos lèvres un peu trop proches. Je suis prête à tout foutre en l'air pour ce baiser que cette bouche me promet. Mais Andy interrompt mes pensées interdites.

– Block, susurre-t-il d'une voix sensuelle.

Merde ! Je me mords la lèvre pour faire taire ma protestation. Je recule légèrement pour respirer calmement et retrouver mes esprits.

Je secoue la tête pour me ressaisir.

– Je préfère te prévenir, ce défi est à la hauteur de ma détresse.

– C'est le jeu.

– Tu vas réveiller le coach Vaughn et lui faire croire que tu es somnambule !

– Tu n'es pas sérieuse ? hoquette-t-il, surpris.

– Est-ce que j'ai l'air de plaisanter ? C'est toi qui m'as demandé de te distraire. Donc sois crédible !

Andy retire son tee-shirt et l'air devient tout à coup irrespirable. *Brillante idée !* Il passe une main dans ses cheveux pour donner l'illusion qu'il vient de se réveiller. Il sort donc dans le couloir, seulement vêtu de son caleçon.

J'observe à distance Andy frapper contre la porte à plusieurs reprises avant que le coach Vaughn n'ouvre enfin.

– J'ai mal ! Je crois qu'il m'a mordu !

Je ris pendant qu'Andy se lance dans un discours incompréhensible devant un entraîneur complètement ahuri. Malheureusement, la situation se retourne contre moi quand je les vois revenir tous les deux vers la chambre.

Paniquée, je cherche un endroit pour me cacher. Sans réfléchir, je m'enferme dans le placard derrière la porte. Les deux hommes entrent et le coach Vaughn aide Andy à se recoucher. Le cœur battant à tout rompre, de peur de me faire surprendre, je retiens mon souffle en espérant le voir partir au plus vite.

J'entends finalement ses pas s'éloigner, mais préfère attendre encore quelques secondes pour m'assurer que la voie est libre.

Andy ouvre le dressing, mort de rire.

– C'était terrifiant !

– Ça t'apprendra ! me nargue-t-il.

– Tu sais quoi, ce soir tu dormiras tout seul ! décidé-je, les lèvres pincées.

Son sourire s'efface aussitôt et ma satisfaction n'en est que plus belle. Je retourne me coucher discrètement, fière de ne pas avoir cédé.

Dès demain, lorsque nous rentrerons à Stanford, nous verrons peut-être les bienfaits de ce week-end… *Ou pas.*

CHAPITRE 10

Après les cours, je rejoins Gavin comme convenu à la cafétéria de l'université. Je sais d'avance qu'il trépigne d'impatience pour connaître les détails de ce week-end. En chemin pour le rejoindre, un appel à candidature m'interpelle sur le tableau d'affichage. Je souris et remplis les cases, fière de moi, puis m'empresse de retrouver mon ami.

À peine me suis-je installée que Gavin m'interroge.

– On peut savoir ce qui te fait sourire comme ça ? Laisse-moi deviner, ce week-end tu as suivi mes conseils et tu reviens du Nirvana ?

– Comme toujours, tu es à côté de la plaque ! raillé-je

– Crache le morceau, Miller.

– Je me suis arrêtée aux toilettes avant de venir, dis-je simplement pour le faire mariner encore un peu.

– Et ? Laisse-moi deviner ! Billy Ray Cyrus t'attendait avec sa guitare près du lavabo pour te chanter *Achy Breaky Heart.* J'aurais tellement pu faire les chœurs, ajoute-t-il, rêveur.

Je ris à ses suppositions plus que déjantées.

– Tu n'y es pas du tout !

– S'il ne s'est rien passé d'aussi spectaculaire dans ces toilettes, alors pourquoi avons-nous cette conversation ? Si c'est ta façon de détourner mon attention de ton week-end, tu te fourvoies complètement, rien ne pourra m'empêcher de connaître tous les détails.

– Sur le panneau d'affichage, dans le couloir à côté des toilettes, il y avait des inscriptions pour participer au concours des jeunes créateurs. À la clé, cinq cents dollars et une publicité sur les réseaux de l'université. Je voulais juste te prévenir que ton nom est désormais sur la liste.

Le sourire et le sarcasme de Gavin disparaissent aussi sec. Il semblerait que la plaisanterie ait changé de camp, je jubile.

– Tu te fiches de moi ? dit-il plus sérieusement.

Je lui tends mon téléphone avec la preuve en photo, certaine qu'il ne me croirait pas. Gavin fixe l'écran sans un mot.

– Tu vois bien ton nom là, non ?

– Mais pourquoi t'as fait ça ? s'exclame-t-il, sidéré.

– Pour un tas de raisons, mais je dirais premièrement parce que je crois en ton talent et deuxièmement, tout le monde doit le savoir. Participer ne peut être que positif, tu n'es pas d'accord ?

Depuis que je le connais, c'est bien la première fois qu'il reste aussi longtemps silencieux.

– Gavin, tu veux te lancer et l'université organise ce concours, c'est un signe du destin ! Il faut le tenter, considère ça comme un coup de pouce.

– Je vais avoir besoin d'un peu plus que ton pouce, marmonne-t-il.

– Quoi ?

– Tu veux que je participe, très bien. Mais si je vais au bout de ce projet, il me faudra quelqu'un pour porter ma création et cette personne… c'est toi.

– Gavin… soufflé-je pour tenter de m'y opposer.

– Ah, tu ne vas pas protester en plus ! C'est toi qui m'as inscrit. Tu sautes, moi je saute, pas vrai ?

– Je ne suis pas certaine qu'une réplique de *Titanic* soit judicieuse dans ton cas, dois-je te rappeler que c'est Rose qui reste sur la porte à la fin ?

– Oh, tu as compris ce que je voulais dire ! Je meurs de trouille et je ne connais que toi. Soit tu le fais avec moi, soit je ne le fais pas, c'est à prendre ou à laisser.

Comment lui résister quand il fait les yeux de Chat Potté ?

– Je te déteste… Je sais déjà que je vais le regretter.

Son sourire satisfait ne fait que me le confirmer.

– Bien, il n'y a plus qu'à me mettre au travail. Faut que je fasse un patron, que j'achète du tissu… J'ai un million de choses à faire. À partir de maintenant, tu restes avec ton téléphone greffé à la main. Je suis styliste, ce qui signifie que j'ai le droit de harceler mon mannequin préféré, ça fait partie du contrat !

Je souris en le voyant aussi motivé et énergique pendant qu'il ramasse ses affaires. Même s'il ne le dit pas, ce challenge lui plaît, ça se sent.

Ce soir-là, à l'entraînement, le coach nous annonce une nouvelle qui redéfinit la stratégie de l'équipe.

– Comme vous vous en doutiez, Arina ne pourra pas être des nôtres avant quinze jours. Elle va devoir suivre une rééducation de sa cheville le plus tôt possible mais on doit lui laisser le temps de se remettre correctement. En conséquence, nous avons dû repenser notre six de base pour le prochain match. Bianca, tu remplaces Arina et MacKenzie prendra ta place en deuxième centrale. On va axer tous les entraînements de cette semaine sur cette configuration et si de nouveaux changements sont nécessaires, nous ajusterons.

Un mélange de peur et d'excitation me submerge. *C'est ta chance !*

Ma concentration est optimale. Je me donne à fond toute la soirée au point d'être totalement lessivée en revenant dans les vestiaires. Je n'ai pas le temps de m'asseoir pour retirer mes chaussures que Gail me tombe dessus.

– Ne t'habitue pas trop à ton poste, tu n'y resteras pas très longtemps.

– Je te remercie, Gail, pour ta sollicitude, mais je sais ce que signifie le mot « remplaçante ».

– Je me demande si tu n'as pas tout manigancé, insinue-t-elle.

Aussitôt, le reste des filles présentes lui tombent dessus.

– Comment oses-tu dire un truc pareil ? Elle l'a portée sur son dos sur plusieurs kilomètres. Alors au lieu de lui cracher ton venin au visage, tu ferais mieux de la remercier. Parce que pendant qu'elle prenait soin de ton amie, toi, tu buvais ton thé sans t'inquiéter, me défend Bianca.

– On sait toutes qu'Arina n'est pas tendre, Mac aurait très bien pu la lâcher au beau milieu de la forêt, mais non. Je te rappelle que ce week-end devait servir à la cohésion d'équipe et Mac en est un très bel exemple, alors arrête de t'en prendre à elle sans raison et soutiens-la pour changer, ajoute Sara froidement.

Je ne peux contenir mon sourire à leurs mots car me sentir épaulée de cette façon me réchauffe le cœur. Je ne m'y attendais pas mais c'est un vrai moteur pour continuer ainsi. Cette équipe ressemble de plus en plus à l'image que je m'en étais faite en arrivant ici, je m'en réjouis.

Voici une raison supplémentaire pour tout donner samedi !

À la suite de mon changement de poste, j'ai demandé à Andy de m'entraîner davantage pour notre prochain match, le service basket peut attendre. Les déplacements classiques que l'on a l'habitude de travailler sur le parquet, sont bien plus difficiles à faire dans le sable. Ils ont cependant l'avantage d'être plus efficaces ensuite.

Je réclame toujours plus mais Andy ne semble pas du même avis.

– Tu en fais trop, Mac, c'est inutile. Les entraînements quotidiens sont suffisants, tu es prête pour samedi. Continue comme ça et tu finiras par te blesser. Prends le temps de te reposer, ça compte autant que le jeu.

– Je veux juste être parfaite, soupiré-je, un peu fatiguée.

– Mais si c'est ce que tu veux entendre, je te le dis, moi…

– Oh mais tu vois où je veux en venir !

– Ce que je vois surtout, c'est que tu veux en faire trop. Se dépasser, c'est bien, mais pas à n'importe quel prix. Je sais que j'ai outrepassé légèrement mon rôle mais je te rappelle que je suis ton coach, je sais de quoi je parle, dit-il en haussant les sourcils.

– Légèrement ? répété-je en tapant mon menton de l'index feignant une réflexion.

– OK, j'ai carrément débordé !

Sa remarque nous fait tous les deux éclater de rire.

– OK, coach, je vais me préserver…

– J'aime bien quand tu m'appelles comme ça, avoue-t-il alors que sa sincérité illumine son regard.

Je m'approche de lui lentement en répétant d'une voix suave :

– Coach… Coach… Coach…

– Tu cherches un « block » ou je rêve ?

– Il se pourrait que j'aie pris goût à te lancer des défis… lancé-je avec un sourire en coin.

– C'est bien ce qui me semblait. Soit je suis sympa et on s'arrête là, soit je suis diabolique et je te pousse à dire le mot magique en me suppliant.

– Je ne sais pas si je suis curieuse ou joueuse, peut-être les deux, mais je suis tentée de te voir à l'œuvre, juste pour apprécier le spectacle.

Le regard d'Andy s'assombrit et je sens déjà l'excitation naître en moi. *Le jeu est perdu d'avance !* Il tourne autour de moi comme un vautour autour de sa proie, puis se plante devant moi, ses yeux dans les miens.

– Je me demande si je dois aller vite ou prendre mon temps, susurre-t-il contre mon oreille.

Je pourrais lui dire qu'il a déjà gagné en remarquant ma poitrine se soulever anormalement, mais ce qu'il souhaite, c'est m'entendre prononcer le fameux mot. Andy se joue de moi et ne se cache même pas, son désir se reflète sur moi.

– C'est fou, même recouverte de sueur, je te trouve belle, murmure-t-il.

Ses mots m'électrisent, me coupent le souffle. Comme si ça ne suffisait pas, il s'avance vers moi et essuie de son index une goutte roulant sur mon bras pour remonter lentement – trop – vers mon épaule.

Sa bouche s'approche dangereusement de mon oreille, son effluve m'enivre soudainement. *Je vais craquer !* Je suis sur le point de céder. Je suis persuadée qu'il prend plaisir à me torturer ainsi.

Sa bouche frôle par accident la peau de mon cou et c'en est trop pour moi !

– Block ! Block ! Block ! crié-je pour mettre fin à ce supplice.

– C'était pourtant la manière douce… plaisante-t-il.

– Ce jeu va me tuer ! avoué-je à voix basse, pantelante.

– Allez, prends tes affaires et suis-moi.

Quand nous quittons la plage pour marcher sur la promenade, je m'interroge au sujet de ce qu'Andy me prépare.

– On va prendre le bus et lorsqu'il aura démarré, tu chanteras *It's All Coming Back To Me Now*, de Céline Dion. On va se marrer…

Je confirme que nous n'avons pas la même notion de l'humour. Ce qu'il trouve drôle me fait au contraire pâlir d'angoisse. Imaginer tous les regards des passagers braqués sur moi, me donne littéralement envie de vomir.

Andy est si sûr de lui qu'il ne remarque pas mon malaise. Quand le bus arrive, que ses portes s'ouvrent et que les premiers voyageurs montent, suivis d'Andy, mes pieds refusent de bouger. Il se retourne et s'aperçoit que je suis toujours sur le trottoir. Son sourire s'efface aussitôt et il s'avance vers moi.

– Il y a quelque chose qui ne va pas ? s'inquiète-t-il.

– Je suis désolée mais je ne peux pas, déclaré-je le regard hagard.

– Tu ne peux pas quoi, monter dans ce bus ?

– Chanter devant tout le monde. J'en suis incapable.

– Mais ça va être drôle, je sais bien que tu chantes mal si c'est ça qui te fait peur… Sinon tu ne serais pas sportive de haut niveau, lance-t-il pour plaisanter.

Mais sa tentative pour me détendre est vaine. Je m'assieds sur le muret juste derrière moi.

– Allez, dis-moi ce qui se passe.

– Je ne sais même pas quoi te dire en réalité… La plupart du temps, j'arrive à gérer mon angoisse mais parfois, comme aujourd'hui, ça me submerge. Le regard des gens sur moi me rend nerveuse. J'évite d'attirer l'attention parce que je pourrais faire une crise de panique !

– Mais qu'est-ce qui s'est passé pour que ça t'affecte à ce point ? demande-t-il en s'asseyant à mes côtés.

– Disons que les brimades à répétition ont eu raison de moi.

Il fronce les sourcils, un peu perdu.

– Tu peux développer ?

– À cause de ma taille, j'ai l'impression d'avoir un projecteur braqué sur moi en permanence. Les gens se permettent des réflexions à mon sujet alors qu'ils ne me connaissent même pas et bien que je ne leur aie rien demandé. Du style : « Pourquoi tu mets des talons, tu n'es pas suffisamment grande comme ça ? », « Vu ta taille, tu dois être super forte au basket ! », « Il fait bon là-haut ? ». À force d'entendre ce genre de choses de la part d'inconnus, c'est comme un écho qui n'en finit plus. Je ne veux plus lire dans leurs yeux ce qu'ils pensent de moi, je refuse, expliqué-je d'une voix à peine audible.

– Tu ne peux pas croire que chaque personne qui te regarde voit en toi une bête de foire. Ce n'est pas juste pour les gens comme moi, lâche-t-il avec une franchise déconcertante.

– Disons qu'il fallait entrer dans ma vie avant que ces mots ne prennent toute la place, soufflé-je avec une voix tremblante.

– Attends, on va faire un truc ! s'enthousiasme Andy d'un seul coup.

– Quoi encore ? soupiré-je, inquiète.

– Allez, suis-moi.

Voilà qu'Andy m'entraîne de l'autre côté de la promenade, d'un pas déterminé, pour me placer à l'angle de la rue.

– Ne bouge plus.

– Mais qu'est-ce que tu fais ?

– Aie confiance.

Intriguée par ce qu'il manigance, je patiente et il s'éloigne de plusieurs mètres. Armé de son téléphone, je le vois arrêter quelques passants qui me regardent pendant qu'il leur parle. Je n'entends pas d'ici leur discussion, et ça a le don d'alimenter mon angoisse.

Quand Andy revient vers moi, le sourire aux lèvres, j'ai l'impression d'avoir attendu une éternité.

– Tu peux m'expliquer ce qui vient de se passer ?

– Viens, on va s'asseoir.

Nous retournons près de l'arrêt de bus pour nous installer avant qu'Andy me tende son téléphone. Ce que je découvre me laisse sans voix : une vidéo où Andy demande aux gens ce qu'ils pensent de moi. Leur réponse a le don de me réchauffer le cœur, ce ne sont que des compliments et rien de dégradant ou de négatif à propos de ma taille. Je suis médusée, à tel point qu'une larme m'échappe sans que je m'en aperçoive. Dès lors qu'Andy la cueille avec son pouce, je sors de ma contemplation.

– Tu vois, je leur ai juste demandé leur première impression, je n'ai pas orienté leur réponse. Si le regard des autres est si important pour toi, alors cherche ton reflet dans ces yeux-là ou dans les miens. Et si je dois te répéter chaque jour que tu es un soleil et que tu as le droit de laisser rayonner ta beauté, je le ferai, m'assure-t-il avec assurance.

Je ne réponds rien, trop concentrée à contenir mes larmes qui menacent de couler, mais il est trop tard quand Andy me serre dans ses bras. Je m'effondre en me cachant dans son cou bien que mes soubresauts me trahissent. C'est la première fois que j'expose mes faiblesses devant quelqu'un. Ma vulnérabilité est exposée à la vue de tous et j'ignore comme endiguer ce tsunami d'émotions.

Andy ne bouge pas, je sens seulement sa main me caresser doucement dans le dos comme s'il m'invitait silencieusement à prendre mon temps et à me laisser aller. Lorsque mes larmes se tarissent, je me redresse enfin.

Quand ses yeux croisent les miens, je les fuis en détournant la tête. En reprenant mes esprits, je ne sais plus où me mettre, j'ai honte de m'être effondrée ainsi.

Andy m'interpelle.

– Hey, regarde-moi, exige-t-il doucement.

Je ne peux pas.

Il tend sa main vers mon menton pour attirer mon visage vers lui.

– Je présume que déconstruire ces croyances est un travail qui demande du temps mais, s'il te plaît, ne te cache jamais devant moi, ne crains pas d'être toi.

Ses yeux sont emplis de sincérité, au point que j'en ai la chair de poule. Je suis complètement vidée d'avoir trop pleuré. Mes larmes ont tout emporté : les tensions, la frustration, la peur, la honte, la déception.

Je ne pense à rien d'autre qu'à ses lèvres qui me délivrent par ses paroles bouleversantes. Impossible de dévier mon regard de sa bouche. À cet instant, notre petit jeu n'a plus d'importance, plus aucun pouvoir. La raison qui m'empêchait jusque-là de céder à l'interdit, m'abandonne. J'ai la sensation d'être plus forte que tout ce qui nous empêche d'être ensemble, de piétiner sans honte les obstacles sur notre route.

Sans attendre davantage, j'écrase mes lèvres sur les siennes au beau milieu des badauds sur la promenade. Andy ne me repousse pas, au contraire, il me rend mon baiser. Ce baiser n'est pas comme les autres, il a une saveur particulière. Il n'est pas passionné, il est… intense. Plus sensible, plus doux, plus tendre. Exactement ce dont j'ai besoin. *Et tant pis pour les risques !*

Quand nos bouches se séparent, pas d'explications, pas d'excuses, pas de défis, juste un sourire complice, un aparté.

En rentrant jusque chez moi, je me sens moins seule, accompagnée par un sentiment nouveau, un passager clandestin dont je préfère ignorer l'existence. *Pour l'instant !*

Le match a lieu d'ici quelques heures, dire que je suis anxieuse est un euphémisme. Ça fait des jours que je m'imagine, me prépare, me concentre pour ce moment. Un mélange d'angoisse et d'excitation m'envahit. *Un vrai cocktail Molotov !*

La journée me semble interminable, le soleil peine à se coucher. Je suis l'une des premières à arriver au gymnase. Je n'en pouvais plus de faire les cent pas dans ma chambre. Assise dans le vestiaire, mes pensées se bousculent. J'essaie de me répéter d'avoir confiance en moi, en mon jeu, en mes progrès. J'ai regardé en boucle les matchs de l'équipe de San Diego, je ne dois pas douter. *Douter, c'est perdre.*

Les filles me rejoignent peu à peu. Les rires fusent et je m'imprègne de cette ambiance légère.

Juste avant de sortir, Bianca m'attrape pour discuter à l'écart.

– Ça va bien se passer, d'accord ? me dit-elle d'un ton chaleureux.

– Hum, marmonné-je, la peur au ventre.

– Pas de pression. Si on perd, c'est ensemble, et si on gagne, pareil. Donc joue ce match, donne tout, n'aie pas peur de frapper et surtout de montrer ta valeur ajoutée ! m'encourage-t-elle pour tenter de me détendre.

– Je vais faire mon maximum, merci.

– Tu me remercieras quand on sera qualifiées pour les championnats nationaux, plaisante alors Bianca

– Tu viens de me dire « pas de pression », je te rappelle…

– Peu importe, on va gagner ! assure-t-elle en riant et haussant les épaules.

Nous sortons ensemble et sommes saisies par l'ambiance de la salle. Si les matchs précédents étaient complètement fous, cette fois, les supporters sont totalement surexcités. *Ça prend aux tripes !* Même quand le coach Vaughn parle, il est difficile d'entendre ses consignes.

Pendant l'échauffement, j'aperçois rapidement mes parents dans les gradins. Même si je suis touchée par leur présence, je dois rester concentrée.

L'heure de l'affrontement a sonné.

Quand l'arbitre donne son coup de sifflet et que je foule le parquet, je suis envahie par un sentiment indescriptible, si fort que les larmes me montent aux yeux. *Pas de place pour l'émotion !* Je me ressaisis rapidement quand on se rassemble pour lancer notre cri de guerre au centre du terrain.

L'arbitre signale le premier service. *C'est parti !*

Les points s'accumulent, pourtant Gail n'en fait toujours qu'à sa tête, nous mettant sérieusement en difficulté. Mais cette fois, les filles me soutiennent. Lorsque le ballon revient dans notre camp, au lieu de faire la deuxième passe à Gail, Jordane s'impose et réceptionne à sa place pour me la renvoyer.

La balle est parfaite, je peux enfin faire ma première attaque du match, digne de ce nom. Je marque le point ! En se rejoignant au centre du terrain pour se congratuler, Jordane balance :

– Tu vois, ce n'est pas si compliqué !

Les filles ajoutent en chœur :

– Ouais, lâche-lui la grappe maintenant !

Finalement, ce week-end de cohésion d'équipe porte ses fruits. Ça me donne encore plus envie de me dépasser pour la suite.

On reprend toutes nos places alors que Gail conserve son expression renfrognée. J'ignore si cette démonstration de force aura eut gain de cause auprès d'elle. *Mais nous ne devrions pas tarder à le savoir !*

Malheureusement, le set se termine en faveur de San Diego. Quand nous changeons de côté, le coach Vaughn décide de nous rassembler pour faire le point sur notre stratégie.

– Pour ce set, je vais effectuer un changement, annonce-t-il.

Je baisse aussitôt la tête. Je suis sûre qu'il va vouloir me faire sortir parce qu'il doit considérer que je ne suis pas encore prête.

J'attends ma sentence tandis que la déception s'installe en moi.

– Gail, tu sors. Jane, tu prends sa place.

Je me redresse aussitôt, je suis bouche bée ! Je crois que je ne suis pas la seule. La stupéfaction se lit sur les visages de mes coéquipières.

– Je veux essayer quelque chose, ajoute-t-il comme pour se justifier.

Aucune protestation pendant que nous reprenons place sur le terrain. Pour la première fois, j'ai vraiment l'impression de jouer comme j'en rêvais, animée par un sentiment de liberté incroyable. Je ne me pose plus de questions et me concentre uniquement sur le match. J'en oublie même les spectateurs bruyants. Je m'éclate et je crois que j'avais oublié cette sensation !

À chaque point de gagné, l'équipe se félicite et même dans l'échec, on se rassemble pour combiner notre rage en force collective.

Et ça paie car nous remportons ce set haut la main ! Chacune de nous est grisée par cette bataille remportée.

On change encore une fois de côté, en conservant notre stratégie et sans nouveaux changements. Heureuse de faire toujours partie du six de base, je jette un bref regard à Andy quand vient mon tour de servir. Il comprend sur-le-champ mes intentions et acquiesce discrètement pour me donner son assentiment.

Je prends un petit temps avant de me lancer. J'essaie d'évacuer cette pression inutile car me louper ne mettra pas mon équipe en difficulté outre mesure, mais je veux y arriver. *C'est le moment ou jamais !*

Je me jette à l'eau sans réfléchir davantage et, même si mon service n'est pas parfait, il passe le filet. Je souris, ne pouvant cacher ma joie. Les filles scandent notre cri de guerre : « Cardinales » pour me féliciter tout en restant concentrées sur le jeu.

L'énergie collective est extraordinaire, sans parler des supporters dans les gradins qui sont en pleine effervescence à chaque point qui nous rapproche de la victoire. Je crois que cette balle de match est sur le point de rester gravée à vie. Le silence qui règne dès lors que l'arbitre siffle ce dernier service est saisissant. On pourrait entendre une mouche voler malgré la foule rassemblée.

Jane me sert, la dernière attaque me revient. En étudiant rapidement la configuration du jeu, je m'aperçois que mes adversaires ont tout misé sur cette possibilité en montant à trois pour contrer. J'opte donc pour une feinte qui fonctionne, nous permettant de marquer. L'arbitre siffle la fin du match et toute l'équipe me saute dessus. *Manque plus que les confettis !*

L'heure est à la liesse, on laisse s'exprimer notre joie avant d'aller féliciter San Diego. Les coachs nous rejoignent en applaudissant à leur tour. Je n'en reviens toujours pas. Je suis grisée par la victoire, ce sentiment n'est pas près de me quitter.

Je m'écarte de toute cette effervescence pour saluer mes parents qui me proposent d'aller au restaurant afin de fêter ça. J'accepte en souriant.

Je m'empresse de me diriger vers les vestiaires pour prendre ma douche afin de pouvoir les rejoindre. Cette victoire a un goût particulier, un goût de grand cru.

Les filles et moi, on chante, on crie, c'est une belle célébration. Je ne suis jamais restée aussi longtemps dans les vestiaires ! Je suis portée par cette exaltation, à tel point que je me douche sans complexe au milieu des autres. Je l'interprète comme le signe que je fais vraiment partie de cette équipe désormais.

Je les quitte avec un sentiment de légèreté pour rejoindre mes parents à la sortie du gymnase. Nous marchons quelques mètres lorsque je reconnais Andy dans un coin, au téléphone. Dès qu'il m'aperçoit, il raccroche et m'interpelle.

J'assure à mes parents de continuer sans moi, le temps de discuter rapidement avec Andy.

– Je parlais avec Gavin. Ne lui dis pas que je t'en ai parlé, tu le connais, sous ses airs prétentieux, c'est un vrai cœur d'artichaut. Bon sang ! Il va me tuer s'il sait que je viens de balancer ça… Mais il m'a harcelé de messages pendant le match, il ne tenait plus en place ! Donc je lui ai annoncé la bonne nouvelle.

– Pour quelqu'un qui prétend ne pas aimer le sport…

– Ah mais ce n'est pas pour le score que Gavin s'inquiétait, c'était pour toi. Il tient beaucoup à toi, tu sais…

– Moi aussi, assuré-je en souriant.

– Ce n'est pas le seul… avoue-t-il avec un grain sexy dans la voix.

Six mots… simples… mais lourds de sens. J'ai l'impression d'être proche d'un volcan, que malgré les risques, j'ai choisi de rester et d'assister à l'éruption ! Il est trop tard, la lave brûle tout sur son passage, se moquant bien des dégâts qu'elle va causer.

Andy s'avance vers moi. Je sais ce qu'il vient chercher et je suis prête à le lui donner. Je sens que ça va être différent cette fois, comme si ce jeu entre nous ne suffisait plus, que ce temps-là était révolu. *Cette soirée ne pourrait pas être plus parfaite !*

Seulement, quand nos lèvres sont sur le point de se rencontrer, la porte arrière du gymnase claque. Pourtant, dans mon esprit, ce son ne suffit pas à me détourner de *lui*. En revanche, quand la voix du coach Vaughn résonne, la réalité me frappe de plein fouet.

Andy et moi faisons un pas en arrière.

– Oui Vaughn, je suis là. Je discute avec MacKenzie, crie-t-il dans sa direction.

Il s'avance vers nous alors que j'ai l'impression d'être prise sur le fait. Andy, lui, est totalement détendu.

Nous a-t-il vus ?

– MacKenzie, il y a un problème ? m'interroge mon coach, en fronçant les sourcils.

Je suis incapable d'aligner un mot, sans doute la peur de ne pas réussir à contrôler ce que je pourrais dire, heureusement Andy vole à mon secours.

– J'ai juste pris une minute pour la féliciter pour son service basket, c'était son défi ce soir, explique-t-il simplement.

Un conseil : se méfier d'un mec qui ment aussi facilement !

Je me contente de sourire et comprends que je dérange. Je les salue à contrecœur puis rejoins mes parents, convaincue que le destin est contre moi… *contre nous.*

CHAPITRE 11

Je suis allongée sur mon lit, repassant en boucle le match d'hier. Depuis notre victoire, je ne me défais pas de mon sourire. Pourtant, quand la bande du film dans mon esprit s'arrête pendant le premier set, Gail est au premier plan. L'amertume provoquée par son rejet est encore vive mais aussitôt enterrée par la solidarité qui a suivi.

Ce match était parfait à tout point de vue. Nous sommes qualifiées pour les championnats nationaux !

J'ai enfin le sentiment d'avoir gagné ma place dans *mon* équipe. Je suis sur un nuage dont je ne souhaite plus redescendre.

Soudain, une idée me vient. Je me lève d'un bond, ne réfléchissant pas davantage. Je m'attache les cheveux, prends ma veste et claque la porte.

En quelques minutes, je me retrouve devant sa chambre, située dans un bâtiment à côté du mien. Je prends une profonde inspiration avant de frapper.

– Qu'est-ce que tu fais là ? m'interroge ma coéquipière en se positionnant dans l'encadrement de la porte.

– Gail, si jamais un jour tu penses à une reconversion, maton de prison, ça t'irait bien. Sinon Arina est là ?

Alors qu'elle s'apprête à me sauter dessus, sa colocataire, droite sur ses béquilles, la coupe dans son élan.

– Laisse-la entrer, ordonne-t-elle, d'un ton autoritaire.

Avec un sourire satisfait, à peine voilé, je la rejoins sur son lit où elle s'est assise et me dévisage.

– Qu'est-ce que tu veux ?

– Je présume que tu as regardé le match hier soir, donc je repasserai pour le scoop. Comment va ta cheville ?

– Tu es venue t'assurer que je serai hors-jeu pour le prochain ? Désolée de te décevoir mais je compte bien revenir lundi, répond-elle sèchement.

Je prends un instant avant de poursuivre.

– Je te regarde et je me demande ce qui a bien pu t'arriver pour que tu emmagasines autant de rancœur. Tu sais quoi ? Je te plains en fait. Je suis simplement venue pour prendre de tes nouvelles, discuter du match d'hier mais si tout ce qui t'intéresse, c'est ta « place », ne t'inquiète pas, elle sera toujours là, pour la simple et bonne raison que personne ne te l'a prise.

Je ne peux m'empêcher de la dévisager en secouant la tête avant de partir en claquant la porte.

Pourquoi j'ai pensé que ça changerait quelque chose ?

Heureusement, je n'ai pas le temps de m'attarder sur cette idée absurde car Gavin m'engueule par SMS.

Gavin : *T'es où ?*

Gavin : *Même pas sur le podium et ça se prend déjà pour Gigi Hadid… Grouille !*

Gavin : *Je te préviens… T'as intérêt à avoir une bonne excuse ! Du genre Channing Tatum a fait irruption dans ta chambre parce que tu es la seule à pouvoir l'aider à sauver la Maison-Blanche !*
Donc, ne viens pas sans Channing !

Merde, j'ai complètement oublié !

Une pâtisserie devrait pouvoir m'aider à me faire pardonner.

Lorsque je frappe à sa porte, Gavin s'empresse de m'ouvrir. Inutile de parler, l'expression sur son visage est éloquente. J'essaye de faire une moue irrésistible en lui tendant les cupcakes que j'ai pris en chemin pour tenter de me racheter. Il n'hésite pas une seconde.

– Explique-moi pourquoi tu es en retard et j'examinerai si tu mérites que je partage.

– Oh si tu savais... Je pense que tu peux les garder, dis-je, sans grande conviction.

Mais ma réponse ne calme pas la curiosité de Gavin. Bien au contraire...

– Je suis passée voir Arina, expliqué-je en entrant dans sa chambre.

– Dieu du ciel ! Tu as raison, tu n'es vraiment pas digne de ce gâteau ! déclare-t-il en le croquant à pleine bouche. Tu sais à qui tu me fais penser ? À une de ces miss dans le film avec Sandra Bullock et leur seul désir : « Un monde en paix ». Tu es allée voir cette fille alors que son rêve, c'est de te mettre une cible dans le dos.

– Mais...

– Il n'y a pas de « mais » ! Arina mourrait pour réussir, pour elle, tu représentes un caillou dans sa chaussure. Et toi, tout ce que tu trouves à faire, c'est de prendre de ses nouvelles ? Tu m'exaspères...

Il lâche un soupir, désespéré.

– Je sais... Mais je me suis dit que si je lui rendais visite, ça pourrait apaiser les tensions. Hier, le match était fabuleux, on était solidaires, portées par la même envie. Tu aurais dû voir ça, c'était dément ! dis-je, des étoiles encore dans les yeux. J'ai juste peur que quand elle reviendra, cet esprit d'équipe s'évapore.

– Je crois que tu devrais prendre ton mal en patience. Elle ne sera plus là l'année prochaine, tu seras libérée, rétorque-t-il tout en fouillant dans sa boîte à couture.

– Tu as sans doute raison, pourtant je suis persuadée que, si son attitude était différente, on aurait toutes nos chances.

– Viens par là ! Si tu veux, je peux t'en débarrasser en l'étouffant avec du tulle ! propose-t-il en m'attirant au centre de sa chambre.

Gavin me demande de me déshabiller tout en gardant mes sous-vêtements, je m'exécute sans gêne. Il tourne autour de moi avant de se placer dans mon dos.

– Tends les bras, m'ordonne-t-il.

– Aïe !

– Ça s'est pour être arrivée en retard !

– Aïe ! crié-je encore.

– Et ça, c'est juste parce que j'en avais envie ! admet-il en riant.

– Au fait… Tu n'as pas dit que tu devais prendre mes mesures ?

– Absolument.

– Alors, pourquoi as-tu besoin d'une aiguille ?

– Mais je n'en ai pas besoin, me nargue-t-il, ses yeux animés par les flammes de l'enfer.

Ça l'amuse, l'enfoiré !

Enfin, il se concentre sur son boulot, *le vrai.*

– Est-ce que tu as déjà pensé à ce que tu allais proposer ?

– Bien sûr ! J'ai les croquis, tu veux les voir ?

– Et comment !

– Attends, laisse-moi terminer et je te montre ça.

Gavin note soigneusement mes mensurations puis se dirige vers son bureau pour attraper son carnet de croquis. Il me le tend et je découvre avec enthousiasme le modèle qu'il a imaginé. Je savais qu'il était bourré de talent !

– Tu devras revenir plusieurs fois pour qu'on puisse faire des essais et surtout ajuster si besoin.

– Entendu, patron, réponds-je d'une voix grave.

– J'adore quand tu me dis ça. D'ailleurs, puisque j'ai droit à ce titre honorifique, je serai ta Miranda Priestly[8], autoritaire et exigeante.

– Je commence déjà à regretter de t'avoir inscrit… soupiré-je, en levant les yeux au ciel.

– Ce n'est que le début, renchérit-il en haussant les sourcils.

Croire que Gavin plaisantait était une erreur. Ça fait trois jours, qu'il choisit sans scrupule tous mes repas. Si ça me faisait rire au début, aujourd'hui, je tuerais pour un bon hamburger ! Alors que j'échafaude un plan pour en piquer un sans que Gavin s'en aperçoive, mon téléphone sonne et tous mes espoirs tombent à l'eau.

– C'est quiiii ? s'empresse de demander mon ami.

– Sans doute mon estomac affamé, réponds-je pour détourner vainement son attention.

– Waouh ! Tu as donc deux amis ! Si ça continue, on va bientôt créer un groupe WhatsApp.

Je glousse en portant mon plateau jusqu'à notre table, m'installe et m'empresse de lire mon message.

Andy : *J'ai une surprise pour toi ce soir, si tu es dispo, on se retrouve à la plage à 17 heures ?*

Je souris, niaisement.

– Dis-moi qui est responsable de ce sourire absurde ? Non ! Laisse-moi deviner. Je suis là, donc ça m'élimine, c'est forcément le deuxième beau gosse de la famille.

8. Personnage du film *Le Diable s'habille en Prada.*

Je plisse les yeux, surprise qu'il devine aussi facilement.

– Qu'est-ce qui te fait croire que les fils Spencer sont les seules personnes dans ma vie ?

– C'est assez simple, si je devais résumer, il y en a trois.

– Trois ?

– Voici par ordre d'importance : moi, Andy et le ballon. Si tu le souhaites, on peut intervertir les deux derniers, sinon j'ai tout bon ?

– Tu m'agaces !

– Je n'y peux rien si je lis en toi comme dans un livre ouvert. J'ai juste hâte de dévorer les passages croustillants parce que pour le moment, ma lecture est un peu plate.

– J'espère que tu vas t'étouffer avec ton tofu ! déclaré-je en lui donnant une petite tape dans le bras.

C'est finalement seule, après que Gavin est parti, que je réponds à Andy.

Mac : *J'ai hâte de savoir où tu m'emmènes. Je dois prévoir une tenue ou quelque chose en particulier ?*

Andy : *Génial ! Sois juste à l'heure, les cheveux lâchés, et ce sera parfait.*

Les cheveux lâchés ? Sa demande est pour le moins surprenante.

L'entraînement semble durer une éternité, les coachs me réprimandent à plusieurs reprises parce que je ne suis pas suffisamment concentrée. *La faute à qui ?* Dès que nous terminons, je ne m'attarde pas avec les filles. Je retourne dans ma chambre pour changer de tenue après avoir pris une douche. J'opte pour un jean, un débardeur noir simple et attrape ma veste en cuir accrochée à côté de la porte.

Apparemment, j'ai été rapide puisque Jordane n'est pas encore rentrée du gymnase lorsque je quitte notre coloc.

D'humeur joyeuse, je chante *Live Your Life* à tue-tête dans ma voiture. J'ignore où Andy a prévu de se rendre mais l'excitation est à son comble. De toute façon, il peut bien m'emmener où il voudra, ça m'est égal ! Je souris bêtement en regardant par la fenêtre avec une seule hâte : le retrouver.

Quand j'arrive, Andy est déjà là. Je gare ma voiture près de la sienne. Ni une ni deux, je m'installe côté passager.

– Alors, tu as une petite idée ? me sonde-t-il, fier de lui.

– Pas la moindre !

– On a un peu de temps devant nous. Ça te tente si je t'emmène manger une glace ?

– Maintenant ? m'étonné-je.

– Y'a pas d'heure pour manger une glace.

Je rigole, surprise par son attitude particulièrement détendue et taquine ce soir.

Andy me conduit chez Bi-Rite Creamery, réputé pour ses recettes délicieuses. Ce qui se confirme en voyant des gens faire la queue devant la boutique. En détaillant la vitrine, je dois bien avouer que j'en ai l'eau à la bouche. Sur les conseils d'Andy, je choisis celle au brownie avec une sauce caramel au beurre salé et une montagne de chantilly.

Pour la déguster, on s'assied dans Dolores Park qui offre une vue imprenable sur tout San Francisco. Je goûte une première cuillère de glace… OK, difficile de ne pas succomber.

– Avoue… me nargue-t-il en riant.

– Quoi donc ?

– Répète après moi : tu avais raison.

– Ça va, ça va… J'admets, tu avais raison, c'est extraordinaire !

– Ah, c'est presque aussi bon que cette glace… raille-t-il.

Je lève les yeux au ciel et déjoue de justesse une cuillère clandestine qui tente d'approcher de mon pot. Après avoir terminé, nous restons encore assis un long moment, profitant de cette quiétude.

Pourtant, ma curiosité est toujours présente.

– On ne va pas être en retard ? m'impatienté-je.

– Fais-moi confiance, on a encore un peu de temps.

– Dans ce cas, je vais en profiter pour te poser une question.

– Tout ce que tu voudras mais je te préviens, c'est peine perdue si tu penses me soutirer des informations.

– Ça, je l'avais bien compris, soufflé-je, dépitée de devoir encore attendre. Je me demandais seulement pourquoi tu as insisté à propos de mes cheveux lâchés ?

Je le prends complètement au dépourvu. Il ne semblait pas prêt à se justifier à ce sujet.

– Oh… Euh… Comment vais-je t'expliquer ça… bégaye-t-il en se grattant le menton. Tu vois ta glace ?

J'acquiesce, perplexe.

– Donc, imagine que tu es cette glace au brownie. Une glace du genre à se suffire à elle-même tellement son parfum est délicieux. Pourtant, tu as choisi de rajouter de la chantilly, tel un supplément de gourmandise. Eh bien, considère que tes cheveux défaits, c'est mon supplément de chantilly.

J'éclate de rire sans pouvoir me contenir. Alors celle-là, je ne m'y attendais pas.

– Quoi ? Mais pourquoi tu ris ? dit-il en fronçant les sourcils.

– Tu viens de comparer mes cheveux à de la chantilly, je ne sais pas trop comment le prendre, me moqué-je.

– Mais je t'assure que c'est un compliment ! se défend-il avec une mine sérieuse.

Andy un peu gêné, c'est une première. Il est adorable et moi, je fonds devant ses joues rougies.

Il s'ouvre à moi, m'offrant une version de sa personnalité que je ne connaissais pas encore. J'ai l'impression de me rapprocher de lui et que ça lui fait plaisir.

J'essaie de retenir mon cœur prêt à sauter dans le vide, sans filet. Je crois que mes sentiments se sont renforcés au fur et à mesure des semaines pour, aujourd'hui, envahir tout mon être de manière incontrôlable.

Heureusement, il est temps d'y aller, ce qui est parfait pour reporter mon attention sur ma surprise plutôt que sur ce vertige émotionnel. Je cache tout ça derrière un sourire et me laisse embarquer vers… l'inconnu !

Quand Andy gare la voiture, je reconnais le Kezar Pavilion. Ce stade est bien connu à San Francisco. Mais je me demande pourquoi nous sommes ici…

Il se tourne alors vers moi, un sourire malicieux aux lèvres.

– Alors ? Une idée ? tente-t-il une seconde fois.

– C'est vaste… Un indice ?

– Plus la peine, autant que la surprise reste entière.

Andy m'attrape par la main et nous avançons près de l'entrée. Je crois que j'ai enfin ma petite idée mais ne dis rien. Dès que nous entrons dans le gymnase, mes yeux s'écarquillent. Andy sourit et me guide jusqu'à nos places, presque au pied du parquet. Nous sommes juste derrière les joueurs. La chance !

Je m'assieds, le regard qui pétille, et observe les joueurs. Mais… Oh mon Dieu !

– Mon équipe, enfin mon ancienne équipe joue un match contre des anciens champions pour une association ce soir, je me suis dit que ça te plairait, m'explique-t-il, fier d'avoir gardé le suspense jusqu'au bout.

– C'est génial ! m'exclamé-je, au comble de l'enthousiasme.

– En revanche, je crois que ce serait préférable que tu portes ça, me dit-il en me donnant une casquette noire.

Je le regarde, surprise.

– Le match est retransmis, on ne sait jamais, autant être prudents.

Je hoche la tête.

– Tu veux que je garde quand même les cheveux lâchés ? plaisanté-je en les glissant dessous.

Son regard est plus qu'éloquent, je sens aussitôt mon corps s'échauffer, le sang pulser dans mes veines. Est-ce l'adrénaline et l'ambiance des gradins ou juste Andy ?

Je reporte mon attention sur les anciens coéquipiers de ce dernier. Je les ai déjà vus jouer à la télé, pour certains ce sont des retraités mais leur niveau est toujours au top.

J'ai assisté à un match quand j'étais plus jeune mais je n'étais pas aussi près. On est vraiment bien situés. Je suis aux anges !

Alors que les joueurs sont en plein échauffement, ils aperçoivent Andy dans les gradins. Sans attendre, ils viennent tour à tour le saluer. J'ai l'impression d'assister à des retrouvailles d'amis qui ne se sont pas vus depuis longtemps. C'est vraiment touchant de voir que, malgré son départ, ils ne l'ont pas oublié. Chacun d'eux le serre dans ses bras et Andy me présente de façon tout à fait naturelle. Son équipe ne cache pas sa surprise de le voir accompagné. Le capitaine se retourne vers lui, l'air moqueur.

– Un genou de perdu, une copine de retrouvée, le taquine-t-il en riant.

Andy tente bien de protester mais c'est peine perdue.

Ses anciens coéquipiers finissent par lui demander de les rejoindre sur le terrain. Avant de répondre, il me regarde comme s'il voulait s'assurer que ça ne me dérange pas. Je secoue la tête pour l'encourager à y aller. Je remarque qu'Andy fait attention à son genou, en prenant soin de ne pas sauter, mais je vois bien qu'il aime ces retrouvailles avec son ancienne équipe et le parquet. Lorsque le match est sur le point de commencer, il revient près de moi, souriant.

Alors que les passes s'enchaînent, je n'en loupe pas une miette ! C'est vraiment impressionnant de voir l'équipe championne olympique jouer sous mes yeux. Un vrai spectacle. Ils gagnent le premier set.

Pendant qu'ils discutent sur le bord du terrain, la *kiss cam* scanne le public. Je veille à bien cacher mon visage sous ma visière, comme me l'a conseillé Andy tout à l'heure. Après plusieurs passages dans la foule, nous apparaissons sur le grand écran.

Merde, raté ! J'essaye de donner le change, malgré mon sourire gêné.

Les coéquipiers d'Andy crient de plus belle ! OK, là, difficile de rester discrets… Finalement, ce dernier ne se fait pas prier davantage et approche son visage près du mien sous la visière de la casquette pour m'embrasser.

Comme à chacun de ses baisers, mon cœur éclate en milliers de confettis, rendant mon corps fébrile. Mes oreilles sifflent, mon sang pulse et je crois que j'oublie où nous sommes.

– Hey ! Ça fait un moment que la *kiss cam* n'est plus sur vous, raille une personne dans mon dos.

Aussitôt nos lèvres se séparent tandis que nos joues rosissent. Les joueurs sur le banc à quelques mètres se moquent ouvertement de nous.

Heureusement, l'arbitre siffle le début du deuxième set et chacun reporte son attention sur le parquet.

Tout le long du match, Andy n'a cessé de serrer ma main dans la sienne. Un geste qui a retenu mon cœur en otage.

Quand le coup de sifflet final retentit, signifiant la victoire de son ancienne équipe nous nous dirigeons à l'arrière de l'arène pour boire un verre et retrouver le reste de l'équipe. Andy discute avec plusieurs personnes en attendant que les joueurs nous rejoignent.

On s'installe finalement dans un bar. Andy me présente, telle une vraie fan, je prends des photos pour garder un souvenir. Je n'essaie même pas de cacher mon admiration, pour la première fois de ma vie, je me sens petite. Les joueurs sont vraiment très gentils et me posent à leur tour des questions sur les circonstances de notre rencontre, mes objectifs dans le volley. J'écoute leurs conseils, apprends de leur expérience. Puis ils me disent de persévérer et me souhaitent bonne chance pour le championnat national. *Le rêve !*

Soudain, une belle brune aux jambes interminables vient saluer Andy. Je dois faire appel au peu de raison qu'il me reste pour ne pas me jeter sur elle et la défigurer juste pour la rendre moins irrésistible. *Ça ne tourne plus rond !* Je respire un grand coup pour me retenir. Éprouver ce genre de chose à l'égard d'une personne que je ne connais même pas est complètement nouveau et désappointant.

Étant donné l'heure tardive, nous saluons tout le monde avant de rentrer et les laissons se reposer après leur match.

Alors que je pensais être sur le chemin du retour, Andy me demande :

– Tu as faim ?

– Ça dépend… Est-ce que ça implique un hamburger ?

Andy éclate de rire.

– C'est quoi, cette question ?

– Est-ce que ton frère t'a parlé du concours des jeunes créateurs ?

– Vaguement, pourquoi ?

– Disons que je suis embauchée pour défiler et qu'il est psychorigide…

– Tu vas porter sa robe ? s'étrangle-t-il.

– Ne fais pas cette tête… Ça ne doit pas être compliqué de parader dans une salle de cours devant trois personnes, m'amusé-je.

– Mac… Euh…

– Oh, un Shake Shack ! Arrête-toi, s'il te plaît ! le coupé-je.

Andy s'exécute sans répliquer et je sors de la voiture.

On s'installe au fond du restaurant dans un coin tranquille. Andy semble profiter du spectacle en me voyant dévorer mon hamburger.

– Il est délicieux, lui assuré-je entre deux bouchées.

– Je vois ça, pouffe-t-il, les yeux toujours rivés sur moi.

Je bois une gorgée de mon soda, l'observe mais son sourire ne faiblit pas.

– Merci pour cette soirée, c'était extraordinaire.

– Merci de m'avoir accompagné, c'était vraiment génial.

– C'est vrai, tu as passé un bon moment ? demandé-je.

– Pourquoi, tu en doutais ?

J'hésite à poursuivre. J'ai terriblement envie de poser la question qui me brûle les lèvres depuis un moment et en même temps, je ne veux pas appuyer sur cette plaie encore vive avec ma curiosité mal placée.

– Mac ? m'interpelle-t-il.

– Pardon.

Il me sourit, pour m'assurer que tout va bien, puis il capture ma main dans la sienne, sur la table.

– C'est fascinant comme je peux lire en toi.

– Ah oui ? Et c'est intéressant ? dis-je pour détourner son attention.

– Ça dépend. Tu étais en plein combat intérieur. Alors, qui a gagné ?

Je baisse aussitôt les yeux. Il était sérieux !

Andy passe son index sous mon menton pour relever mon visage.

– Hey, qu'est-ce que tu ne me dis pas ? murmure-t-il, le regard emplit de douceur.

Difficile de rester muette plus longtemps.

– Je me demandais si ce soir, ça n'avait pas été trop difficile de voir ton équipe jouer… sans toi ?

Ses yeux s'arrondissent et son sourire s'efface instantanément. De toute évidence, il ne s'attendait pas à ça, mes mots semblent aussi violents qu'un coup de poing. Son corps se tend et l'ambiance devient polaire.

– À un point que tu n'imagines même pas… souffle-t-il comme pour se débarrasser de cette douleur trop lourde à porter.

– Je suis désolée, je ne voulais pas te mettre mal à l'aise. Parlons d'autre chose, proposé-je en serrant sa main dans la mienne.

– Laisse-moi une seconde.

Andy se lève. Quelle idiote ! Je me frappe mentalement pour l'avoir mis dans cet état. Il revient après quelques minutes avec deux parts de brownie.

– Si on se lance dans un quart d'heure « thérapie », il nous faut beaucoup de chocolat, déclare-t-il en se rasseyant face à moi.

Je pousse un soupir quand je comprends que j'ai fait fausse route. Je souris en l'entendant reprendre les mêmes expressions que Gavin. Ils ne sont pas frères pour rien.

– Alors que veux-tu savoir ? m'interroge-t-il avec du gâteau plein la bouche.

– Qu'est-ce que tu as ressenti quand tu as compris que ta carrière était terminée ?

Il prend plusieurs secondes avant de me répondre.

– Je l'ai su tout de suite. Je veux dire, quand mes pieds ont touché le sol et que la douleur m'a terrassé, j'ai su que c'était fini. J'ai pleuré, les gens ont pensé que c'était parce que j'avais mal, et il y avait un peu de ça, bien sûr, mais j'ai surtout compris que c'était la dernière fois que je jouais ainsi.

Je pince mes lèvres pour empêcher quelques larmes de couler, il a besoin de mon soutien, pas de ma pitié. Je ne peux qu'imaginer ce qu'il a dû éprouver à ce moment-là.

– Quand j'ai décidé de jouer au volley, mon père était contre. Comme il venait du football américain, pour lui, ce n'était pas un « vrai » sport. En fait, aucun sport sauf le sien n'avait grâce à ses yeux. Je crois que son mépris a renforcé ma rage de vaincre. Je suis devenu bon, très bon. Lorsque j'ai intégré l'équipe nationale, mon père était fier comme si toutes ces années n'avaient pas existé. Comme ça nous rapprochait, j'ai fait le choix de préférer cette nouvelle réalité, j'aimais cette complicité naissante entre nous. Alors, quand j'ai eu mon accident, je crois que c'est sa voix que j'ai entendue en premier. Elle avait gagné, j'avais échoué. Mon monde s'est effondré, je me suis senti perdu quand ma bulle a éclaté, ne sachant plus où aller ni ce que j'allais devenir. Je ne vivais que pour ça. Ensuite, j'ai eu des tas de propositions mais devenir entraîneur était la meilleure option pour rester proche d'un ballon, de l'adrénaline, d'avoir l'impression de vivre à nouveau même si c'était par procuration. Je continue de progresser dans ma rééducation, nos petits rendez-vous matinaux m'aident beaucoup, d'ailleurs. À terme, ma canne disparaîtra. Je ne jouerai plus comme avant mais je suis convaincu que je peux le faire pour le plaisir. Même si je n'ai pas fini, mon nouvel objectif est de faire de toi la meilleure et de pouvoir taper dans la balle de temps en temps. Désormais, ce sont les seules choses qui me donnent envie de me lever le matin.

Tout ce qu'il a vécu ça me bouleverse. Le courage qu'il a eu pour se relever et continuer d'avancer, force l'admiration.

Je lui souris et caresse sa main tendrement. Soudain, ses yeux se voilent de désir et mon corps frémit en écho. Je sens ma gorge se nouer, car je sais pertinemment que le danger est aux portes de ses lèvres.

– Block ! avoué-je.

Ils ferment les yeux une seconde pour savourer ce que ce simple mot signifie.

– Tu l'auras voulu, tu as trente secondes pour faire un selfie avec trois objets !

– Quoi ?

– Ne perds pas de temps, je lance le chrono, me presse-t-il en indiquant sa montre.

Je regarde rapidement autour de moi et m'empare du porte-serviettes puis me lève à toute vitesse pour m'approcher du comptoir. Je me prends en photo avec le ketchup et la moutarde.

– Attention, plus que cinq secondes ! m'avertit-il, amusé.

J'observe les alentours, paniquée, alors, sans réfléchir, j'attrape la casquette du serveur, stupéfait, tandis que les éclats de rire d'Andy effleurent mon cœur. Mes yeux s'accrochent aux siens et j'ai l'impression de tomber toujours plus bas, plus profond, dans ces abîmes sans fin.

CHAPITRE 12

Plus les jours passent et me rapprochent de la présentation de Gavin et plus il devient insupportable. *Dans une autre vie, il a dû être dictateur !* Je ronge mon frein car j'y suis un peu pour quelque chose, si nous en sommes là. Alors, pour éviter de nouer une corde autour de son cou puis de le jeter dans l'océan, je me répète que c'est pour lui que je fais tout ça.

J'avais rendez-vous chez lui pour qu'il puisse réaliser sa toile d'essayage, s'assurer que les mesures prises étaient correctes avant de lancer réellement la confection. RAS pour l'instant.

Je ressors, heureuse et soulagée de retrouver à nouveau un air plus respirable. Je me presse de conduire jusqu'à la plage pour y retrouver Andy. Je suis complètement mordue et c'est pitoyable !

Je suis prête à tout, comme saisir chaque occasion pour passer du temps avec lui. J'en suis réduite à grappiller des miettes, mais de quoi ? De rien finalement.

Les règles sont claires mais on ne fait que les transgresser depuis le début. Les baisers volés, les mains qui se frôlent, nos moments tous les deux et ces fichus sentiments qui devaient rester enterrés dans le sable ! J'ai de plus en plus l'impression que toutes ces émotions me submergent. Comme si mon corps se remplissait peu à peu, jusqu'à suffoquer.

Je n'y peux rien, à chaque fois que nos regards se croisent, je suis sur le point de vaciller, de céder à la passion qui m'anime, de m'abandonner à ce frisson qui me parcourt tout entière. Ça devient de plus en plus dur de résister.

L'espace d'une seconde, j'ai envie de tout foutre en l'air, de l'attraper par le col pour l'embrasser comme j'en rêve. Puis, l'instant d'après, je me demande si je ne suis pas uniquement attirée par l'interdit que cette ivresse me procure. Que ce n'est qu'un feu de paille et rien d'autre. *Merde !*

Lorsque je gare ma voiture, Andy est déjà sur le parking. Dès que je l'aperçois, tout disparaît, plus de logique, plus de doutes, plus rien. *Juste lui.* Il me sourit et je sens mon cœur tomber à mes pieds. Les fameuses miettes…

Il s'approche jusqu'à moi.

– Salut ! Alors, comment ça s'est passé avec mon frère ?

– Quand j'ai refermé la porte, il était toujours en vie et, crois-moi, c'est une chance !

– Dans ce cas, je suis sûr qu'un petit match te fera le plus grand bien, dit-il en passant un bras autour de mes épaules. Justement, j'ai un ami qui nous a rejoints avec sa copine, ça te tente ?

– Tu comptes jouer ? m'étranglé-je.

– Ne t'inquiète pas, je vais faire attention. Ça ne changera pas de nos séances matinales. Je te fais les passes et je ferai peut-être quelques services, mais de toute façon, un pas de travers et mon genou me rappelle à l'ordre.

– Tu risques de te laisser prendre au jeu, Andy, l'avertis-je gentiment.

– Tu dis ça parce que tu ne connais pas encore Rosie, la copine de Jay. C'est comme si tu allais jouer contre Gavin, tu vois ?

– Jay ? Comme Jay Gibbins ? m'étouffé-je de surprise.

Je n'ai pas terminé ma phrase qu'Andy m'attrape par la main et m'entraîne derrière lui pour rejoindre ses amis sur le sable. Je suis en face de Jay Gibbins, je le reconnais malgré ses lunettes de soleil. Attaquant au poste quatre, déjà sélectionné trois fois en équipe nationale, recruté par Modène Volley en Italie puis par les Dragons de Cannes en France. Il fait partie des meilleurs de sa génération.

Je m'approche, intimidée. Andy fait les présentations, mais je suis incapable de tenir des propos cohérents.

– D'habitude, Mac est plutôt bavarde mais je crois que là, elle est impressionnée, à moins que tu ne lui aies tapé dans l'œil, Jay ! plaisante mon coach avec un clin d'œil.

Je vais le tuer !

Je rougis aussitôt. Sans réfléchir, je balance avec mon pied du sable sur Andy en guise de vengeance. Les autres rient pendant qu'il secoue ses chaussures.

Une fois tout le monde à son poste, je sers le premier ballon. Je me rends rapidement compte que ce match n'a qu'un seul but : nous distraire. Une balle sur deux ne revient pas mais en définitive, ce n'est pas plus mal pour le genou d'Andy.

Peu importe l'enjeu, Jay reste impressionnant même pour le plaisir de jouer. Il arrive plusieurs fois à me mettre en difficultés pour la réception. Je n'ose imaginer ce qu'il est capable de faire quand il donne tout sur un parquet.

D'ailleurs, en bon coach, dès qu'un ballon m'échappe ou bien que mes jambes ne sont pas suffisamment fléchies, Andy ne se prive pas pour me rappeler à l'ordre. Ambiance différente de l'autre côté, entre chaque échange, Jay et Rosie ne cessent de se bécoter. Je fais mine de n'y attacher aucune importance mais au fond, je les envie… *un peu.*

Soudain, un gémissement d'Andy me ramène à la réalité. J'accours vers lui alors qu'il est penché sur son genou.

– Ça va ? demandé-je, inquiète.

– Oui, oui, ne t'en fais pas. C'est juste que ça me tiraille parfois, ce n'est rien.

– Tu es sûr ? On devrait arrêter.

– Regarde comme ils sont mignons, ces deux-là, plaisante Jay.

Gênée, je recule d'un pas et reprends ma place, feignant de n'avoir rien entendu. Nous reprenons le jeu. Je soupçonne Andy d'avoir utilisé sa blessure pour me faire courir après tous les ballons. Je termine en sueur !

De nouveau, Jay et Rosie s'embrassent comme si leur vie en dépendait. C'est à ça qu'on ressemble, quand on est amoureux ? Ne pas pouvoir s'empêcher de toucher l'autre ?

Je tourne la tête pour leur laisser un peu d'intimité et surprends Andy pensif, se mordant la lèvre inférieure. Un geste banal mais qui pourtant embrase mon désir. Ses yeux rencontrent les miens et je vois ce voile familier, les assombrir. Je le fixe, il a les mains posées sur ses hanches, le souffle court. Désirable à en mourir.

– Block ! nous écrions-nous en même temps.

Je lui balance la première chose qui me passe par la tête.

– Fais le poirier ! ordonné-je à Andy.

– Des pompes ! rétorque-t-il.

Nous voilà, tous les deux sur le sable, lui, la tête en bas et moi, occupée à faire des pompes. Y a-t-il plus ridicule que ça ? Je ne crois pas.

Le couple nous observe, complètement stupéfait.

– Ne faites pas attention. C'est juste un petit jeu entre nous, explique simplement Andy.

Cette phrase est anodine et je sais qu'il voulait juste se débarrasser des explications superflues, pourtant c'est comme un électrochoc. Je secoue la tête pour essayer de chasser ces doutes qui m'oppressent peu à peu. *Trop tard !*

Mon regard s'arrête à l'endroit où cette fichue boîte est enterrée et je comprends que tout ça n'est que du vent. Aussitôt, une boule se forme dans ma gorge, je peine à déglutir et tente d'endiguer ces larmes prêtes à me donner raison.

Quand ils me proposent d'aller boire un verre, je décline l'invitation. Andy paraît surpris mais c'est mieux ainsi. J'aime chaque moment passé avec lui, mais durant son absence, je me perds. C'est mauvais signe.

Andy ne cache pas sa déception quand il me raccompagne à ma voiture mais je reste silencieuse, déterminée à prendre un peu de recul sur tout ça. La question est : jusqu'à quand ?

Depuis, j'ai l'impression d'avoir ouvert la boîte de Pandore, d'avoir ouvert les yeux sans jamais pouvoir les refermer. La vérité, c'est que ce jeu ne m'amuse plus, il me rend vulnérable. Je sais désormais que tout ce cirque est simplement un écran de fumée. On n'avance pas, on ne recule pas non plus, on s'enlise seulement, impuissants. Je me suis bercée d'illusions pendant tout ce temps, mes sentiments n'ont jamais été enterrés dans le sable mais se sont ancrés au plus profond de moi.

J'ai donc pris la décision de mettre de la distance entre nous en espérant que mes états d'âme disparaissent. Je ne viens plus sur la plage, prétextant des révisions, ce qui n'est pas tout à fait faux. Cependant, chaque entraînement est une torture.

Mon cœur bat pour lui en dépit de ma volonté, dès qu'il me regarde, mon corps s'éveille et je ne peux rien y faire. J'ignore comment reprendre le contrôle.

Encore préoccupée par ce duel interne, je retourne aux vestiaires pour me changer et tombe sur Arina, étonnée de me trouver là. Elle pensait sans doute être la dernière.

J'entrevois une marque violacée sur son pied posé sur le banc pendant qu'elle retire le strap qui protège sa cheville.

J'ai été surprise qu'elle reprenne aussi vite. Maintenant je comprends pourquoi je la trouvais différente sur le terrain depuis son retour. Tout devient clair et une expression horrifiée barre mon visage. Je m'avance alors vers elle, d'un pas déterminé. Elle essaie de le cacher mais c'est déjà trop tard.

– Arina ! m'alarmé-je instinctivement.

Elle fait mine de rien.

– Mais qu'est-ce qui ne tourne pas rond chez toi, tu as vu l'état de ta cheville ?

– Je gère, répond-elle d'un air détaché.

– Tu es complètement inconsciente. Si tu continues comme ça, c'est six mois d'arrêt ! Comment est-ce possible que le kiné te laisse jouer dans cet état ?

– Ce n'est pas aussi grave que tu l'imagines. C'était presque guéri mais depuis quelques jours, la douleur revient. Ça va passer ! J'ai l'habitude. Tu n'y connais rien, laisse faire les grandes, tu veux ?

Elle a perdu la raison en plus de son pied ?

– Je vais prévenir le coach, décidé-je en tournant les talons.

– Je t'interdis de faire ça, tu as compris ! hurle Arina pour m'arrêter.

Je me retourne et la découvre telle une furie. Je ne l'avais jamais vue comme ça auparavant, l'expression sur son visage est teintée de colère, de peur mais surtout de désespoir.

Je la regarde consternée.

– Garde-le pour toi, supplie-t-elle, d'une voix plus douce. C'est mon année, c'est ma chance, je ne veux pas tout gâcher.

– Mais, Arina, tu fais une grosse erreur.

– Peut-être… Mais c'est *ma* décision.

Je sais qu'elle est sincère, car sa carrière se joue en ce moment. Je n'aperçois dans ses yeux ni manipulation, ni méchanceté ou condescendance, juste des larmes de détresse. Même si je suis convaincue qu'elle ne fait pas le bon choix, je dois le respecter.

À contrecœur, je fouille mon sac pour en sortir un sachet. Je m'avance vers Arina qui retient toujours sa respiration.

– Mets ça sur ta cheville, recouvre de cellophane et dors avec. J'espère que ça te soulagera.

– Qu'est-ce que c'est ? demande-t-elle, intriguée.

– De l'argile. Quand je souffre, j'en fais des cataplasmes.

– Merci, répond-elle simplement.

Alors que je m'apprête à sortir du vestiaire, Arina m'interpelle :

– Tu me promets que tu ne diras rien ?

C'est plus une supplication qu'une question mais je rétorque malgré tout :

– Je continue de penser que tu es complètement irresponsable de cacher ta blessure, mais c'est ton choix et je m'y tiendrai. J'espère simplement que tu changeras d'avis.

Je vois son visage et ses épaules se détendre avant que je quitte la pièce.

Les jours se suivent et se ressemblent. J'évite toujours Andy en dehors du gymnase. Il a bien essayé de provoquer quelques échanges au détour d'un couloir mais je ne me suis pas arrêtée pour l'écouter. Son désarroi évident faisait écho à ma propre peine. C'est comme si un couteau creusait mon cœur continuellement, créant une douleur sourde et toujours plus profonde. Heureusement que je peux évacuer cette douleur dans un ballon, sinon je deviendrais folle.

Être à son contact est un mal sournois et quand je suis loin de lui, c'est encore pire. Je me contente de nourrir l'espoir que le temps fera disparaître cette détresse définitivement.

Malgré la mélancolie qui est devenue comme une seconde peau, je me devais de respecter mon engagement auprès de Gavin en ce jour si important pour lui. J'essaie de faire bonne figure en le rejoignant au cœur de White Plaza mais c'est difficile quand on voudrait être ailleurs. Quoique pleurer un chagrin d'amour sous la couette soit surfait !

Lorsque j'aperçois mon ami, je me dis que si le stress avait un visage, ce serait le sien. Inutile de lui demander comment il va, je peux lire l'angoisse dans son regard. Je préfère donc le complimenter sur sa tenue.

– Que tu es élégant !

– Pas plus que d'habitude, rétorque-t-il en haussant les épaules.

Mais quel crâneur ! Gavin en jaquette, on ne voit pas ça tous les jours ! Il m'attrape par la main et marche d'un pas assuré dans la mauvaise direction.

– Gavin, où est-ce que tu vas ? Les salles de cours sont de l'autre côté.

Il se retourne vers moi, un brin agacé.

– Si tu crois que c'est le moment de faire de l'humour, tu sais très bien où on va !

– Parfaitement, dans l'amphi qui se trouve de l'autre côté, dis-je en le stoppant dans sa progression.

– C'est moi qui stresse et c'est toi qui délires, on aura tout vu, soupire-t-il en se frottant le front.

– Gavin, je ne plaisante pas.

Il m'observe une seconde, saisit mon incompréhension et sort le tract de sa poche.

– Regarde ici, c'est écrit noir sur blanc. La soirée du concours aura lieu au Bing Concert Hall.

Je relis plusieurs fois cette ligne que j'ai complètement négligée jusqu'à présent. J'étais tellement fière de moi en inscrivant Gavin que j'ai zappé ce détail.

Ça veut donc dire… Non !

Gavin me reprend la main sans s'apercevoir du malaise qui m'envahit peu à peu.

– On va finir par être en retard, s'exaspère-t-il.

Je le suis tel un fantôme, en silence.

Je suis partagée entre l'envie pressante de m'enfuir et celle de soutenir mon ami. Dans quel pétrin me suis-je encore fourrée ? J'imaginais porter sa robe uniquement devant trois personnes, pas devant une marée humaine !

Nous passons par l'arrière du bâtiment, là où les participants vont et viennent. Gavin me tend un peignoir et m'intime de me déshabillier dans une des loges mise à disposition.

Paralysée par la peur, je n'ai toujours pas dit un mot. Ce qui n'empêche pas Gavin de me coiffer et de me maquiller.

Je ne sais pas comment je vais faire…

Alors que mon ami me retourne face au miroir pour me montrer le résultat, Andy apparaît au même moment pour souhaiter bon courage à son frère avant son passage. Dès qu'il m'aperçoit, il se rend tout de suite compte que quelque chose ne va pas.

Gavin s'éclipse pour aller chercher la robe.

– Ça va bien se passer, tente-t-il de me réconforter.

– Je ne vais pas y arriver, dis-je enfin.

– Tu ne savais pas que ça se passerait ainsi, je me trompe ?

– Exact, sinon je n'aurais jamais accepté.

– Je m'en suis douté le soir où nous sommes allés voir le match, mais nous avons discuté d'autre chose et j'ai oublié de t'en reparler. Mais ce n'est pas plus mal, fais-toi confiance.

Je m'efforce de sourire même si la panique pulse toujours dans mes veines.

Gavin nous interrompt.

– Toi, retourne là-bas. Je veux que tu aies la surprise. Allez hop ! hop ! hop ! ordonne-t-il en s'adressant à son frère.

Andy ne discute pas mais me lance un dernier regard rassurant. Gavin me presse d'enfiler sa robe.

En sortant de la loge, ses yeux me confirment que c'est comme il le souhaitait : elle épouse parfaitement mon corps. Avec précaution, il referme chaque bouton et s'assure qu'elle tombe correctement.

Soudain, son regard rencontre le mien et Gavin saisit mon désarroi.

– Crache le morceau Miller !

– Je pensais qu'on allait présenter ta robe à un jury et c'est tout, pas qu'il y aurait toute cette organisation.

– Et alors ? Qu'est-ce que ça change ? rétorque-t-il simplement.

– Ça change tout ! Je ne veux pas défiler devant tous ces gens, je ne suis pas mannequin, je te rappelle. Je suis morte de trouille, je déteste ça.

Je sens déjà une possible crise d'angoisse arriver.

– Suis-moi, dit-il calmement.

Gavin me prend par la main et me place devant le miroir en pied. Son talent est là, dans mon reflet. Sa robe est tout simplement magnifique. Le bustier est un trompe-l'œil, ma poitrine est recouverte de dentelles blanches tandis que le reste du corsage est couleur chair. Pour le bas, Gavin a choisi des plumes immaculées, en ajoutant avec parcimonie quelques plumes roses et marron çà et là. L'effet lorsque je bouge est incroyable !

Pourtant, la magie n'opère pas, le brouhaha derrière le rideau me terrorise. Je me laisse tomber sur le tabouret, dépitée.

– Quelle horreur ! J'ai oublié que tu étais Serena Williams enfermée dans le corps de Gigi Hadid. Rassieds-toi encore une fois ainsi et je te fais avaler chaque plume que j'ai passé des heures à coudre !

– Je suis désolée, dis-je d'une petite voix.

– Déchire tout sur cette scène, tu peux y arriver, j'en suis persuadé. À ton avis, pourquoi je t'ai choisie ? Et regarde les chaussures que j'ai trouvées, elles sont merveilleuses, pas vrai ?

– Gavin, je ne peux pas faire ça, c'est au-dessus de mes forces.

– Je te rappelle que c'est toi qui m'as inscrit parce que tu étais convaincue que je devais participer et tu as accepté de m'aider, me reproche-t-il, le regard empli de déception.

– C'était avant que je sache que ce serait devant une salle bondée ! Je vais ridiculiser ton travail, Gavin.

Je me lève pour aller me changer quand Gavin m'attrape par la main et m'attire sur la scène contre mon gré. Les projecteurs m'aveuglent, j'entends seulement les mots coincés entre les lèvres de mon ami.

– Souris et marche. Je ne te lâche pas, m'assure-t-il.

Le regard ahuri, j'ai besoin d'une minute avant de comprendre que nous sommes bien sur cette scène, tous les deux. Impossible de faire demi-tour à présent. Je discerne à peine le public à cause des spots braqués sur nous mais leurs applaudissements nous parviennent.

Bien que j'entende mon cœur battre à tout rompre dans ma poitrine, je finis par avancer jusqu'au-devant de la scène. Gavin est si sûr de lui qu'on dirait qu'il a fait ça toute sa vie.

Dans la précipitation, les chaussures sont restées derrière le rideau, je défile donc pieds nus, dans cette robe qui semble charmer la salle.

En arrivant au bout du podium, je reconnais la mère de Gavin au premier rang, son père brille sans surprise par son absence et mes yeux s'accrochent instantanément à ceux d'Andy, à côté d'elle. La manière dont il me regarde est nouvelle, déconcertante, mais je n'ai pas le temps de m'y attarder, trop heureuse de revenir derrière le rideau.

Je m'effondre sur le tabouret, essoufflée comme si je venais de jouer le pire match de ma vie. Je reprends mes esprits progressivement et me lève pour prendre Gavin dans mes bras.

– Je suis désolée d'avoir flippé, je suis fière de toi, avoué-je en le serrant contre moi.

– On a réussi, murmure-t-il, ému.

Gavin m'aide à retirer la robe. Remettre mes vêtements est la meilleure sensation du monde, à cet instant.

Nous attendons patiemment que tous les participants soient passés pour laisser le jury délibérer. Le suspense est à son comble lorsque je serre la main de Gavin dans la mienne en écoutant les résultats. Gavin décroche la deuxième place, juste derrière une application pour smartphone qui permet d'envoyer un SMS directement au secours quand les lignes téléphoniques sont saturées. Est-ce qu'une robe peut rivaliser avec un moyen de sauver des vies ? Assurément non.

Mon ami est dans tous ses états, tellement l'émotion est forte. Il le mérite !

Après la cérémonie, un cocktail est offert dans une des salles. J'accompagne mon ami rejoindre son frère et sa mère qui le félicitent chacun leur tour. Très vite, Gavin s'absente pour discuter avec James O'Hara, venu spécialement pour l'occasion, comme promis.

Andy m'observe silencieusement pendant que je discute de la soirée avec sa maman. Je lui raconte comment Gavin a travaillé dur pour concevoir cette robe.

– C'était un plaisir de te revoir, Mac, et tu étais vraiment magnifique sur cette scène mais il se fait tard. Je vais aller chercher nos affaires au vestiaire, ensuite tu me ramèneras, Andy ? demande-t-elle en se tournant vers son fils.

– Oui, pas de souci.

Sa mère me prend dans ses bras une dernière fois avant de disparaître au milieu de la foule tandis qu'Andy se rapproche dangereusement de moi.

– Tu as réussi, félicitations ! Tu peux être aussi fière de toi, Mac.

– Oh, je n'y suis pour rien, tout le mérite revient à ton frère, crois-moi.

– Je voulais te dire…

– Andy, tu devrais y aller, ta mère doit t'attendre et moi, je suis fatiguée. Je vais rentrer, le coupé-je en posant ma coupe de champagne sur la table non loin de nous. Bonne soirée.

Je me détourne avant qu'il ait pu dire quoi que ce soit. Je veux continuer à vivre dans le déni pour la simple et bonne raison que la vérité est parfois trop dure à entendre, comme ce soir. Je rejoins Gavin pour le congratuler encore une fois et le prévenir de mon départ. Je quitte la salle rapidement, ne souhaitant pas m'éterniser davantage.

Cette soirée a été éprouvante.

Quand je m'allonge sur mon lit, je suis émotionnellement vidée. Jordane n'est pas là ce week-end car elle profite de son copain venu la voir quelques jours. Je n'ai donc personne pour me distraire de cette comédie romantique qui se joue dans ma tête et dont je connais très bien les héros principaux.

La lumière de mon téléphone attire mon attention, je m'en saisis aussitôt persuadée qu'il s'agit de Gavin pour me raconter ce que je rate. Mon cœur s'arrête net quand je lis le message… d'Andy !

Je suis en bas, je peux te voir une minute ? Je n'en ai pas pour longtemps.

Mon cœur dévalerait les marches sans hésiter si je l'écoutais, tandis que ma conscience pèse le pour et le contre. La curiosité et l'ignorance s'affrontent sans merci dans mon esprit. Je hurle ma détresse dans mon coussin, désespérée. Mais me cacher n'y changera rien ! Dois-je descendre ou non ?

CHAPITRE 13

Un seul texto de sa part et je deviens faible, comme si je n'avais plus aucun amour-propre. La question m'a à peine effleuré l'esprit que j'enfilais déjà mes chaussures, en balayant mes convictions aussi facilement que mon oreiller sur mon lit. Quand je descends l'escalier, mon cœur bat la chamade, comme s'il savait quelque chose que moi j'ignore.

Je découvre Andy, appuyé contre sa voiture, seulement éclairé par le réverbère, l'air pensif. Je m'avance lentement, sentant ma gorge se nouer. J'ai goûté ses lèvres, serré son corps contre le mien et pourtant, je suis toujours aussi intimidée, comme si c'était la première fois que je le rencontrais. Je me gifle mentalement d'être aussi niaise.

Il lève la tête vers moi avec une expression perturbée. Je n'ose plus bouger, la chair de poule recouvre ma peau. J'ai froid d'un seul coup. Il se rapproche de moi, je peux presque sentir son souffle. *Le seul élixir capable de m'enivrer.* Il paraît bizarre, tourmenté. Ses yeux se plantent dans les miens comme s'il y cherchait une réponse.

La tension est palpable entre nous, accentuée par ce silence qui dure, s'éternise à me rendre dingue. Andy ouvre à plusieurs reprises la bouche puis la referme, regarde le ciel comme s'il implorait une aide divine tandis que je demeure toujours immobile devant lui. Son mutisme me tue ! Finalement, il se racle la gorge et prend une profonde inspiration avant de se lancer.

– Je sais que tu m'évites et je crois avoir deviné tes raisons. Je pense que nous avons besoin de parler de certaines choses mais pas ici, pas comme ça. Si je suis venu, c'est pour te proposer un dîner demain soir, toi, moi et un nouveau jeu : mettre cartes sur table. Qu'en dis-tu ?

Sa sincérité sublime son regard alors que la peur grandit en moi. Andy a raison, il est temps d'être honnête envers nous-mêmes. Je dois lui dire ce que j'ai sur le cœur, une bonne fois pour toutes. Pour le reste, l'avenir me dira si j'ai bien fait mais je ne peux plus vivre prise au piège de mes sentiments.

Je hoche la tête et Andy me sourit. Ses épaules s'affaissent, ce qui trahit son soulagement. Il remonte dans sa voiture pendant que je le regarde partir. Le chrono est enclenché. Ça risque d'être les heures les plus longues de mon existence !

J'erre toute la journée comme une âme en peine. J'ai essayé d'aller à la bibliothèque pour travailler mais mon esprit est trop occupé à imaginer des tas de scénarios différents. Dans le meilleur des cas, il est prêt à tout pour vivre cette histoire avec moi et, dans le pire, tout s'arrête ce soir définitivement. Je n'ai qu'une hâte : avoir la réponse à mes questions.

Dans l'après-midi, Andy m'envoie un message :

Voici mon adresse : 436 Mayfield Street.

À tout à l'heure.

Son texto est accompagné d'un smiley faisant un clin d'œil. Il n'en faut pas plus pour me troubler davantage. Pourquoi me donne-t-il rendez-vous chez lui ? Un lieu neutre aurait peut-être été mieux, non ? Il craint sans doute que je fasse une scène après ce qu'il va m'annoncer.

Je regrette d'être aussi nulle en relations humaines. Je suis clairement plus douée avec un ballon : sur un terrain, soit c'est *in*, soit *out*.

Je rentre à la résidence en espérant qu'une bonne douche me débarrassera de ces réflexions infinies. Quand je pénètre dans ma chambre enroulée de ma serviette, je suis toujours aussi nerveuse. C'est d'autant plus dur lorsque je dois choisir une tenue. Finalement, j'opte pour la simplicité ; j'enfile un jean, un col roulé noir sans manches et mes sempiternelles Converse. Je prends soin de détacher mes cheveux car je sais qu'Andy n'y est pas insensible puis me mets en route, à la fois excitée et fébrile.

Son appartement est proche de l'université sans être sur le campus, un peu à l'écart. Je me gare devant sa résidence, tremblante déjà comme une feuille. Je m'octroie une seconde pour me ressaisir avant d'entrer. Je sais que je suis à un tournant de ma vie, rien ne sera plus jamais pareil.

Lorsque je sonne, j'ai l'impression que mon cœur est sur le point d'exploser. Je ne me reconnais pas, je n'ai jamais été dans un tel état de nerfs. Andy appuie sur le bouton de l'interphone pour m'ouvrir et m'indique où me rendre. Je traverse le hall assez sobre, aux teintes blanc et gris, puis monte dans l'ascenseur. Dès que j'aperçois mon reflet inquiet dans le miroir, je préfère lui tourner le dos. En arrivant, Andy m'attend déjà sur le seuil, le jean retroussé et pieds nus. Ce détail sans importance me fait fondre. Il me sourit et j'essaie d'en faire autant, malgré l'appréhension !

Galant, j'entre la première, emprunte le couloir jusqu'au salon-cuisine. Un canapé marron est placé contre le mur blanc tandis que, de l'autre côté, la kitchenette est séparée par un bar devant lequel sont installés deux tabourets gris. À part une plante verte dans l'angle, la décoration reste très sommaire mais tout est rangé à sa place et son appartement est très sympa.

Je m'avance vers la fenêtre qui donne sur un jardin à l'arrière de la résidence alors qu'Andy s'empresse de se rendre dans la cuisine.

– Je te sers un verre de vin blanc ou tu préfères quelque chose sans alcool ?

Donne-moi plutôt la bouteille !

– Du vin c'est parfait, merci.

Il me tend le verre et, avant même de trinquer, mes lèvres s'enivrent déjà de la boisson.

– Merci d'être venue, commence-t-il simplement.

Ne sachant quoi répondre, je cache ma gêne en buvant une nouvelle gorgée.

– On va s'asseoir ? propose-t-il, d'une voix douce.

Naturellement, je m'installe sur le canapé mais Andy m'interpelle.

– Autour de la table, on sera mieux.

Il m'intrigue de plus en plus. Qu'a-t-il prévu, exactement ?

En m'approchant, je découvre des cartes alignées, cachées, ainsi qu'un bol de chips, des mini-bretzels, quelques mini-sandwichs et du guacamole.

– On a dit cartes sur table, hein ? tenté-je de plaisanter.

Andy se place en face de moi en plongeant son regard dans le mien.

– Tu veux manger quelque chose ?

Je commence à comprendre qu'Andy est lui aussi nerveux. Qui l'aurait cru ?

– Je n'ai pas d'appétit pour ça mais plutôt pour ce que tu as à me dire, avoué-je sans le quitter des yeux.

– Oh… Euh… Très bien. Je devrais sans doute commencer par le début, dit-il en buvant une gorgée pour se donner du courage. La première fois que je t'ai vue, j'ai ressenti quelque chose sans parvenir à trouver la définition exacte, alors, sans chercher plus loin, j'ai mis ça sur le compte du volley. Tu me faisais un peu penser à moi quand j'ai entamé ma carrière : paumée mais pleine d'espoir. J'ai cru que c'était à moi de te montrer que tu pouvais devenir une grande joueuse car j'aurais aimé que quelqu'un le fasse pour moi. Tu as progressé et mes sentiments pour toi aussi. Je refusais d'y croire en les banalisant comme une simple attirance. Quand j'ai eu l'idée de la boîte, je pensais sincèrement me débarrasser de ce que je ressentais pour toi. Ça n'a clairement pas fonctionné… Au contraire, j'avais ce besoin constant de me rapprocher de toi. Lorsque tu as préféré garder tes distances, je me suis dit que tu avais pris la bonne décision pour nous deux. Seulement, il y avait ce vide immense impossible à combler et hier, sur cette scène, c'était comme si la lumière mettait à jour tout ce que je refoulais depuis tout ce temps. Je ne t'ai pas vue seulement toi, mais plutôt tout ce qui m'attirait chez toi : ta beauté, ta vulnérabilité, ta générosité et ta passion. Tout était là sous mes yeux. Mon cœur est littéralement tombé à tes pieds. En sortant, j'étais complètement perdu. C'était trop fort pour être rangé et oublié dans un coin de ma tête. J'ai réfléchi longuement mais on ne balaie pas l'évidence, on vit avec.

Comment ne pas succomber à cet homme ?

Un rire nerveux m'échappe.

– Tu trouves ça drôle ? s'étonne Andy.

– Bien sûr que non, mais j'étais tellement persuadée que tu allais me repousser, que tu aurais la force que je n'ai pas pour le faire. Cette simple idée me tétanisait mais j'aurais respecté ton choix. Andy, tu es entré dans ma vie sans prévenir et, depuis, tu as fait ton chemin jusqu'à mon cœur. C'est comme si, ces dernières années, je m'étais efforcée de ranger sur les étagères de mon futur : mes rêves, mes convictions, mes ambitions et que tu avais tout renversé juste en étant toi. Ça fait des jours que je contemple ce bazar, complètement désemparée.

Andy fait le tour de la table, s'agenouille près de moi et me prend la main.

– Es-tu prête à prendre le risque de briser la promesse qu'on n'a jamais vraiment tenue ?

Andy laisse échapper un rire hésitant.

– Qu'est-ce qu'on va devenir ? soufflé-je, tourmentée.

– Je n'en sais rien. On va naviguer dans ces eaux inconnues comme on l'a fait jusqu'à présent. Ça nous a plutôt bien réussis, affirme-t-il avec bienveillance.

Je le regarde une seconde, même si mon barrage émotionnel est sur le point de céder. Je prends son visage en coupe pour l'embrasser tendrement. Un baiser doux mais rédempteur.

Andy rouvre les yeux et me dévisage.

– Alors ? C'est une fin ou un début ? chuchote-t-il contre ma bouche.

– Tout ce que je peux te dire, c'est que je n'ai jamais ressenti ça pour personne. Peut-être par choix ou… juste parce que je t'attendais, toi, murmuré-je, en le contemplant.

Andy ne cache pas son soulagement et nous échangeons un sourire sincère.

– Bien. Je crois que tu peux retourner les cartes maintenant.

Curieuse, je m'exécute et découvre une rangée entière de reines de cœur.

– J'espérais que tu dises oui, sinon j'aurais acheté tous ces jeux de cartes pour rien, plaisante-t-il.

Il me prend par la main et me conduit jusqu'à son canapé. À présent, il n'y a plus de garde-fou. Je ne sais pas comment appréhender cette sensation nouvelle de liberté. Nos bouches se dévorent comme s'il fallait rattraper le temps perdu. Je glisse mes mains dans ses cheveux pour l'attirer davantage contre moi. Je veux prendre tout ce qu'il voudra bien me donner. Andy m'allonge sur le sofa, ses doigts parcourent mon corps qui frissonne aussitôt.

Lorsqu'ils s'aventurent sous mon tee-shirt, je me retiens de hurler de plaisir car un élément m'en empêche.

– Andy, attends une minute, je dois te dire quelque chose, dis-je entre deux baisers.

Ses yeux enfiévrés de désir plongent dans les miens.

– Je ne l'ai encore jamais fait, avoué-je, sans détour.

Andy prend un instant pour assimiler ma révélation.

– Jamais ? Jamais ? s'étrangle-t-il, les sourcils froncés.

– Parce qu'il existe un demi-jamais ?

– Tu as raison, c'est ridicule.

Andy se masse la nuque une seconde, je lui laisse le temps d'assimiler ce que ça implique. Puis il soutient à nouveau mon regard.

– Mac, je respecterai tes limites quoi qu'il arrive, prends le temps dont tu as besoin. Je ne veux rien faire qui puisse te mettre mal à l'aise, OK ? Tu peux dire « block » autant que tu veux tant que je peux t'embrasser à volonté.

Son sourire suffit à me rassurer car je sais que je peux lui faire confiance.

– Ça me va, dis-je en l'attirant contre moi.

– Ta bouche me rend dingue, me confie-t-il avant de poser de nouveau ses lèvres sur les miennes.

Ses mots ont un effet immédiat sur moi, mon entrejambe palpite d'impatience. Je tente de faire taire ce désir auquel je ne suis pas encore tout à fait prête à succomber.

Nous passons la soirée à nous embrasser, à nous toucher, à nous apprivoiser. Pourtant, à regret, je rentre à la résidence pour retrouver mon lit.

Jordane n'est toujours pas revenue, ce qui m'importe peu car je ne cesse de caresser mes lèvres en repensant à cette soirée, jusqu'à finir par m'endormir. À mon réveil, je constate que je ne peux m'empêcher de sourire.

Machinalement, je regarde mon téléphone et découvre un message d'Andy.

Hey, la reine de cœur est attendue sur le sable !

Je saute de mon lit, excitée à l'idée de le retrouver. Je fais de mon mieux pour que chaque minute loin de lui soit la plus courte possible. Quand j'arrive à la plage, il est là et son sourire fait écho au mien. Je l'enlace et l'embrasse comme si une éternité nous avait séparés. Nos baisers arrêtent le temps. Je me laisse bercer par cette plénitude que lui seul peut me procurer.

Malheureusement, Andy n'a pas complètement perdu le cap, contrairement à moi.

– Au travail, Miller !

Je grimace mais il est intransigeant. *Enfin, il essaie !*

Je le surprends quelques fois, derrière ses lunettes de soleil, à me dévorer du regard. Même la séance d'échauffement est bien plus intéressante quand elle est ponctuée de baisers, de caresses et de sourires concupiscents. Après cette session, Andy me raccompagne à ma voiture. Nos bouches semblent avoir du mal à se séparer. Mais si on continue ainsi, je vais finir par être en retard en cours. Je le repousse donc à regret, lui souris et monte dans ma voiture. Je viens à peine de le quitter que j'ai déjà hâte de le retrouver.

Est-ce qu'Andy occupe toutes mes pensées aujourd'hui ? Absolument. Seulement, plus je me rapproche de l'entraînement de ce soir et plus je m'inquiète. J'ai l'impression que le message « Mac sort avec Andy » est écrit sur mon front.

Alors, quand j'arrive au gymnase, j'essaie de garder mon sang-froid et de paraître naturelle. Je ne cesse de me répéter dans les vestiaires que le volley reste mon unique amour comme pour me convaincre que c'est vrai… *Menteuse !* Il suffit que j'entre sur le terrain pour que ma bonne volonté s'envole. Je me trouve ridicule, pourtant quand mes yeux croisent ceux d'Andy, c'est comme si je le voyais pour la première fois. Tous ces détails auxquels je ne prêtais pas attention jusque-là me saisissent. Ce n'est pas lui qui est différent, juste ma façon de le regarder. Il est assis au bord de la table, concentré sur le presse-papiers qu'il tient entre les mains. Son tee-shirt vert à l'effigie de Stanford University, parfaitement ajusté, fait ressortir ses bras légèrement dorés par le soleil et parfaitement musclés. Mon cœur tambourine dans ma poitrine sans que je puisse rien y faire, je pourrais fondre sur place.

Les filles se regroupent autour du coach Vaughn et j'inspire profondément avant de les rejoindre. Mais quand Andy s'approche à son tour, une douce chaleur m'envahit, cette sensation est à la fois délicieuse et sournoise. Malgré tout, j'aime ce que je ressens au détriment de ma raison qui semble être restée au vestiaire. Je continue de l'observer discrètement, ses mains, ses ongles soignés et ses doigts fins qui tiennent le presse-papiers. Je ferme les yeux une seconde pour me plonger avec délectation dans le souvenir de la nuit dernière, où je les ai senties sur mon visage, mes épaules, mes hanches…

Soudain, Jordane me sort de ma rêverie.

– MacKenzie qu'est-ce que tu fais ? s'écrie-t-elle alors que la plupart des filles se sont mises à courir.

J'ouvre les yeux aussitôt. De quoi ai-je l'air, la bouche en cœur et les joues écarlates ? Toutes les filles me fixent et finissent par briser ce silence gênant dans un fou rire général. *La honte !* Je ne sais plus où me mettre… Je n'essaie même pas de me justifier et rattrape l'équipe à la hâte.

Finalement, Andy est bien meilleur que moi au jeu de l'indifférence. *Sans doute trop !* Pendant l'entraînement, je cherche une étincelle dans son regard, un geste qui trahirait ses émotions, mais rien ! Comment fait-il pour être aussi impassible ? Pour la première fois de ma vie, le ballon n'est pas ma priorité.

Sans surprise, j'ai du mal à me concentrer, ayant l'esprit ailleurs. Je serais incapable de répéter ce que les coachs ont dit aujourd'hui. Les sentiments qui m'animent sont nouveaux, ils m'envahissent de toute part. Être sereine, heureuse, incertaine, désemparée, tout ça à la fois me perturbe.

Perdue dans mes pensées, je ne me rends même pas compte que les filles ont déserté le vestiaire. Je range donc mes affaires quand on frappe à la porte.

– Oui, je pars, crié-je, pensant m'adresser au gardien.

La tête d'Andy apparaît dans l'encadrement de la porte.

– Tu m'attendais ?

Je souris en fermant mon sac. Il jette un regard derrière lui lorsque j'arrive près de la porte avant d'entrer. Andy attrape mon visage et m'embrasse passionnément. Il ne m'en faut pas plus pour tout oublier et me laisser porter par ce baiser envoûtant.

– Voilà tout ce que j'avais à te dire, murmure-t-il contre ma bouche. J'y retourne.

Je reste pantelante quelques secondes après son départ. Je me demande comment c'est possible de se sentir comblée l'espace d'une minute et complètement vidée l'instant suivant.

En rentrant dans ma chambre pour me changer les idées, je décide de visionner un match sur mon ordinateur.

Mon téléphone vibre à côté de moi, signalant l'arrivée d'un message.

Andy : *Tu me manques.*

Mac : *Toi aussi.*

Andy : *Je voudrais tellement t'embrasser.*

Mac : *Moi aussi.*

Je sens un sourire niais se dessiner sur mon visage.

Andy : *Un vrai baiser de bonne nuit.*

Mac : *C'est quoi, un vrai baiser de bonne nuit ?*

Andy : *Descends, je vais te montrer !*

Mon cœur s'arrête aussitôt et mes yeux s'arrondissent devant l'écran.

Mac : *Tu n'es pas sérieux ?*

Andy : *Je me suis garé derrière la résidence, je t'attends.*

Je me redresse sur mon lit, un brin paniquée. Qu'est-ce que je vais dire à Jordane ? Je regarde autour de moi puis me lève l'air de rien, en prenant ma brosse à dents sur mon étagère.

– Où est-ce que tu vas ? me demande ma coloc, comme je le redoutais.

– Bah, me brosser les dents, réponds-je en la lui montrant dans ma main.

– Maintenant ?

– Oui, j'ai un drôle de goût dans la bouche.

Jordane se contente de hausser les sourcils et replonge dans sa lecture. Je me précipite dans le couloir, le cœur battant. Je fais le tour du bâtiment et reconnais la voiture d'Andy garée quelques mètres plus loin. Je m'y engouffre aussitôt.

– T'es complètement fou ! Et si quelqu'un t'avait vu ? m'affolé-je en me tournant vers lui.

– T'inquiète, j'ai fait attention.

Il ne perd pas une seconde pour m'embrasser, comme promis. Nos lèvres ne parviennent pas à se détacher, nos mains se baladent et l'excitation nous gagne peu à peu. Je les invite silencieusement à passer sous mon tee-shirt.

– Tu es sûre ? murmure-t-il, d'une voix suave.

Je hoche la tête pour confirmer. Quand je les sens enfin sur ma peau, je ne peux retenir un gémissement de plaisir. Lentement, elles remontent vers ma poitrine et la température grimpe immédiatement dans l'habitacle. Son pouce se fraie un chemin jusqu'à l'un de mes tétons. Lorsqu'il le caresse délicatement, le désir me met à fleur de peau.

La frénésie s'empare de moi, je ne contrôle plus rien. Je m'assieds sur lui pour le sentir davantage contre moi. La bosse dans son pantalon prouve que nous souffrons du même mal.

– Qu'est-ce que tu me fais ? chuchote-t-il contre ma bouche.

Nos regards enfiévrés se font écho.

– Je pourrais te poser la même question.

Andy m'embrasse tendrement avant de se détacher à contrecœur.

– C'est le meilleur baiser de bonne nuit de toute ma vie, m'assure-t-il en riant.

– Je pourrais m'y habituer.

Il caresse lentement ma joue, pour prolonger cet instant.

– À demain ?

– À demain, réponds-je simplement.

Un dernier baiser et il est déjà temps de se quitter. Je regarde Andy partir, en comprenant que j'ai oublié mon cœur dans sa voiture. Je regagne ma chambre, Jordane s'est endormie. Je m'allonge sans faire de bruit et sombre à mon tour, un sourire béat aux lèvres.

CHAPITRE 14

J'aime chaque moment passé avec Andy au point d'en vouloir toujours plus. De nos balades sur la plage comme un couple ordinaire à nos baisers volés dans la section astronomie de la bibliothèque. Je suis accro aux sentiments qu'il me procure. Bien que j'aie peur de le dire tout haut, mon cœur le chuchote tout bas ; je suis tombée amoureuse de lui. Une chute lente, délicieuse et puissante jusque dans les méandres d'un monde encore inconnu. *Attention à l'atterrissage !* Tout me semble si léger désormais, comme si plus rien n'avait d'importance.

La voix d'Andy me ramène brusquement à la réalité.

– Miller ? T'es avec nous ?

Je hoche la tête, les joues rosies.

– Bien, maintenant, les filles, en place.

Je n'ai absolument rien écouté au point de me retrouver perdue sur le terrain.

– MacKenzie, tu sors. Cinquante pompes ! Tu écouteras la prochaine fois, me gronde sèchement Andy.

Je m'exécute avec une furieuse envie de me taper la tête contre un mur pour me reprendre. J'ai presque terminé lorsque je vois les pieds d'Andy dans mon champ de vision. Je me redresse et il me fixe, le regard noir.

– Mac, j'ai besoin que tu te concentres, que tu te donnes à cent pour cent, que tu sois à la hauteur de l'enjeu. Et je l'exige maintenant ! déclare-t-il avec autorité et un soupçon de douceur.

Je me suis laissée détourner de mon objectif. Andy a raison, même si ça me tue d'être la cible de ses reproches. À plusieurs reprises, il me fait recommencer les exercices et je m'en veux de ne pas assurer. Pourtant, je sais que je peux faire mieux. Mais où est passée ma rage ?

Mac, ressaisis-toi, bordel !

Je finis complètement désappointée. Je culpabilise pour mes performances peu satisfaisantes, je ne me reconnais pas. Je sens que j'ai encore besoin d'évacuer ma frustration. Alors, au lieu d'aller en salle de récupération, je décide de courir sur le tapis. Au bout d'une heure et demie, trempée de sueur, à bout de souffle, je retourne aux vestiaires, vidée mais toujours aussi amoureuse.

Je consulte mon téléphone : j'ai un appel manqué et un message de Gavin. Il doit se demander si je suis toujours en vie.

Gavin : *On mange ensemble demain midi ou j'imprime ta photo sur toutes les bouteilles de lait, pour signaler ta disparition ?*[9]

Je souris et lui réponds dans la foulée.

Mac : *Désolée pour ce long silence mais, après le concours des jeunes créateurs, j'ai croulé sous les propositions de mannequinat, je ne savais plus où donner de la tête !*

Je ris en attendant sa repartie.

Gavin : *Je peux t'aider à la chercher si tu veux car apparemment elle est ailleurs.*

---

9. Pratique courante aux États-Unis en cas de disparition inquiétante.

Je sais que Gavin plaisante mais il ne pouvait pas être aussi proche de la vérité.

Mac : *On se donne rendez-vous en dehors de l'université pour changer, ça te va ?*

Gavin : *OK. Rendez-vous au Treehouse.*

Mac : *Parfait.*

Je rentre enfin, fatiguée, puis me mets au lit après avoir pris une douche. Soudain, l'écran de mon téléphone s'allume sur la table de chevet.

Andy : *Bonne nuit, reine de cœur.*

Meilleure façon de s'endormir…

Après quatre heures de littérature, je suis heureuse de m'offrir une pause avec mon ami. Quand j'arrive, il est déjà installé. Je lui souris et il n'attend pas pour m'interroger.

– C'est pour ça que tu voulais qu'on se voie à l'extérieur, pour m'expliquer ça ! lance-t-il en pointant du doigt mon visage.

– Quoi, ça ? demandé-je en m'asseyant face à lui.

– Ce sourire niais, ça fait même mal aux yeux, rétorque-t-il en cachant les siens avec ses mains.

– Tu ne m'as pas manqué, finalement, déclaré-je en soupirant.

– Tu m'étonnes, madame était bien trop occupée. Alors pour qui m'as-tu délaissé ? Je crois le savoir mais je veux l'entendre de ta bouche, insiste-t-il, l'air intéressé.

À quoi bon le lui cacher, alors qu'il se doute déjà de quelque chose ?

– Ton frère.

– Alléluia ! J'en étais sûr ! J'ai un don, ma parole. Si seulement il pouvait marcher pour moi, grogne-t-il en levant les yeux au ciel. Fais-moi rêver, j'ai besoin de croire que l'amour sincère existe.

Gavin reste pendu à mes lèvres quand je lui raconte les récents événements depuis le concours des jeunes créateurs. Il semble passionné par mon récit.

– Hé bien… Tu es mordu, on dirait. Mon frère est le deuxième homme parfait après moi, évidemment. Tu es donc bien tombée, contrairement à moi avec ma collection d'enfoirés. Ils sont tellement nombreux qu'on pourrait repeupler l'Alaska.

– Ça n'a pas marché avec Mark ?

– Ça ne marchera jamais avec Mark. Je suis juste sa marionnette, qu'il manipule à sa guise. Il a toujours les bons mots pour me donner l'illusion que cette fois, ce sera différent puis, quand il me rejette, je me sens à chaque fois comme une merde. Je le sais, pourtant, j'y cours encore. À croire que j'aime ça, en définitive. Alors que James O'Hara est certainement un garçon bien, quelqu'un avec qui je parle le même langage mais je suis incapable de répondre à son invitation à dîner. Y a plus de doutes, je préfère les connards, confie-t-il d'une voix basse.

Voir mon ami aussi déprimé me fait mal au cœur. Je ne peux pas le laisser dans cet état, il y a forcément quelque chose que je peux faire. Il a juste besoin d'un petit coup de main.

Gavin, perdu dans ses réflexions, ne remarque pas lorsque j'éteins volontairement mon téléphone.

– Merde ! Je n'ai plus de batterie. Peux-tu me prêter le tien, s'il te plaît, je dois envoyer un message à ton frère, lui demandé-je en simulant ma contrariété.

Gavin ne se méfie pas et me le prête sans sourciller. Je m'en empare rapidement et pianote à la hâte avant de m'assurer que le message est bien envoyé.

– Et voilà ! Tu viens de confirmer. Ton *date* est prévu vendredi à vingt heures, déclaré-je le lui rendant avec un sourire.

– Quoi ? Mais comment ? Qu'est-ce que t'as fait ? m'interroge Gavin, surpris.

– Je suis juste ta conscience. Je lui ai envoyé *le* message que tu tournes dans ta tête depuis des jours !

Il reste sans voix quelques secondes avant de soupirer.

– Avec un peu de chance, tu t'es trompé de destinataire.

– Tu as raison, il existe toujours le doute raisonnable. Mais ne te fais pas trop d'illusions, avec « James O'Hara Styliste » inscrit très clairement dans ton téléphone, la marge d'erreur est infime.

– Mais de quoi va-t-on parler ? Un grand de la mode comme lui, c'est de la soie alors que je ne suis que du pauvre polyester !

C'est la deuxième fois que je vois Gavin aussi fragile. La première, c'était quand nous sommes allés déjeuner chez ses parents mais ma réaction demeure la même : mon cœur se serre. On a tous nos failles mais lui prend tellement soin de ne jamais rien laisser paraître, de cacher derrière son sarcasme, son humour, tous ses doutes et ses faiblesses. Il me touche d'autant plus aujourd'hui, puisqu'il se livre sans filtre.

Derrière ses paroles, je reconnais son père et cette pression qu'il lui a infligée durant toutes ces années. Comment le convaincre de se voir autrement, à travers mes yeux ? Comment détruire le mur qui entoure son cœur ?

En attendant de trouver la solution, il pourra toujours compter sur moi.

– Tu n'as qu'à lui dire que ta meilleure amie mannequin cherche du boulot et que tu es son agent, lui proposé-je en feignant d'être sérieuse.

Il saisit la perche que je lui tends pour dissimuler ses fêlures derrière cette apparence de légèreté que je ne connais que trop bien. Son mécanisme de défense est bien huilé, je dois l'admettre.

– Regardez-moi ça… Un défilé, une histoire d'amour avec un sportif et ça se prend pour Gisele Bündchen.

J'éclate de rire. Je ne pourrai jamais me lasser de ses *punchlines*, c'est notre manière de nous dire qu'on tient à l'autre. Je ne le lui avouerai jamais mais je l'admire. On n'est pas si différents, dans le fond, il réussit seulement à déguiser plus facilement sa sensibilité par de l'impertinence. Il fait ça avec brio. J'aimerais donner l'impression que rien ne m'atteint, me servir de ces regards inquisiteurs du quotidien pour m'en faire un manteau d'indifférence. Pour une raison que j'ignore, le seul moment où j'ai le sentiment d'être vraiment moi, c'est quand je suis sur un terrain. Dès l'instant où l'arbitre siffle la fin du match, cette perception s'évapore aussi vite que le public quittant le gymnase. Finalement, avec le recul, je crois que je joue au volley pour être moi.

– Youhou ! m'interpelle mon ami en agitant sa main devant mes yeux.

Aussi, brusquement, je reviens à la réalité.

– Où est-ce que tu étais partie ?

Alors que je cherche une réponse, il se désintéresse de moi, désormais absorbé par l'écran de son téléphone. Finalement, il ne laisse apparaître qu'un sourire radieux.

– Il t'a répondu, c'est ça ? m'empressé-je de deviner.

– Qui ça ?

– À ton avis ? Karl Lagerfeld, bien sûr !

– Dieu de la mode, veuillez pardonner à cette effrontée, dit-il en regardant le plafond.

– Est-ce que tu veux m'obliger à t'arracher ton téléphone des mains ?

– Il se pourrait… en effet… que… James m'ait répondu… admet-il avec un air faussement détaché

– Allez ! Arrête de tourner autour du pot ! Qu'est-ce qu'il t'a dit ?

– James a hâte d'être à vendredi !

Le voir de nouveau sourire me conforte dans mon choix de tout à l'heure.

– Je le savais ! Qu'est-ce qu'on dit ? Merci…

– Merci à mon charme magnétique et irrésistible ?

Je ris aux éclats en secouant la tête.

– Mais qu'est-ce que je vais mettre ? s'écrie-t-il, soudain inquiet. Je n'ai rien dans mes placards qui dise : « Je suis un bon parti. »

– Parce que tu n'en es pas un, plaisanté-je.

Gavin choisit d'ignorer mon sarcasme.

– Il faut à tout prix que tu m'accompagnes après les cours pour une session shopping et toi aussi d'ailleurs, ça ne te ferait pas de mal, ajoute-t-il en me dévisageant ouvertement.

– Qu'est-ce que tu reproches à ma tenue ? rétorqué-je en m'observant un instant.

– Ça pourrait être un bon titre pour un manuel sur la question.

Je lui balance une frite en plein visage quand mon regard s'attarde sur l'horloge. Je me lève d'un bond.

– Merde ! Je vais être en retard !

– Je t'attendrai sur le parking du gymnase, jeune ingénue ! crie-t-il alors que je m'apprête à sortir du restaurant.

La dernière chose que Gavin reçoit en guise de réponse est mon doigt d'honneur.

En sortant de l'entraînement, un air contrarié sur le visage, j'aperçois la voiture de Gavin stationnée. Je m'installe en silence, le visage fermé.

– Que se passe-t-il Shoyo[10] ? m'interroge mon ami.

– Je fais n'importe quoi et, pour ne rien arranger, ton frère est constamment sur mon dos !

– Tu veux dire ton amoureux ?

– Je n'ai pas envie de plaisanter.

– Je vais me faire l'avocat du diable, mais il a sans doute des raisons.

– Bien sûr qu'il en a, c'est juste que j'ai l'impression d'être revenue au point de départ. Je ne sais pas ce qui m'arrive.

– Mac, est-ce que tu as déjà envisagé que tes priorités aient peut-être changé ?

– Elles ne peuvent pas changer ! C'est hors de question, m'insurgé-je.

– Très bien, alors retrouve cette fureur et cette envie de gagner.

Il ne comprend pas, à l'entendre on dirait que c'est une question de choix.

– Ce n'est pas aussi simple…

– Ah si, ça l'est, mais ça ne dépend que de toi.

– Pfff, toi aussi, tu m'énerves, soufflé-je, en roulant des yeux.

---

10. Référence à *Haikyu!!*, manga japonais sur le volleyball très connu aux États-Unis.

– À ton service.

Toujours préoccupée par notre échange dans sa voiture, je suis Gavin dans les magasins après nous être garés. Alors qu'on rentre dans une énième boutique, j'essaie de compter le nombre de sacs dans ses mains. Mais combien a-t-il de rencards cette semaine ?

Gavin flâne dans les allées quand il se retourne brusquement vers moi.

– Tu vas faire la tête encore longtemps ? On dirait que je traîne avec Mercredi[11].

– Désolée, j'essaie de faire le tri dans mes pensées. Je crois que je devrais discuter avec Andy. Tu pourrais me déposer chez lui tout à l'heure ?

– Évidemment. Mais hors de question que tu y ailles dans cette tenue.

– Je te rappelle que ton frère est mon coach, il m'a vue arriver et repartir de l'entraînement habillée comme ça.

– Justement !

Gavin se sent investi d'une mission et écume chaque rayon, à la recherche de… de quoi, au juste ? Il n'y a que lui qui le sait ! Il revient au bout de quelques minutes, un cintre à la main.

– Tiens, va essayer ça, m'ordonne-t-il.

– Gavin, pas question.

– Ne discute pas. J'en peux plus de te voir dans ces vêtements de sport. T'as un mec maintenant, et une libido à entretenir.

Je passe sous silence que nous n'en sommes pas encore à ce stade-là, mais ce n'est pas le lieu pour ce genre de confession.

11. Référence à la série Netflix *Mercredi.*

– Excuse-moi de sortir de l'entraînement, rétorqué-je d'un ton teinté d'ironie.

– Défense irrecevable devant la cour. Le juge sexy, en l'occurrence moi, vous condamne à essayer cette robe immédiatement.

– T'es vraiment sérieux ? m'étranglé-je.

– Mac, j'en ai marre de te voir regarder la vie en noir, gris et marron ! La couleur, ça te parle ? Ose, bon sang !

Je fais une mine sceptique.

– Regarde ce jean et ce haut, juste-là. Il a même de petits froufrous sur les manches.

– Coco Chanel doit se retourner dans sa tombe. Mac, je ne sortirai pas d'ici tant que tu n'auras pas essayé cette robe.

Ni son ton ni son attitude n'admettent de négociation. Agacée, je lui arrache le vêtement des mains et me dirige vers la cabine non sans grincer des dents. Je l'enfile et appelle Gavin pour qu'il voie le résultat. Bien sûr, il insiste pour que je sorte.

Je m'exécute en soupirant.

– C'est bon ? Tu es content ? Je peux l'enlever maintenant ?

– Pas si vite, admire les deux merveilles que j'ai trouvées.

Gavin ouvre une boîte et je découvre une paire de talons ouverts avec de jolies boucles fines sur le côté. Il insiste pour que je les enfile et m'attire devant le miroir. Il retire l'élastique dans mes cheveux et les arrange pour les faire tomber correctement sur la robe.

– Regarde-toi maintenant. Regarde comme tu es belle.

Cette fois il ne se moque pas, aucune trace de sarcasme. Il me saisit par la main pour me faire tourner sur moi-même. La robe fleurie dans des tons printaniers virevolte dans cette danse improvisée. C'est nouveau, mais étrangement, ce que j'observe, me plaît. Discrètement, Gavin range mon survêt et mes baskets dans un sac. Il me saisit par l'épaule et me chuchote à l'oreille :

– Je te dépose chez mon frère ?

L'idée qu'Andy me voie ainsi s'insinue en moi tout doucement. J'accepte et règle à la caisse ces achats imprévus.

Dans la voiture, Gavin semble fier de lui et ne cesse de me complimenter. Alors que nous arrivons près de chez son frère, nous sommes coincés dans les embouteillages de fin de journée. Impatiente, je décide de descendre et de terminer à pied. Je remercie Gavin, le salue et sors de sa voiture.

Je marche le long de la grande allée et croise des regards qui me mettent mal à l'aise. Il ne me reste que quelques mètres à peine jusqu'à l'appartement d'Andy, lorsque je croise trois garçons de mon âge. L'un d'eux me dévisage et lâche une remarque.

– C'est quoi ton plan ? Tu comptes toucher la lune ? Tu devrais postuler à la NASA ! se moque-t-il, provoquant l'hilarité de ses deux comparses.

Ses mots sont une grenade dégoupillée qui atomise le peu d'assurance que j'avais cru gagner. Je suis trop fière pour pleurer, alors mes larmes coulent à l'intérieur de moi, sur mon estime écorchée. Ma douce insouciance s'est évaporée en un clin d'œil.

Je retire aussitôt mes chaussures comme si elles me brûlaient. Je peste contre Gavin d'avoir gardé le sac avec mes affaires et contre moi d'avoir accepté cette idée stupide. Je marche pieds nus jusqu'à la résidence d'Andy, essuyant au passage quelques larmes de colère et d'injustice au coin de mes yeux. Quand j'arrive enfin chez lui, Andy déverrouille la porte de son immeuble. Il m'attend sur le palier, mais son sourire s'évanouit quand il me découvre, mes sandales à la main.

CHAPITRE 15

Je suis tellement bouleversée que je n'essaie même pas de le cacher à Andy. Je tente un sourire, mais lorsqu'il m'ouvre ses bras, je m'y réfugie et m'effondre littéralement, nichée dans son cou. Andy me serre contre lui sans un mot puis me conduit jusqu'à son canapé. Il m'installe et va chercher un mouchoir qu'il me tend, un sourire compatissant sur les lèvres. Toujours à côté de moi, il ne dit rien.

Je prends une profonde inspiration pour faire disparaître ce nœud désagréable dans ma poitrine.

– Tu dois te demander ce qui m'arrive, sangloté-je.

– Tu peux aussi garder ça pour toi, si tu préfères, me rassure-t-il d'une voix douce.

– Tu vas surtout me prendre pour une folle, ouais… réponds-je en me moquant de moi-même.

– Je me demande seulement ce qui a bien pu te mettre dans cet état, répond-il sans détour.

– Tu ne comprendrais pas… soufflé-je en secouant la tête.

– Je n'en ai pas besoin, je peux juste être une oreille attentive.

Je plonge mes yeux dans les siens, hésitant un instant à lui confier mon mal-être, puis je me lance.

– J'en ai juste assez. Dans notre société, les garçons doivent être grands car c'est un gage de puissance. En revanche, si tu as le malheur d'être une fille, c'est tout autre chose ! J'ai l'impression de marcher en permanence avec une cible dans le dos et qu'on me descend à la moindre occasion. Il ne se passe pas un jour sans que j'écope d'une réflexion, d'un regard méprisant ou d'une messe basse. Je m'en veux de ressentir encore la douleur de la pique comme si c'était la première, je m'en veux de laisser des inconnus dicter ma façon d'être. Et là, je suis une nouvelle fois en colère mais toujours contre la même personne : moi.

Andy reste un moment silencieux.

J'appréhende de relever la tête, j'ai peur de lire sa pitié. *Je ne le supporterai pas !* Il lâche enfin un soupir et son raclement de gorge m'oblige à le regarder.

– Je vais te montrer un truc, tu permets ?

J'acquiesce et l'observe se lever.

– Viens par là.

Je me retrouve à présent debout face à lui.

– Maintenant, mets-toi à genoux.

Mes yeux s'écarquillent de surprise. Je me demande durant une fraction de seconde s'il est sérieux. Andy le remarque et esquisse un léger sourire.

– Fais-moi confiance.

Je m'exécute, perplexe. Une drôle de sensation se niche dans mon ventre, j'essaie de l'ignorer et me concentre donc sur Andy.

– Bien. Quel effet ça te fait ?

– Que veux-tu dire exactement ?

– Quand tu me regardes maintenant, qu'est-ce que tu vois ?

Je prends quelques secondes avant de répondre.

– Tu sembles loin, géant, encore plus que tu ne l'es déjà !

– Alors je vais t'apprendre un truc : chaque personne que tu croises, qui te dévisage, se moque en te voyant, a certainement la même vision que toi à cet instant. Là où je suis d'accord, c'est qu'il est fort possible que la taille soit, inconsciemment ou non, associée à la domination. C'est pour cette raison qu'une sorte de mécanisme de défense se met en place chez ces garçons afin de leur permettre de s'affirmer, de lutter contre le sentiment d'intimidation qui les envahit quand ils se retrouvent face à toi. Je ne cherche pas d'excuses, j'essaie plutôt de te fournir une explication.

Andy me tend la main et m'aide à me relever.

– Est-ce que tu crois que… ?

– Ça changera ? N'espère même pas, me coupe-t-il. Comment pourrait-on changer des gens que l'on ne connaît même pas ? Si je peux te donner un conseil ; essaie seulement de lâcher prise, à chaque remarque blessante, ferme les yeux, imagine que c'est une goutte de pluie et laisse-la s'écraser au sol.

Andy s'avance lentement vers moi, glisse ses bras autour de ma taille et me rapproche de lui. Il m'embrasse délicatement le bout du nez, puis, naturellement, je relève la tête pour accrocher mes lèvres aux siennes. Je sens déjà les bienfaits de ce baiser, Andy me serre contre lui, c'est vraiment tout ce dont j'ai besoin.

Il finit par se détacher de moi et plonge ses yeux dans les miens.

– Je crois que tu as besoin de divertissement. J'ai entendu parler d'un drive-in à la sortie de la ville.

– Ça existe encore, ce genre de truc ?

– Ben, il faut croire… Ça pourrait être marrant, qu'est-ce que tu en dis ?

Il est vraiment attentionné et sait comment me remonter le moral.

– C'est une très bonne idée, accepté-je en souriant.

– J'ai déjà hâte de pouvoir te peloter dans l'obscurité, me taquine-t-il.

Comme convenu, Andy nous conduit jusqu'à la sortie de la ville. J'essaie de respirer, de me détendre et de profiter de ce début de soirée pour laisser derrière moi l'incident. Andy est bienveillant, il ne cesse de me caresser le genou pour tenter de dissiper mes tensions. Un simple geste qui me fait fondre.

Je l'observe discrètement et sens mon cœur chuchoter des choses qu'il n'avait jamais dites auparavant. Andy illumine mon monde d'une lumière chaleureuse, je suis presque convaincue qu'il n'en a même pas conscience. La sensation est agréable mais aussi dangereuse. Je pourrais bien terminer comme Icare si je me laissais aveugler par mes sentiments. J'essaie de garder la tête froide mais je me rends bien compte que c'est peine perdue. Mon affection éclipse lentement et sournoisement ma raison, me laissant impuissante. *La lutte est terrible !*

Nous arrivons sur un parking d'un grand centre commercial, les lumières éteintes pour l'occasion. Nous trouvons une place au deuxième rang, face à l'écran toujours noir. Quelques stands proposent des boissons, du pop-corn et des friandises. Nous prenons un peu de tout avant de nous installer confortablement en attendant le début du film.

– Tu connais le titre ? l'interrogé-je, en me tournant vers lui.

– Oui, juste de nom mais je ne sais pas de quoi ça parle. *The Grea... The Greatest... The Greatest Showman.*

– OK, ça ne me dit rien.

– Je te promets que si ça devient ennuyeux, je démarre sans attendre.

– C'est l'avantage du drive-in.

Il rigole pendant que je plonge ma main dans le pop-corn qu'il tient entre ses mains.

– Si je suis venue tout à l'heure, c'est parce que je voulais te parler d'un truc.

– Je t'écoute, m'encourage-t-il à poursuivre.

– Comment tu fais pour être aussi imperturbable à l'entraînement ?

Ma question semble le prendre un peu au dépourvu mais il reprend, sérieux.

– Ça tombe bien que tu en parles, dit-il en se tournant vers moi. Mac, il faut vraiment que tu te ressaisisses. J'ai besoin de la joueuse sur le terrain, pas de ma petite amie. Tu n'es pas concentrée, tu n'écoutes pas les consignes. Ça pourrait remettre en question ton poste dans l'équipe si ça continue. Je te rappelle qu'on était d'accord pour prendre le risque d'être ensemble, pas de foutre ta carrière en l'air. Tout ce qui ne concerne pas le volley doit rester en dehors du gymnase.

Bien qu'il ait raison, la réalité de la situation est un véritable uppercut. Andy le remarque et prend ma main dans la sienne.

– Mac, je suis là et je le serai toujours tant que tu voudras de moi, mais il faut que tu penses à ton avenir. Je tiens à toi, je ne vais nulle part, alors reprends-toi, c'est important, ajoute-t-il d'une voix plus douce.

– Je sais… c'est juste que tu ne quittes jamais mon esprit, tu y as pris toute la place.

– Ma place est ici, réplique-t-il en posant sa main sur mon cœur. Le volley, lui doit être ici, compris ?

Il me touche la tempe. Je soupire lorsque le film commence.

Andy tend son bras et je m'y glisse, d'abord hésitante mais il resserre sa prise et m'incite à me détendre contre lui. Nous sommes comme deux ados.

Je suis aussitôt happée par l'histoire. Les décors sont fabuleux et les chansons, poignantes. Une en particulier.

Comme si chaque parole venait parler à mes doutes et les secouer pour les faire disparaître.

Le refrain de la bande originale du film s'inscrit dans mon esprit :

Quand les mots les plus cinglants voudront m'abattre
J'enverrai un déluge qui les noiera
Je suis courageux, je suis blessé
Je suis qui je suis supposé être, je suis moi
Prends garde parce que j'arrive
Et j'avance au rythme que je joue
Je n'ai pas peur d'être vu
Je ne m'excuse pas, je suis moi.

Cette chanson depuis ne me quitte plus, je l'écoute en boucle sur le trajet des cours et de l'entraînement. Je ne sais pas ce que je cherche exactement. Au fond, j'espère qu'elle est capable de me guérir ou bien de me donner la force de croire en moi. *Si la musique avait ce genre de pouvoirs, ça se saurait...*

Dans le vestiaire, je garde mes AirPods jusqu'à la dernière minute. Quand j'arrive sur le terrain, Andy et le coach Vaughn ont tous les deux des expressions graves. Ce dernier prend la parole :

– Nous n'avons pas une très bonne nouvelle... Arina a dû effectuer un nouveau contrôle de la cheville et les résultats sont mauvais. Elle ne pourra donc pas jouer les prochains matchs.

La stupeur se lit aussitôt sur certains visages. J'essaie de feindre la surprise, même si je connais pertinemment la raison. Quelque part, je suis même soulagée pour elle, vu l'état de sa cheville. Poursuivre dans cette voie frôlait l'inconscience.

Les messes basses vont bon train, la panique également et les voix des défaitistes se font plus fortes que les autres. Gail en devient la porte-parole :

– On parle de combien de matchs au juste ? On a peut-être nos chances pour les phases de poule mais comment va-t-on faire quand on arrivera dans les phases finales ? Selon le tirage, on est mortes !

Une partie de l'équipe semble se ranger à son avis ; quant à moi, je reste spectatrice, persuadée qu'elles ont tort. Bien sûr, ce sera plus difficile mais je suis convaincue que ce n'est pas insurmontable. C'est toute l'équipe qui compte et pas une seule joueuse.

Le coach reprend :

– Tous les soins lui sont apportés pour que sa cheville se remette le plus vite possible. Mais on ne peut pas quantifier le nombre de matchs qu'Arina va manquer. On peut seulement lui souhaiter un bon rétablissement. Maintenant, on doit penser à l'équipe. Bien sûr Arina était un atout, mais ce n'est pas la seule. Dois-je vous rappeler qu'ici, vous êtes à Stanford ? Vous n'êtes pas arrivées par hasard, vous vous êtes battues pour être là. Donc avec ou sans Arina, nos objectifs restent les mêmes : la finale. Digérez la nouvelle pendant les trente minutes de course mais ensuite, je veux des joueuses qui ont la niaque sur le terrain, vos doutes, vous les laissez aux vestiaires. Il y a une chose que vous devez retenir : le talent, il est partout ! Il est dans toutes les universités que nous rencontrerons mais surtout dans cette équipe. Vous allez jouer à armes égales, alors il n'y a qu'un moyen de faire la différence ; le mental de conquérante. Quand le doute joue le septième joueur clandestin, c'est la pente glissante vers une défaite inévitable. Vous êtes des battantes et je ne serais pas là devant vous si je ne pensais pas que vous aviez toutes vos chances. Pour y parvenir, je vous demanderai une seule chose : votre talent et votre envie. Alors, je peux compter sur vous ? conclut-il, déterminé.

Un long silence s'étire avant que l'équipe finisse par acquiescer. Le coach Vaughn sourit enfin, nous invite à nous lever et place sa main au centre.

Nous joignons nos mains à la sienne avant de crier, suffisamment fort pour avoir l'écho du gymnase :

– Au talent et à l'envie !

Les filles se mettent en jambes, je m'apprête à en faire autant quand on appelle mon nom.

Je m'avance naturellement vers mon entraîneur, le cœur battant.

– Oui, coach ?

– On va reprendre la même configuration que lorsque Arina n'était pas là. Tu sais ce que ça signifie. J'ai noté tes progrès mais je sais que tu peux encore faire mieux. Je ne te presserais pas si nous avions le temps, cependant la situation a changé. J'ai besoin du meilleur de chacune d'entre vous et tu es en haut de ma liste. Donc, à partir d'aujourd'hui, tu penses volley, tu manges volley, tu rêves volley et tu respires volley, c'est bien compris ?

– Oui, coach !

– Bien, maintenant rejoins les autres.

Sans plus attendre, je pars à petites foulées rattraper mon retard. Je laisse la confiance de mon coach se distiller en moi. Elle a le pouvoir d'annihiler mes doutes et j'ai du mal à réprimer le sourire de fierté qui se dessine sur mon visage.

Je passe cette session à me dépasser, à essayer de donner envie à mon équipe d'avoir la même confiance que le coach Vaughn. Je retrouve un sentiment que je pensais n'être plus capable de ressentir. En rentrant à la coloc, je laisse ce sentiment unique de satisfaction m'enivrer.

Allongée sur mon lit, j'entends frapper.

– T'as encore oublié tes clés ? demandé-je en supposant qu'il s'agit de Jordane.

Quelle surprise de découvrir Arina sur le seuil de ma porte.

– Arina ? Mais qu'est-ce que tu fais là ?

– Les nouvelles vont vite, tu sais…

Mon cœur s'arrête un instant. Je pense tout de suite à Andy. Comment pourrait-elle être au courant ? Veut-elle me faire chanter ou me faire expulser de l'équipe ?

– Tu vas me laisser plantée là ? poursuit-elle alors que je la dévisage, la gorge nouée.

Je lui permets d'entrer avec ses béquilles sans cacher mon manque d'enthousiasme. Elle s'installe sur mon lit sans gêne.

J'inspire profondément en espérant devenir la meilleure menteuse de l'univers. Je m'avance vers mon bureau pour m'asseoir sur ma chaise en essayant de ne pas trop trembler. *Merde !*

Je trouve enfin la force de regarder Arina.

– Je suis juste passée pour te faire une piqûre de rappel, commence-t-elle.

Je fronce les sourcils, perplexe.

– Je sais que le coach Vaughn veut que tu prennes ma place. Je tiens seulement à te dire que ce n'est pas parce qu'il te trouve plus douée que moi, c'est seulement faute de mieux. Mets-toi bien ça dans le crâne. Je vais revenir, et plus vite que tu ne le crois, et alors tu retourneras chauffer le banc, car tout le monde sait que c'est ce que tu fais le mieux. Personne ne peut emmener cette équipe en finale à part moi.

Je suis tellement soulagée que notre secret ne soit pas découvert qu'un sourire en coin m'échappe. Arina le remarque et bondit.

– Ça te fait marrer ? dit-elle en se levant à l'aide de ses béquilles. Je vais guérir et te montrer qui est la meilleure.

À mon tour, je me lève pour m'approcher d'elle.

– Arina, sache que j'ai fini par comprendre ton petit jeu. Tu débarques ici en tentant de m'intimider pour me dire que c'est toi la meilleure, blablabla… Mais en réalité, tu es morte de trouille.

– Ah oui ? Et qu'est-ce qui te fait dire ça ? rétorque-t-elle, le regard noir.

– C'est ta dernière année et on connaît tous parfaitement les enjeux. Tu te voyais déjà recrutée par une équipe, et au lieu de ça, tu ressembles au lieutenant Dan[12]. T'as peur de voir tout ce pour quoi tu as si durement travaillé, anéanti. Tu sais quoi ? Si j'étais à ta place, j'aurais peur aussi. Seulement, tu perds ton temps à venir cracher ton venin ici plutôt que de consulter ton kiné et de donner toutes les chances à ta cheville d'être opérationnelle le plus vite possible.

– Ne t'habitue pas trop Miller, car je vais reprendre ma place, fulmine-t-elle

– Et elle sera toute à toi, promis. Je crois que le kiné t'attend, maintenant, déclaré-je en lui ouvrant la porte et en l'invitant à sortir de ma chambre.

Elle part sans un mot. Je soupire de soulagement en la voyant quitter la pièce et ne peux m'empêcher de me demander : si le diable avait un visage, aurait-il celui d'Arina ? Mais je dois avouer que je suis fière d'avoir réussi à lui tenir tête. *Bien fait !*

---

12. Référence au film *Forrest Gump.*

Sa visite a laissé en gage une seule chose : une furieuse envie de réussir.

Je saisis mon téléphone et envoie un message à Andy.

Mac : *Un beach ?*

Sa réponse ne se fait pas attendre.

Andy : *L'entraînement de tout à l'heure ne t'a pas suffi ?*

Mac : *Faut croire que le coach n'a pas épuisé toutes mes ressources…*

Andy : *Je connais d'autres méthodes pour vider tes batteries, si tu veux. Je serai ravi de partager mes astuces avec toi…*

Mac : *En restant habillés ?*

Andy : *Briseuse de rêves !*

Mac : *Alors, je peux compter sur toi ?*

Andy : *Oui, mais je laisse ma bonne humeur chez moi, tu es prévenue !*

Mac : *Je prends le risque !*

Je le retrouve comme promis sur la promenade. Il est là, patient, avec son sac de ballons sur l'épaule. Je regarde autour de nous avant de l'embrasser effrontément. Nos bouches ont du mal à se détacher, bien trop affamées.

– Si tu continues à m'embrasser comme ça, tes pieds ne toucheront jamais ce sable.

Joueuse, je m'approche à nouveau de lui et pose mes lèvres sur les siennes, une fois, deux fois…

– Merci d'être venu, chuchoté-je entre deux baisers.

– Tu comprends mieux pourquoi je t'ai dit tout ça, l'autre soir au drive-in, s'enquiert-il en souriant contre mes lèvres.

– Tu savais déjà ? m'étranglé-je, surprise.

– Le kiné nous a prévenus qu'Arina ne s'était pas présentée à plusieurs reprises pour ses soins. Nous l'avons donc convoquée et sa cheville l'a trahie. Le coach Vaughn a souhaité d'autres examens pour s'en assurer mais je savais que c'était impossible qu'elle reprenne dans cet état. Ce n'était donc pas le moment pour toi de rêvasser. Juste au cas où, je tiens à préciser que le coach Vaughn a pensé à toi sans que j'aie mon mot à dire.

Andy met sa casquette à l'envers avant de poursuivre.

– Allez ! Au boulot Miller !

Il ne plaisante pas, je crois même l'avoir sous-estimé. Cette séance est intense, les balles fusent, arrivant à la vitesse de l'éclair ! Andy ne m'épargne pas, à chaque frappe, le ballon anesthésie la douleur provoquée par celui d'avant. Il m'achève quand il me propose de passer à l'attaque.

Pourtant, il m'encourage toujours plus lorsque j'ai l'impression que mes pieds n'arrivent plus à décoller du sol.

Il a raison de moi et je finis par m'écrouler.

– Je m'avoue vaincue, abdiqué-je entre deux souffles, allongée dans le sable.

Andy n'insiste pas et s'assied près de moi. Il reste silencieux, attendant sans doute que je retrouve une respiration normale. J'ai l'impression que mon cœur est prêt à se décrocher de ma poitrine d'une minute à l'autre.

Finalement, nous patientons côte à côte, sans dire un mot, jusqu'à ce qu'une grimace de douleur traverse son visage. Ça semble lui prendre de manière imprévue.

– Ça te fait mal ? m'inquiété-je d'une voix préoccupée.

– Oui, répond-il entre ses dents.

– Ça s'arrêtera un jour ?

– J'espère…

– Ça vaut ce que ça vaut mais je trouve que tu as super bien progressé ces derniers mois. Je te rappelle que tu es arrivé au premier entraînement avec une canne.

Il hoche la tête, songeant sans doute au chemin parcouru depuis l'accident.

– Je pense que je devrais vous remercier, Madame. Car vous êtes pour beaucoup dans cette convalescence.

Andy s'allonge sur moi sans prévenir.

– Merci pour la guérison du genou, du cœur et de l'esprit, chuchote-t-il contre mes lèvres.

– Waouh ! Tout ça ? plaisanté-je.

– Tout ça, répète-t-il avant de m'embrasser tendrement.

La chaleur du soleil ne surpassera jamais celle que lui seul peut me procurer. Il met fin subitement à notre baiser et se redresse pour me faire face.

– Je viens d'avoir une idée. Et si on fêtait ta promotion dans l'équipe ce week-end ?

– Très bonne idée, réponds-je, touchée par sa proposition.

– Je m'occupe de tout, déclare-t-il fièrement.

Je crois que c'est la première fois de ma vie que j'ai envie de m'apprêter sans que qui que ce soit m'y oblige. Je prends le temps nécessaire pour me faire belle pour notre rendez-vous. Je remets ma combinaison noire de notre premier baiser, certaine qu'Andy n'y sera pas insensible. Je détache mes cheveux, maquille de fard mes paupières, de blush mes joues et mets une pointe de gloss sur mes lèvres. J'admire le résultat devant le miroir quand j'entends la voix de Jordane dans mon dos.

– Où est-ce que tu vas, sapée comme ça ?

Mes yeux s'arrondissent et je bégaie pour trouver une excuse.

Je pensais qu'elle sortait avec son copain ce soir…

– En ville, ma cousine est juste de passage aujourd'hui.

– Oh cool. Je n'ai rien de prévu, je peux t'accompagner ?

Merde !

Une fois le pied dans l'engrenage du mensonge, ça devient l'escalade !

– Ça aurait été avec plaisir mais là, je ne préfère pas. Rupture difficile. Elle va pleurer et déprimer toute la soirée, c'est mieux si j'y vais seule.

– Oh oui, je comprends.

– Tu m'en veux pas ? m'assuré-je.

– Non, non. Finalement, je suis mieux là. Filer des mouchoirs toute la soirée, très peu pour moi.

– T'as raison ! Bonne soirée, dis-je avant de claquer la porte.

Je m'y adosse une seconde, soulagée, et pars rapidement de peur qu'elle change d'avis.

CHAPITRE 16

En arrivant, j'aperçois Andy qui m'attend sur le seuil de son appartement. Je ne peux m'empêcher de le reluquer. Pour l'occasion, il a choisi une chemise blanche assez près du corps qui fait ressortir parfaitement son teint légèrement hâlé ainsi qu'un pantalon chino beige retroussé. Je me mords la lèvre pour ne pas me jeter sur lui en le voyant pieds nus, les cheveux décoiffés. Andy ne se cache pas pour me dévisager lorsque je m'approche de lui.

– Tu es magnifique, dit-il avant de me prendre dans ses bras.

Il referme la porte derrière moi. J'avance dans la pièce et découvre des pétales de roses qui jonchent le sol. Quand j'arrive dans son salon, je remarque la table et les deux bougies qui l'éclairent, le tout dans une musique d'ambiance. Andy a pensé aux moindres détails. Je suis vraiment touchée par tous ses efforts.

– C'est très romantique, déclaré-je, un peu intimidée.

– Installe-toi, propose-t-il en tirant la chaise.

Je m'exécute et Andy retourne vers le bar de sa cuisine.

– J'ai pris du champagne mais, dans le doute, j'ai aussi une bouteille de vin blanc et même du jus d'orange si tu préfères.

– Une coupe de champagne, ce sera parfait.

Je l'entends déboucher la bouteille puis revenir avec deux verres dans les mains dont l'un qu'il me tend.

– On trinque ?

– Absolument. À ta réussite, mais ce n'est qu'un début, déclare-t-il en me regardant droit dans les yeux.

– À nous, mais ce n'est qu'un début, le paraphrasé-je, un sourire aux lèvres.

Andy a mis les petits plats dans les grands, je suis carrément impressionnée par ses talents de cuisinier.

Le repas est un vrai régal, aucune fausse note, il est vraiment doué.

– Et si on prenait le dessert sur le canapé, on serait mieux installés ?

J'acquiesce et me dirige vers le sofa.

– En tout cas, merci ! C'était délicieux.

– C'est vrai ? J'ai marqué des points, alors ?

– Tout à fait !

– Parfait, car je n'y suis pour rien !

Il sourit, fier de sa révélation.

Je le regarde, interdite.

– J'ai tout commandé chez un traiteur, m'explique-t-il.

– Et moi qui commençais à avoir des complexes…

– Je me suis quand même occupé de la décoration et de tout mettre au four. Il fallait respecter le temps et la température, ce n'est pas aussi facile.

– Tu t'es très bien débrouillé. C'était génial, le rassuré-je en riant.

– Et pour terminer, un fondant au chocolat.

Andy le dépose devant moi, puis remplit nos coupes avant de s'asseoir à mes côtés. Pour le remercier de toutes ses attentions, je l'attire contre moi pour l'embrasser.

– Merci pour cette soirée, dis-je dans un souffle.

– À ton service, murmure-t-il.

Nos baisers tendres deviennent peu à peu enflammés. Nos mains se joignent à la frénésie de l'instant. Andy me bascule en arrière sur le canapé et s'allonge sur moi. Il se détache une seconde et me regarde fixement.

– Tu es si belle.

Sa voix trahit sa sincérité, son émotion tandis que mon cœur explose de bonheur. Mes désirs prennent alors possession de mon être et plus rien n'a d'importance que de le sentir contre moi.

Andy me caresse d'abord à travers ma combinaison, promettant déjà un plaisir divin. Je sens un sentiment nouveau monter en moi. Une chaleur ardente m'envahit, réduisant en cendres mes états d'âme. Animée par cette assurance à la fois inattendue et délicieuse, je prends le contrôle. Je me relève sous le regard surpris d'Andy. Je ne lâche pas une seconde ses yeux qui me réclament pendant que je fais glisser lentement la fermeture Éclair de ma tenue puis enlève une manche après l'autre avant de laisser le vêtement tomber sur mes hanches. Je me place ensuite au-dessus de lui, mon corps contre le sien.

Andy me contemple, ahuri.

– Tu es sûre ? s'assure-t-il.

– Un jour quelqu'un m'a dit : « On ne nie pas l'évidence, on vit avec », réponds-je, la voix emplie de passion.

Il n'en faut pas plus pour qu'Andy se jette sur moi. Ses baisers sont encore plus passionnés qu'auparavant. Sa bouche part alors à la découverte de chaque centimètre de ma peau. La sensation est délicieuse, je ferme les yeux et me laisse submerger par la douceur de ses lèvres.

Quand Andy libère mes seins de mon soutien-gorge, je sens l'air frais caresser ma poitrine alors qu'il effleure délicatement chacun de mes tétons avec son index. Je suis déjà à sa merci mais encore plus lorsque sa langue s'enroule autour, je m'arc-boute carrément de plaisir. Puis Andy retire sa chemise et je me réchauffe à son contact.

Il m'oblige alors à rouvrir les yeux.

– Est-ce que tu souhaites toujours aller plus loin ? insiste-t-il, prévenant.

– Entre la peur et l'envie, c'est l'envie de le faire avec toi qui gagne.

Il grogne en entendant ma réponse.

– Très bien, dans ce cas…

Andy ne termine pas sa phrase mais se lève d'un bond pour me prendre dans ses bras et me porter jusqu'à sa chambre. Il me repose délicatement sur son lit, appuie sur l'enceinte posée sur la table de chevet. On peut entendre *Endless Love* de Lionel Richie en fond.

Il referme la porte et s'allonge de nouveau sur moi.

– S'il y a quoi que ce soit, n'hésite pas. Je m'arrêterai aussitôt, d'accord ? me prévient-il en plongeant ses yeux dans les miens.

Je hoche la tête puis il m'embrasse avant de repartir explorer mon corps. Andy me débarrasse enfin de mon soutien-gorge puis en profite pour m'ôter entièrement ma combinaison. Il ne me reste plus que ma culotte. Je suis désormais à sa merci.

Sa langue parcourt mes seins puis descend dangereusement vers mon entrejambe. Je sens la peur de l'inconnu me nouer le ventre mais je préfère me concentrer sur les sensations nouvelles et délicieuses qui m'envahissent. J'ai confiance en lui.

Ses doigts s'amusent sur le seul bout de tissu qu'il me reste, me poussant à bout. Quand son index franchit cette dernière limite, je sens l'excitation grimper encore d'un cran. Andy prend son temps, peut-être trop, en parcourant mon sexe. Ne pensant pas succomber davantage aux abîmes du plaisir, Andy atteint mon entrejambe, mon cœur rate un battement, mon souffle se coupe.

Ses doigts s'attardent sur mon clitoris avant de s'introduire en moi. Je perds le contrôle, des gémissements m'échappent. Pourtant, il continue à déposer des baisers le long de ma mâchoire tout en bougeant en moi.

– Laisse-toi aller, chuchote-t-il.

Je ferme les yeux pour savourer ce déferlement de sensations incroyables auxquelles s'ajoute le son de sa voix. Quand son pouce joue à son tour avec mon clitoris tandis qu'il accélère la cadence, tout disjoncte ! Mon corps se tend, secoué de soubresauts. Mordre ma lèvre ne suffit plus, je m'agrippe à son épaule et crie de plaisir pendant qu'Andy n'en loupe pas une miette. L'extase se diffuse dans tout mon être, me laissant essoufflée et comblée.

Finalement, j'ouvre les yeux, la vue encore trouble d'émotion. Andy me contemple, un sourire satisfait sur les lèvres.

– Je viens de me découvrir une nouvelle passion, affirme-t-il.

Il se lève et retire son pantalon. Je le dévore littéralement du regard quand il me rejoint, uniquement vêtu de son caleçon noir. Andy se place au-dessus de moi, m'embrasse tendrement et je sens son désir intact contre moi. Dès que nos langues s'enroulent pour nous entraîner dans une danse sensuelle, je sais que je suis prête pour un nouveau round, mais différent du précédent.

J'enroule mes jambes autour de lui pour le sentir plus près de moi tandis que ses baisers embrasent de nouveau mon corps. Son sexe joue contre le mien, provoquant une sensation nouvelle, tel un supplice délicieux. Andy se redresse sur le lit, m'observant un instant avant de retirer son caleçon et d'enlever ma culotte. Nous voilà à présent complètement nus, ma vulnérabilité exposée. Il me surplombe et me contemple avec l'expression de quelqu'un qui a enfin trouvé ce qu'il cherchait depuis longtemps. Pourtant, la peur me gagne et Andy le remarque aussitôt.

– Détends-toi, d'accord ?

– J'essaie, soufflé-je.

– Je connais peut-être un truc qui pourrait t'aider, dit-il, le regard espiègle.

– Ah oui ?

Andy descend lentement vers mon entrejambe, ouvre mes cuisses et pose sa langue sur moi. Un sentiment incroyable me saisit et m'arrache un cri de surprise et de plaisir. Je passe ma main dans ses cheveux pendant qu'il tourmente délicieusement mon clitoris. Ses doigts glissent à nouveau en moi et j'ai l'impression de perdre la tête. *C'est donc ça, le septième ciel dont tout le monde parle ?* Andy embrasse l'intérieur de ma cuisse avant de revenir à nouveau sur moi.

Il se penche légèrement pour ouvrir le tiroir de sa table de chevet. Je le regarde déchirer l'étui d'un préservatif avant de le glisser sur lui. Andy dépose alors une myriade de baisers sur mes lèvres, mes joues, mon cou, tout en se positionnant entre mes jambes.

– Ma reine de cœur, souffle-t-il tandis que ses yeux capturent les miens.

J'essaie de me laisser bercer par le plaisir quand soudain un déchirement me coupe le souffle et me fait grimacer. *Ça fait un mal de chien !*

– Ça va ? s'inquiète-t-il aussitôt.

– Bouge, s'il te plaît, marmonné-je, difficilement.

Il s'exécute avec précaution en surveillant chacune de mes réactions.

À chaque coup de reins, la douleur s'atténue progressivement. J'agrippe ses fesses et l'invite à continuer, portée par l'ivresse du moment.

– Ne t'arrête pas, le supplié-je.

– Mac… crie-t-il dans une supplique.

Sa main s'accroche à mon cou et ses lèvres aux miennes. Brusquement, son orgasme naît et meurt sur ma bouche. Andy, épuisé, pose sa tête sur mon épaule. Je sens son cœur battre contre le mien et constate que son rythme est aussi effréné que le mien. On reste ainsi quelques minutes avant qu'il ne se redresse et me regarde droit dans les yeux.

– Comment tu te sens ?

– Bizarre…

– Tu regrettes ? s'inquiète-t-il.

– Ça, jamais ! C'est juste que j'ai l'impression d'être un peu engourdie à certains endroits.

Andy soulève la couette et m'invite à le rejoindre sous les draps. Il me prend dans ses bras et me caresse longuement avant que nous sombrions tous les deux dans un sommeil profond, le cœur léger. *Et amoureux !*

Je me réveille en sursaut au petit matin. *Je ne suis pas rentrée ! Ça ne faisait pas partie du programme !* Je me jette hors du lit, ramasse mes vêtements éparpillés et m'habille à la hâte tout en vérifiant que je n'ai rien oublié dans sa chambre. Andy se lève alors que j'enfile mes chaussures et m'enlace par-derrière.

– Pourquoi pars-tu aussi tôt, on est dimanche ? souffle-t-il dans ma nuque.

Une vague de frissons me parcourt comme un souvenir de notre nuit précédente.

– Parce que j'ai prétexté auprès de Jordane que j'allais consoler ma cousine dépressive hier soir, or passer toute la nuit n'était pas prévu !

– Respire et embrasse-moi, ordonne-t-il.

Malgré moi, je souris en me tournant vers lui. Comment lui résister ? Je m'exécute, oubliant tout, sauf la chaleur délicieuse qu'il me procure. Ma seule préoccupation. Ses mains glissent sous mon tee-shirt et je m'agrippe davantage à lui. Il me serre contre lui et un pincement au cœur me saisit quand sa bouche se décolle de la mienne.

– J'ai un plan. Tu restes toute la journée avec moi et ce soir, quand tu rentres, tu n'as qu'à lui dire que ta cousine était tellement mal que tu as préféré passer la nuit auprès d'elle et le reste de la journée afin de lui changer les idées. Ça marche, non ?

– Mouais… réponds-je, peu convaincue.

Andy ne m'écoute plus, bien trop occupé à caresser de sa bouche mon cou et à me conduire jusqu'à son lit.

Finalement, je rentre à la résidence suffisamment tard pour éviter de me justifier et retrouver Jordane endormie.

Je suis en retard pour mon rendez-vous avec Gavin. Quand j'arrive à la cafétéria, j'ai un air de déjà-vu. Il est assis à notre table habituelle avec Mark face à lui, debout. J'observe la scène en retrait, vigilante, mais prête à bondir s'il crache un mot de trop. RAS ! Je fixe Mark qui s'éloigne et cours rejoindre mon ami dans la foulée.

– Qu'est-ce qu'il voulait ? l'interrogé-je en m'essayant à ses côtés.

– C'est moi qui lui ai demandé de venir, dit-il en remuant son café avec un faux air innocent.

– Je dois te tirer les vers du nez ?

– Laisse mon nez tranquille. Est-ce que tu as vu cette perfection ? Si je me mets de profil, on pourrait presque me confondre avec Cléopâtre.

– Ouais, presque alors… pouffé-je avec ironie.

– Madame fait de l'humour… À une autre époque, j'aurai momifié et caché ton corps au fin fond d'une pyramide. Ingrate !

– On peut revenir aux temps modernes et m'expliquer pourquoi ton plan cul, homo refoulé, vient de quitter la pièce ?

– Ah ça… minaude-t-il soudain.

– Parfaitement ! Maintenant, raconte-moi ! grogné-je, impatiente.

– Tu savais que lorsque tu t'énerves, une ride se forme entre tes yeux ? Tu devrais faire gaffe parce que ce n'est pas très gracieux…

– Gavin ! le réprimandé-je.

– Ça va, ça va… Si on ne peut plus plaisanter, se défend-il en levant les yeux au ciel. J'ai demandé à Mark de me rejoindre ici pour lui dire que tout était terminé. En d'autres termes, je lui ai dit de se trouver un autre casse-croûte parce que je ne lui donnerai plus ma mie. Tu aimes ma nouvelle métaphore ? Je viens de l'inventer !

– Magnifique !

– C'est vrai ? Je trouve aussi, ça, c'est grâce à mon génie.

– Mais non, pas ça, imbécile ! Le fait que tu aies mis fin à cette relation toxique, je te félicite. Tu vas pouvoir te tourner vers quelqu'un qui te respecte et connaître une histoire qui vaut le coup d'être vécue.

– Comme un véritable nettoyage de printemps, il fallait que je fasse le ménage dans mes placards. Jeter les vieilleries pour faire place à la nouveauté !

– Donc, si je comprends bien, la nouveauté, c'est le nom de code pour James ?

– Exactement ! Une pièce unique que tout le monde souhaite désespérément, mais elle est à moi ! déclare-t-il en contemplant ses ongles.

C'est la meilleure chose qui pouvait lui arriver. Il a pris la bonne décision.

– Dois-je en déduire que le rencard que *tu* as refusé mais que *j'ai* rattrapé a été concluant ?

– Il n'y a pas eu véritablement de conclusion, plutôt les prémices de quelque chose qui n'a pas encore de nom. C'est difficile à décrire. Pour l'instant, je veux juste garder pour moi, ces émotions positives.

– Je vois déjà le titre : après Dolce & Gabbana, O'Hara & Spencer, les empereurs de la mode. Ça claque, non ?

– En parlant de mode… Où sont passées les fringues de notre virée shopping ? Je t'ai aperçue plusieurs fois sur le campus et aucun signe d'elles. Ne va pas croire que je te piste, c'est juste que ce genre-là, dit-il en désignant ma tenue du jour, je le repère à dix miles à la ronde, j'y suis allergique.

– D'habitude, ça ne me gêne pas que tu détournes l'attention, mais cette fois, sois gentil et laisse tomber, tu veux, l'avertis-je entre mes dents.

– Non, car laisser tomber voudrait dire que je te regarde t'enfoncer dans le sable mouvant de la dysmorphobie. Quel ami ferait ça ?

– La quoi ? m'étonné-je.

– C'est avoir une pensée obsédante pour un défaut imaginaire ou une légère imperfection.

– Mesurer un mètre quatre-vingt-deux, t'appelle ça un défaut imaginaire ? m'étranglé-je.

– Comment appelles-tu une fille qui passe son temps à mettre des vêtements amples pour cacher ses formes et à raser les murs pour ne pas se faire remarquer ?

– Gavin, c'est plus compliqué que ça, soufflé-je, de plus en plus à bout de nerfs.

– Tu veux peut-être me faire un cours sur la discrimination ? demande-t-il en haussant les sourcils. Mac, j'ai juste l'impression que tu t'évertues à oublier que tu es grande en te faisant toute petite, à essayer d'entrer dans un moule qui n'est pas à ta taille. Tu luttes, mais c'est perdu d'avance, tu ne pourras jamais changer ça. Aime-toi avant de demander aux autres de le faire.

C'est violent, brutal, inattendu, encore plus de sa part. J'ai la désagréable sensation que Gavin vient d'enfoncer son doigt dans une plaie ouverte. *Et ça fait affreusement mal !* Je sens une chaleur m'envahir, me prendre à la gorge. Je contracte mes mâchoires, mon ultime tentative pour retenir mes larmes. Je sens mes yeux s'humidifier, prêts à noyer ces mots cruels mais imbibés de vérité. J'essaie de sourire, de faire bonne figure mais mon ami n'est pas dupe. Je lève un doigt pour l'empêcher de parler, quitte la table et sors calmement. Il a très bien compris ce qui s'est passé. Je refuse seulement de me donner en spectacle en public, ces larmes m'appartiennent et je ne veux les partager avec personne.

Je m'enferme quelques minutes dans les toilettes pour évacuer cette douleur qui comprime ma poitrine quand mon téléphone vibre.

Gavin : *Arrête de t'excuser d'exister !*

Ma vue se trouble davantage et mes sanglots inondent l'écran entre mes mains. Je reste de longues minutes à attendre que l'orage passe mais l'heure tourne et je dois me rendre au gymnase. Je sors à contrecœur, me dirige vers le lavabo, essuie les traces de mon chagrin et passe de l'eau sur le visage pour tenter d'atténuer la rougeur de mes yeux. En me contemplant dans le miroir, je vois bien que ma tête me trahit. Pourtant, je n'ai plus le choix, à moins d'être en retard.

Je sors, garde la tête baissée en marchant au pas de course. *Les états d'âme doivent rester sur le seuil.* Je tâche de faire bonne figure grâce à mon sourire factice où je cache mon désespoir.

Mon équipe a besoin de moi plus que jamais. Le coach Vaughn m'avait prévenue, je dois être à la hauteur pour le prochain match.

Durant la session de ce soir, il ne me lâche pas, me faisant recommencer encore et encore. Les déplacements au filet, au fond du terrain, les services. Je ne sens plus aucune partie de mon corps. Je puise dans les réserves de ma rage, celle que je n'avais encore jamais cherchée. Lors des dernières attaques, mes larmes finissent par couler.

J'ignore si quelqu'un a remarqué mon humeur mais les filles ont respecté mon silence. Lorsqu'elles abandonnent le jacuzzi, je reste comme à mon habitude, mais m'endors d'épuisement. Je me réveille en sursaut, désorientée. Je m'empresse de sortir et file me changer dans les vestiaires sans attendre.

Alors que je me dirige vers la sortie, j'aperçois Andy qui arrive dans le couloir en face de moi. Il pousse la porte au même moment et me laisse passer devant lui. D'un geste de la tête, il m'invite silencieusement à le suivre dans un coin, à quelques mètres du gymnase, à l'abri des cyprès.

– Tu n'avais pas l'air dans ton assiette ce soir ? signale-t-il, en me sondant avec ses yeux.

– Ce n'est rien, dis-je simplement en baissant la tête.

Andy n'insiste pas, ce que j'apprécie. Il m'ouvre ses bras et je m'y abandonne avec bonheur, me serrant davantage contre lui. Je reste les yeux clos pour profiter de cet instant dans ce silence et me concentre uniquement sur la chaleur qu'il m'offre et qui m'apaise. *C'est exactement ce dont j'avais besoin !* Notre câlin prend fin et, à ma grande surprise, Andy s'autorise à déposer un baiser furtif sur mes lèvres. Un baiser doux, tendre, qui réconforte mon cœur. Je le quitte à regret et retourne dans ma chambre.

CHAPITRE 17

Pleurer m'a fait du bien, m'a libérée pour quelques heures de ces émotions trop intenses enfouies en moi, parfois difficiles à affronter. J'ai l'impression d'avoir chassé mes démons. *Pour l'instant.* J'essaie de me concentrer sur ce sentiment de légèreté qui m'anime aujourd'hui, consciente que ça ne durera pas. Je laisse dans un coin de ma tête les mots de Gavin criants de vérité et préfère savourer ma bonne note à mon devoir d'éthique journalistique de cet après-midi.

C'est une bonne journée !

J'arrive plus enjouée qu'hier dans les vestiaires quand je surprends les filles en plein commérage, regroupées autour du téléphone de Jane.

Intriguée, je les rejoins.

– Qu'est-ce qui se passe ? demandé-je, un sourire innocent sur les lèvres.

Jane me répond sans même lâcher l'écran des yeux.

– Tout le monde ne parle que de ça depuis ce matin. Regarde ! Ça tourne partout sur les réseaux, le coach Andy a été surpris en train d'embrasser une fille mais on n'arrive pas vraiment à voir son visage. À ton avis, qui c'est ?

Merde ! C'est nous, hier soir, près d'ici. Mais qui a pu prendre cette photo ? Mon cœur et mon esprit s'affolent, créant un véritable court-circuit. Je reste plantée là comme un légume tandis que j'entends Jordane plaisanter.

– Qu'est-ce qu'elle a de plus que nous ?

– Son âge peut-être… renchérit Jane hilare avant de se tourner vers moi toujours blême.

– Oh ! Hé ! Qu'est-ce qui t'arrives ?

Je bats des cils et la regarde enfin.

– Désolée, j'essayais d'observer les détails mais cette femme ne me dit rien du tout, à vrai dire on ne voit presque rien.

Je prononce ces mots d'un ton délibérément détaché alors que ce mensonge brûle ma poitrine.

– Mac a raison, c'est trop sombre, on ne peut pas savoir, ajoute Gail en retournant s'asseoir pour terminer de se préparer.

Dans d'autres circonstances, j'aurai jubilé d'entendre cette dernière se ranger de mon côté, mais pas aujourd'hui…

– Je finirai par le découvrir, assure Jane en continuant à fixer la photo.

Je m'éloigne pour me changer, laissant les filles poursuivre leurs spéculations.

Assise sur le banc, la peur m'envahit peu à peu. Et si on découvrait que c'était moi, qu'est-ce qu'il adviendrait ? De lui ? De moi ? De nous ? En théorie, je le sais déjà mais la réalité de notre situation vient de me frapper de plein fouet.

En entrant sur le terrain, j'essaie de laisser l'effroi aux vestiaires. Durant tout l'entraînement, les messes basses et les ricanements vont bon train. Elles ne sont absolument pas discrètes et je me demande si Andy remarque quelque chose. Vivement que la séance se termine que je puisse lui en parler. J'ai besoin qu'il me rassure.

Dès la fin de notre séance, qui m'a paru interminable, je m'assure d'être seule et envoie un message à Andy. Celui-ci reste sans réponse et mon impatience s'accroît un peu plus.

Je me sens incapable de rentrer dans cet état, certaine que ma nervosité sera évidente pour Jordane. Je décide de renvoyer un message à Andy.

Mac : *On se retrouve devant chez toi.*

Je prends ma voiture et démarre sans attendre.

Je me ronge les sangs, garée devant sa résidence. Au bout de minutes interminables, je reçois un message de sa part.

Andy : *Désolé, j'étais en rendez-vous avec le doyen, je viens tout juste de sortir.*

Je suis là dans dix minutes.

PS : J'aime bien les surprises comme ça.

À la lecture, mes yeux s'écarquillent et mon cœur s'arrête. J'essaie de retrouver un peu de sang-froid et inspire profondément. Impossible qu'Andy m'envoie un message aussi décontracté si le doyen l'avait convoqué pour lui parler de nous. *J'ai hâte qu'il soit là !*

Andy sort à peine de sa Chevrolet Camaro que je me précipite vers lui. Dès qu'il m'aperçoit, il remarque aussitôt que quelque chose me préoccupe.

– Qu'est-ce qui se passe ? demande-t-il en perdant son air détendu.

– Pourquoi le doyen voulait te voir ? m'empressé-je de le questionner, le cœur au bord des lèvres.

– Pour un projet que j'aimerais mettre en place pour l'équipe. Pourquoi cette question ? Qu'est-ce qui te rend aussi nerveuse ?

– Regarde, dis-je en brandissant mon téléphone sous ses yeux. La photo circule partout sur le campus depuis ce matin. Certains ont même lancé des paris.

Andy observe l'image attentivement.

– Mais, on ne voit quasi rien sur cette photo. Ça pourrait être n'importe qui, affirme-t-il.

– Sur celle-ci peut-être, mais si on ne fait pas encore plus attention, il y en aura d'autres et on pourrait nous reconnaître. Ne fais pas l'innocent, tu sais que les filles ne sont pas insensibles à ton charme. Tout le monde veut savoir qui a mis le grappin sur le coach.

– Mac, je crois que tu m'accordes trop d'importance. Comme toutes les nouveautés, ça fait jaser mais ça ne dure jamais très longtemps, jusqu'à ce qu'il y ait une autre actualité plus intéressante qui vienne la remplacer.

– Mais si on nous surprenait ? insisté-je, tétanisée à cette idée.

– Hey, on savait ce qu'on risquait en se lançant dans cette histoire. Mais je te promets qu'il n'y a pas de raisons de s'inquiéter, d'accord ?

– Et si on trouvait un truc pour faire illusion, proposé-je, le cerveau en pleine ébullition.

– Comme quoi ?

– Je n'en sais rien… quelque chose qui détournerait l'attention.

Il me regarde un instant, avec un petit sourire en coin.

– Tu savais que, lorsque tu es inquiète, une ride se forme entre tes yeux ?

– Qu'est-ce que vous avez tous dans la famille Spencer avec ma ride ! m'exaspéré-je.

– Je l'aime bien, moi, souffle-t-il avant de l'embrasser.

Ses lèvres se promènent ensuite sur mon visage avant qu'il les dépose sur les miennes. Je perds le fil de mes pensées.

– Suis-moi, tu as besoin de te détendre.

Nous montons jusque chez lui. En refermant la porte de son appartement, je laisse mes doutes et mes inquiétudes à l'extérieur, ici, notre *nous* est en sécurité. Sentir son corps contre le mien, sa bouche me parcourir et l'orgasme irrésistible qu'il me procure est une agréable distraction. Je pose finalement ma tête au creux de son épaule, détendue et rassasiée, pendant qu'il dessine distraitement de son doigt sur ma peau.

Les jours passent et le prénom d'Andy est toujours sur toutes les lèvres. Tout le monde veut savoir qui est *la* fille de la photo. Je crois qu'il a sous-estimé l'intérêt qu'exerce sa vie privée au sein de l'université… C'est d'autant plus énervant que je dois me concentrer sur les phases de poule qui commencent dans quelques semaines. C'est loin d'être évident quand le débat s'incruste toujours dans les vestiaires.

En rejoignant Gavin pour le déjeuner, je m'attends à ce qu'il aborde cette histoire.

– Tu sais que l'on parle de toi, mystérieuse inconnue ! Le sujet est partout ces derniers jours, annonce-t-il en arrivant à ma hauteur.

– Parle moins fort, s'il te plaît, chuchoté-je. Sans blague, difficile de ne pas être au courant.

– Des bookmakers ont même lancé des paris. Ton nom n'y figure pas, bien sûr, leurs suppositions me font bien rire, plaisante-t-il. Du coup, j'ai l'impression d'être le prince Harry et de voir tout le monde s'intéresser à la vie privée de William ! C'est super excitant.

– Génial, dis-je, faussement enjouée.

– Tu devrais être ravie, il n'y a aucune chance qu'on te soupçonne, tu es tranquille.

– Oui, mais pour combien de temps ? Tout le monde le traque pour découvrir l'identité de sa copine. J'appréhende d'aller chez lui de peur que quelqu'un soit caché en planque.

– Ma chérie, n'exagère pas non plus ! Même si cette histoire apporte un peu de peps dans la vie monotone d'un étudiant, elle ne dépassera pas les enceintes du campus. Alors, cesse d'imaginer que des paparazzis de TMZ t'attendent cachés dans un buisson, m'explique-t-il en levant les yeux au ciel.

– Tu as raison, je deviens ridicule…

À une semaine à peine du match, je suis à cran.

Depuis la parution de la photo sur les réseaux et après avoir croisé des étudiants curieux dans son quartier, Andy a fini par admettre qu'il ne se débarrasserait pas aussi facilement des rumeurs qui lui collent à la peau. Nous avons donc décidé de prendre nos précautions et de nous voir uniquement dans un parc plus à l'écart de chez Andy, à l'abri des regards indiscrets. Seulement, c'est différent. Ces moments sont bien trop courts et rares à mon goût.

J'ai besoin de le voir, de nous octroyer quelques heures, d'oublier le temps d'une soirée cette situation de plus en plus ingérable.

Mac : *Et si ce soir, on se faisait un resto ? Où tu voudras !*

J'attends impatiemment sur mon lit une réponse qui tarde à venir… Plutôt que de rester bêtement devant mon téléphone, je décide d'aller prendre ma douche et de gagner du temps pour une éventuelle sortie. En revenant dans ma chambre, uniquement enroulée d'une serviette, j'aperçois

Jordane à son bureau en train de travailler. Je me dirige tranquillement vers ma penderie lorsque mon téléphone sonne sur ma table de chevet, près de ma colocataire. Instinctivement, elle se retourne pour me le passer. Mon cœur s'arrête et mes yeux s'arrondissent. Elle s'apprête à le retourner pour me le tendre quand je tente un coup de bluff, en essayant de paraître détachée.

– Laisse sonner, s'il te plaît, c'est ma mère. On s'est un peu pris la tête et depuis, elle me harcèle d'appels, dis-je en reprenant la fouille dans ma garde-robe.

Je meurs d'envie de vérifier si Jordane m'a écoutée mais je me retiens. J'entends seulement la chaise bouger et comprends qu'elle a repris sa place. Je ne peux contenir un soupir de soulagement. *J'ai eu chaud !*

Je m'habille et m'assieds sur mon lit en attrapant mon téléphone. Je découvre un appel manqué d'Andy et un message. Avant même de le consulter, je décide de le renommer sans attendre pour éviter que ça se reproduise. Andy s'appellera désormais Molten. *Pour l'inventivité, on repassera !*

Je lis enfin son texto.

Andy : *Désolé, ce soir, je ne peux pas.*

Difficile de cacher ma déception. Ne plus le voir autant qu'avant en dehors des entraînements et la distance mise entre nous, nécessaire pour écarter tous soupçons, cela devient de plus en plus éprouvant. J'ai l'impression d'être la seule à en pâtir.

Je lui réponds simplement :

Mac : *À demain alors. Tu me manques.*

J'essaie d'imiter Jordane et de me mettre au travail pour occuper mon esprit mais la désolation prend le pas sur ma motivation. Ma colocataire referme son livre et m'annonce qu'elle sort en ville rejoindre des filles de sa classe. À présent, me voilà seule et triste. Machinalement, je décide d'appeler Gavin.

– Miller, tu sais qu'après 20 heures, c'est uniquement les appels d'urgence, qu'est-ce que je peux faire pour toi ? me demande sans préambule mon ami.

– Dans ce cas, je ne vais pas te déranger plus longtemps, dis-je avec une petite voix.

– Tu ne raccroches pas sans m'avoir dit ce qui se passe, me gronde Gavin.

– Tu as vraiment envie d'entendre mes jérémiades ?

– Crache le morceau Miller ! répond-il sèchement.

Je crois que je regrette déjà de l'avoir appelé.

– Très bien, tu l'auras voulu. La solitude de ces derniers jours me pousse à croire que mon histoire avec ton frère est vouée à l'échec. Cette idée tourne en boucle dans ma tête, ça me tue, marmonné-je, le cœur serré.

– OK, donc au premier obstacle, tu abandonnes ?

– Andy risque son poste et moi, ma place dans l'équipe, je te rappelle.

– Pose-toi la question : qu'est-ce qui a le plus d'importance à tes yeux ?

Je suis bouche bée qu'il ose m'imposer un choix.

– Tu ne peux pas me demander une chose pareille !

– La preuve que si.

– Je tiens sincèrement à lui, bien plus que tu l'imagines, mais sans le volley, je ne suis plus rien…

– Mac, c'est faux. C'est ce que j'essayais de t'expliquer l'autre jour. Tu aimes l'idée que tu te fais lorsque tu es sur un terrain, mais cette fille-là, c'est toujours toi. Tu enfiles ta détermination comme tes genouillères, alors arrête d'avoir peur et ose ! Le seul problème, c'est que tu ne t'autorises pas à l'être en dehors d'un gymnase, c'est tout. Si le volley s'arrêtait demain, tu continuerais de vivre, seulement il faudrait faire une place à la Mac téméraire que tu caches si bien le reste du temps.

Comment arrive-t-il à me cerner à ce point ?

– Avant que j'arrive ici, ça fonctionnait très bien, je ne comprends pas ce qui a changé. J'ai l'impression de ne plus rien contrôler, soupiré-je, désemparée.

– C'est normal. Jusqu'à présent, le volley te servait de refuge pour te renfermer sur toi-même et mon frère est entré dans ta vie grâce à cette passion. La seule chose qui comptait pour toi, *jusqu'à lui*. Seulement, il t'a apporté également de l'affection, de l'attachement, de la tendresse... Tout ça a pris de la place sans que tu t'y attendes.

Je laisse ses mots faire leur chemin dans mon cerveau quelques secondes.

– Ça fera soixante dollars pour la séance, ajoute-t-il d'un ton taquin.

– Tu n'as pas résolu mon problème, protesté-je.

– Tu confonds apprenti thérapeute avec apprenti sorcier.

Il parvient à m'arracher un sourire.

– Bon, tu es habillée ? reprend-il.

– C'est quoi, cette drôle de question ? Bien sûr que oui.

– Parfait. Tu vas m'accompagner à la soirée. Ce sera l'occasion de te présenter à James.

– Et de tenir la chandelle ? Non merci.

– Mais si, comme ça, tu pourras chanter *C'est la fête*[13], s'esclaffe-t-il à l'autre bout du fil.

– Enfoiré, je raccroche !

---

13. Chanson chantée par Lumière, le chandelier dans le dessin animé *La Belle et la Bête*.

– Tu as raison, le temps presse. Il ne te reste qu'un quart d'heure avant que je vienne te chercher.

– Je crois que tu n'as pas…

Je regarde mon téléphone, stupéfaite : il m'a vraiment raccroché au nez… J'essaie de le rappeler mais il fait exprès de ne pas répondre. Je commence à le connaître, je sais qu'il est sérieux et qu'il sera vraiment là d'ici quinze minutes.

J'abdique face à son obstination. J'opte pour la robe fleurie et les talons assortis que nous avons achetés ensemble. Je ne suis pas encore prête à affronter mon reflet dans le miroir car je sais qu'autrement, je me changerai aussitôt. *Un pas après l'autre.*

Je le rejoins sur le parking, pas certaine d'être de très bonne compagnie. *Faudra faire avec !* Gavin ne manque pas de me complimenter quand je monte dans sa voiture, j'essaie donc de faire bonne figure pour mon ami. Ce soir, c'est un cocktail en l'honneur des gagnants du concours des jeunes créateurs avec des personnalités importantes dont la plupart sont des anciens de Stanford.

Finalement, cette soirée inattendue me change les idées de la meilleure des façons. Je fais la connaissance de James, de manière un peu plus officielle, un garçon vraiment charmant. Considéré comme l'étoile montante de la mode à San Francisco, il garde une simplicité admirable. J'apprécie de discuter avec lui, il est vraiment intéressant. Même si j'appréhendais de faire tapisserie, être témoin de leur complicité naissante me réchauffe le cœur. *Je ne l'avouerai jamais à Gavin.*

Il devient une autre personne en sa compagnie. Il sourit sans arrêt, c'est comme si, grâce à James, je découvrais une nouvelle facette de sa personnalité. Aussitôt, je me demande si Andy exerce cette même influence sur moi. Quelques personnes viennent saluer Gavin et le féliciter pour sa deuxième place au concours, d'autres reconnaissent James et l'abordent pour se présenter. L'occasion parfaite pour rencontrer davantage de gens et surtout me divertir.

Après plusieurs heures, il est temps pour moi de rentrer. Je prétexte d'aller chercher ma veste au vestiaire pour laisser Gavin dire au revoir à James.

Nous marchons tous les deux à présent pour regagner le parking. Je ris en entendant Gavin me raconter son entrevue avec le doyen quand soudain mon cœur chute pour s'écraser violemment au sol. Andy se dirige vers nous, accompagnée d'une jeune femme blonde, trop concentré sur elle pour nous apercevoir tout de suite. La surprise chasse le sourire charmeur sur ses lèvres dès qu'il croise mon regard. Je ne cesse de le dévisager avant de remarquer qu'elle a enroulé son bras au sien. On dirait que le sol s'ouvre sous mes pieds…

Je me rappelle où nous sommes et serre les dents pour ne pas lui cracher ma colère au visage. Andy tente d'ouvrir la bouche mais avant qu'il y parvienne, je bafouille maladroitement.

– Bonsoir, coach, dis-je laconiquement avant d'enchaîner en me tournant vers mon ami. Gavin, je t'attends à la voiture.

Je baisse ensuite la tête et marche le plus vite possible vers le parking. Dans ma course, j'ai oublié de ramasser les miettes de mon cœur. À quoi bon ? Il battra moins bien de toute façon.

Gavin me rejoint, je sais qu'il a compris et le remercie silencieusement de ne pas en rajouter. Je l'embrasse à la hâte lorsqu'il me dépose devant ma résidence, claque la portière et me précipite dans ma chambre pour étouffer mes sanglots dans mon oreiller. Mon téléphone ne fait que vibrer, alors, excédée, je l'attrape et découvre les appels manqués d'Andy.

Soirée de merde !

CHAPITRE 18

Il y a des jours où rester au lit semble être la meilleure option, un peu comme aujourd'hui. Seulement, je ne peux pas me le permettre. Les yeux rougis, le cœur en vrac et affreusement en retard, j'arrive donc à mon cours de médias et société sous le regard inquisiteur de l'amphithéâtre entier. Comme si ça ne suffisait pas, je reçois un D à mon dernier devoir. *J'aurais dû rester couchée.*

Comme une âme en peine, je traîne mon chagrin toute la journée. C'est encore pire quand je passe les portes du gymnase : j'ai l'impression de ne plus avoir de force. L'entraînement commence et je comprends qu'Andy ne viendra pas. Absent du terrain mais pas de mes pensées…

C'est affligeant, je ne me rappelle pas avoir été aussi mauvaise qu'aujourd'hui. Le coach Vaughn a beau hurler à pleins poumons, ça ne change rien.

Le kiné s'attelle à me masser les cuisses et me fait remarquer à quel point je suis tendue. *Sérieux ?* Même si les mots brûlent mes lèvres, je ne dis rien, il n'a pas à payer pour ma mauvaise humeur.

Soudain, un message d'Andy s'affiche sur mon écran.

Andy : *On se retrouve sur le terrain de beach, ce soir à 19 heures ?*

Il croit que j'ai envie de le voir ? Je ne veux pas entendre ce qu'il a à me dire car je sais ce que j'ai vu et c'est largement suffisant.

Le kiné ne passe pas à côté de ma mine déconfite.

– Mauvaise nouvelle ?

– Si on veut...

– Tu souhaites en parler ?

Je secoue la tête et le remercie silencieusement de ne pas insister. Il poursuit naturellement ses manipulations sur mes chevilles.

En entrant dans ma chambre, je me plaque contre la porte pour lâcher un profond soupir. J'ai survécu à cette journée ! Je profite de l'eau chaude de la douche pour essayer de me détendre. Enfin, je m'allonge et tente de me divertir en regardant un match sur Internet.

Un signal m'indique l'arrivée d'un nouveau message :

Andy : *Je suis en bas, rejoins-moi.*

Encore lui.

Je retourne machinalement mon téléphone sur ma table de chevet et pivote dans mon lit pour l'ignorer, en priant pour que le sommeil m'emporte.

Nous sommes à l'avant-veille du premier match de poule. J'ignore toujours Andy et ses appels, mais le trou béant dans ma poitrine se creuse un peu plus en son absence.

Le coach Vaughn regarde Andy d'un air complice.

– Je t'en prie, à toi l'honneur, l'invite-t-il à prendre la parole d'un sourire fier sur les lèvres.

Andy nous observe une seconde, chacune notre tour. Quand mes yeux croisent les siens, je baisse aussitôt la tête.

– Nous en avons longuement parlé avec le coach. Il a approuvé l'idée et a décidé que ça serait parfait de le faire aujourd'hui, juste avant notre départ pour notre premier match. J'ai donc une surprise pour vous !

Andy se retourne vers le fond du gymnase avant de crier :

– Paola !

Une jeune femme entre dans la salle pour se diriger vers nous. Je la reconnais immédiatement. *La fille de l'autre soir !* Je mords ma lèvre si fort que je sens le sang couler dans ma bouche. *Ne pleure pas ! Ne pleure pas !*

– Les filles, je vous présente Paola Rossi. Réceptionneuse-attaquante dans le club de San Diego. Elle a récemment rejoint l'équipe, après avoir évolué dans son pays d'origine, l'Italie. On s'est rencontrés lors des derniers Jeux olympiques. Quand je lui ai proposé de faire une intervention ici, Paola a eu la gentillesse d'accepter. J'ai pensé que ça serait utile et intéressant qu'elle partage avec vous son expérience juste avant le début du championnat national.

Cette dernière le remercie. Elle poursuit en nous donnant des conseils, en répondant aux questions. Toutes les filles boivent ses paroles tandis qu'Andy me fixe droit dans les yeux. Je rougis de honte. *Je crois que j'ai vraiment merdé…*

Après l'entraînement, je me précipite pour lui envoyer un message.

Mac : *On se retrouve sur le terrain de beach à 18 heures ?*

Andy me répond dans l'instant.

Andy : *Entendu.*

J'arrive à la plage et le vois attendre, assis sur les barrières de la promenade. Je m'assieds près de lui, en silence, la gorge nouée.

– Je suis désolée, dis-je simplement, le regard rivé sur mes pieds.

– Je peux dire que j'ai découvert un trait de ta personnalité : imaginative.

– Si tu avais été à ma place, qu'est-ce que tu aurais fait ? répliqué-je.

– J'aurais écouté ce que tu avais à me dire !

Premier uppercut.

– Depuis quelque temps, on n'arrive pas à se voir. Cette situation devient de plus en plus difficile à supporter alors, quand je t'ai vu avec elle, aussi complice, il n'y avait pas de place pour le doute, m'expliqué-je, la voix un peu tremblante.

– Je planifiais avec elle son intervention et quand on vous a croisés, je la raccompagnais au parking, tout simplement.

– Je te demande pardon, j'ai agi bêtement.

– Ce n'est rien, répond-il doucement.

Je pose ma main sur son genou et Andy relève la tête.

– Je dois te parler de quelque chose, reprend-il, l'air préoccupé.

Son ton ne me dit rien qui vaille.

– Je t'écoute, rétorqué-je, peinant à déglutir.

– J'ai beaucoup réfléchi ces dernières semaines et l'agitation autour de moi ne se calme toujours pas. Tous les deux, on grappille quelques instants par-ci par-là afin de se voir sans vraiment profiter du moment de peur d'être surpris. Ça ne rime à rien…

Suivi d'un crochet du droit.

– La vérité, c'est que j'ai pris goût à mon poste de coach. Je me suis investi pour cette équipe, j'adore vous voir progresser, un peu grâce à moi. J'ai été heureux de lire la joie sur le visage des filles tout à l'heure, quand elles ont discuté avec Paola. Je me sens utile et je n'avais pas ressenti ça depuis bien longtemps. La réalité, c'est que j'ai dû abandonner mon rêve et que je continue d'en faire le deuil chaque jour. Je tiens beaucoup à toi, Mac, sincèrement, mais je ne veux pas perdre le peu qu'il en reste, tu comprends ?

Et Andy Spencer est reconnu vainqueur par KO. Si je m'attendais à ça…

Je n'ai pas les mots, je sens juste mon cœur sauter dans le vide sans filet. La gorge nouée, je tente de reprendre une respiration normale, mais mes larmes coulent déjà. Je pourrais le supplier mais à quoi bon ? Prise au piège de ce dilemme cruel, je suis aussi incapable que lui de renoncer à mon rêve. Alors je reste assise là, n'osant même plus le regarder.

Andy m'attire contre lui en silence, je cache mon visage dans son tee-shirt.

On reste ainsi de longues minutes, à observer les mouvements de la mer. Ses mots tournent encore dans ma tête et lacèrent mon cœur.

Andy se redresse légèrement, signe qu'il est temps de partir.

Debout, face à face, ses yeux s'accrochent aux miens. J'essaie de dissimuler ma tristesse, mais je sais qu'à ce jeu-là, j'ai perdu d'avance. Andy, lui non plus, ne triche pas. Je suis sûre que cette décision lui fait autant de peine qu'à moi et que son cœur n'en sort pas indemne.

À ma surprise, Andy prend mon visage en coupe et pose ses lèvres sur les miennes. Ce baiser a un goût de désespoir, un parfum de chagrin mais scelle surtout notre rupture. Je m'accroche à ses mains pour faire durer cet instant indéfiniment et sens deux larmes couler sur mes joues. Andy finit par se détacher, à regret, me lance un regard entendu et s'en va.

Je me retourne pour ne pas le voir partir, craignant de craquer devant lui. Les larmes s'amoncellent et deviennent incontrôlables. Je ne sais même pas comment faire pour les arrêter car c'est la première fois que quelqu'un s'empare de mon cœur de cette manière. J'essaye de garder la face, en vain. Je n'aurais jamais cru connaître un jour, les douleurs de l'amour…

Désormais, je vais devoir essayer d'apprendre à vivre avec mon nouveau meilleur ami : le chagrin.

Quand je dis qu'aujourd'hui, j'aurais dû rester couchée !

CHAPITRE 19

Je me réveille à contrecœur alors que je préférerais continuer à dormir pour ne pas ressentir ce vide au creux de ma poitrine. La peine se diffuse dans mes veines sans que je puisse rien y faire. Je n'ai pas vraiment le choix de me lever car aujourd'hui, c'est le départ pour se rendre à notre premier match de poule.

Je m'habille, attrape mon sac de sport et rejoins l'équipe devant le gymnase. Je salue rapidement tout le monde en gardant la tête baissée et m'assieds au fond du bus, près de la vitre.

Une fois dans l'avion, je m'isole en glissant mes écouteurs dans mes oreilles et étudie les derniers matchs de l'équipe de Washington avant de les affronter afin d'être la mieux préparée possible.

Dès notre arrivée à l'hôtel, nous nous installons dans nos chambres respectives et retrouvons les coachs dans une des salles de l'établissement pour une session d'analyse vidéo. Après plus d'une heure à étudier en détail les forces et les faiblesses de l'équipe adverse puis un rappel des consignes concernant le match de demain, nous avons quartier libre.

Je mange rapidement sans réel appétit avec le reste des filles et retourne avant tout le monde dans mes quartiers. Jordane me rejoint, et à sa façon de me dévisager, je sais qu'elle se doute que quelque chose ne va pas, mais ne dit rien. Elle s'allonge simplement à côté de moi et me propose de regarder un match sur son ordinateur.

Sans prévenir, Jane fait irruption dans notre chambre, suivie de Sara et de Bianca. Elles s'installent sur nos lits pour discuter des derniers potins quand soudain, Jane s'intéresse dangereusement au minibar.

– Les filles, il y a des *nips*[14] ! s'exclame-t-elle en fouillant l'intérieur.

– N'y pense même pas, l'avertit Sara.

– Oh, juste une, ça ne peut pas nous faire de mal, surenchérit Jane. Les filles, qui en veut ?

Finalement, toutes se laissent convaincre sauf moi. Jordane se tourne alors dans ma direction et me donne un léger coup de coude.

– Mac, trinque avec nous.

– Non, merci. En plus, je ne tiens pas bien l'alcool…

– Allez, je suis sûre que ça va t'aider à te détendre, insiste-t-elle.

Je la fixe un instant tandis que le bien et le mal s'affrontent dans mon esprit. L'envie de me débarrasser de cette morosité qui me colle à la peau est séduisante. J'esquisse un sourire et les filles prennent ça pour une approbation. Alors, chacune avec une minibouteille de vodka à la main, nous portons un toast à notre match de demain. Je bois cul sec en fermant les yeux, espérant que le liquide brûle tout sur son passage. Grisée par cette sensation de lâcher prise, je demande à Jane de m'en donner une autre.

Mon amertume s'engourdit tandis que les rires emplissent la pièce. Je me sens de plus en plus légère. C'est parfait. J'ai l'impression d'avoir déposé ce poids trop lourd à porter et de pouvoir enfin profiter sans crainte. Pourtant, sans que je comprenne pourquoi, des larmes se mêlent à mon sourire. Les filles parlent entre elles mais je n'arrive pas à

---

14. Bouteille d'alcool miniature.

les comprendre. Je sens juste la main de Jordane qui me guide jusqu'à mon lit.

Le sol tremble, ou bien est-ce le matelas ? *Un tremblement de terre !* Je me réveille en sursaut mais un mal de tête me barre la route quand je veux me redresser. J'ouvre à peine les yeux et reconnais Jordane au bord de mon lit.

– Qu'est-ce que tu fais ? demandé-je, d'une voix encore endormie.

– J'essaie de te réveiller depuis trois quarts d'heure, mais tu as un sommeil de plomb quand tu as trop bu ! soupire-t-elle.

– Laisse-moi dormir... la supplié-je en reposant ma tête sur l'oreiller.

– Avale ça et va prendre une douche ! On a rendez-vous dans trente minutes dans le hall.

Elle pose un verre et un médicament sur ma table de chevet.

– On devrait reporter le match, personne n'est en état, bredouillé-je, les yeux encore clos.

– Ben voyons ! Personne ? Mais il n'y a que toi, se moque-t-elle.

J'avais presque oublié ! En me redressant une nouvelle fois, j'ai encore la sensation que mon cerveau semble tanguer sur une mer de vodka.

Je procède par étapes et tente de garder dans un premier temps les yeux ouverts. Je découvre un jus rouge devant moi avec un truc jaune qui flotte à l'intérieur. *C'est répugnant !*

– Qu'est-ce que c'est que ce truc ?

– Un jus de tomate avec un jaune d'œuf. On peut aussi y ajouter une branche de céleri mais tu m'excuseras, je n'en ai pas trouvé. C'est un remède miracle contre la gueule de bois.

– Je crois que je vais vomir !

– Je te rassure, t'as déjà tout donné hier soir, me nargue-t-elle.

– Je vous avais prévenues que je ne tenais pas l'alcool, grogné-je avant de boire ce verre mystérieux.

Rien que l'odeur me provoque un haut-le-cœur.

Après avoir pris une douche, rien n'y fait, je continue à traîner ma gueule de bois comme un boulet. Je monte dans le bus sans jamais quitter mes lunettes de soleil. *Accessoire parfait pour voir sans être vu !*

Je ne boirai plus jamais ! Mon échauffement est lamentable, je ne sais même pas comment je fais pour ne pas vomir… Je suis nauséeuse et ma tête ne se porte guère mieux. Le coach Vaughn a beau essayer de me stimuler, je crois bien que mon énergie est restée au fond de mon lit. Je panique rien qu'à l'idée de jouer car je sais que je ne suis pas au meilleur de ma forme…

L'heure du match a sonné ! Je crains que ça ne soit que le début d'un long calvaire. Je le savais, que ça serait difficile… Je suis en retard au contre, mes attaques sont minables et je n'ai même pas tenté un seul service basket.

Finalement, durant le deuxième set, les coachs décident de me faire sortir. Avant de rejoindre le reste de l'équipe, je cours aux toilettes pour tenter de soulager ces crampes d'estomac. Quand je reviens, Andy et le coach Vaughn me dévisagent. *Tu vas morfler ma vieille !* Assise sur le banc, je ne peux que constater ce désastre…

L'arbitre siffle notre défaite écrasante. Je ne sais pas ce qui me fait le plus souffrir : ma migraine ou ce sentiment de honte qui m'anime. Le coach jette son carnet au sol, ivre de colère. Sans un mot, les visages fermés, nous retournons dans les vestiaires.

– J'ai pour habitude de débriefer les matchs à l'entraînement suivant mais là, là... Ce que je viens de voir dépasse l'entendement. Vous êtes fières de vous ? Avec un jeu comme celui-là, on aurait dû rester à la maison. Déclarer forfait nous aurait évité cette humiliation. Continuez comme ça, et au prochain match, on dira adieu au championnat. Préparez-vous mentalement parce que, dès la semaine prochaine, vous n'allez pas toucher un ballon car pour ça, il faut le mériter et vous en êtes très loin.

Personne ne parle, tout le monde baisse la tête, préférant fuir son regard noir.

– MacKenzie ! hurle-t-il soudain me faisant sursauter.

Je tremble presque.

– Tu es satisfaite de tes exploits ? Je te donne une chance et c'est ce que tu en fais ? C'est bien, tu m'as rappelé de façon évidente que tu n'es qu'une première année. Je vais tâcher de ne plus l'oublier à l'avenir.

Ses mots sont des lames de couteau. Pourtant, il a raison, j'ai failli vis-à-vis de mon équipe, vis-à-vis de lui, en laissant passer l'opportunité de faire mes preuves, vis-à-vis de moi-même.

Ils s'en vont dans un silence de mort. L'ambiance et le moral de l'équipe sont au plus bas... Je file aussitôt sous la douche pour cacher mes larmes. Je reste longtemps sous l'eau, essayant de calmer mes sanglots. Quand je sors, je suis surprise de voir Jordane, seule, assise sur le banc. Nos regards se croisent.

– Je suis vraiment désolée, je voulais seulement te changer les idées, commence-t-elle, d'une petite voix.

– Tu n'y es pour rien. J'ai le don pour tout foirer ces temps-ci... réponds-je plus pour moi-même.

– Il est juste en colère, ça va lui passer.

– Je ne crois pas. C'était ce soir ou jamais, ma chance de lui montrer de quoi j'étais capable et au lieu de ça, j'ai tout gâché.

– Tu es douée Mac, un match foiré ne remet pas en question ta valeur sur un terrain. Tu vas lui montrer, on va lui montrer que Stanford est la meilleure équipe de ce championnat et tu retrouveras ta place, déclare-t-elle, déterminée à se rattraper.

Je souris tristement, termine de m'habiller et range mes affaires. Nous reprenons le chemin de l'hôtel en silence. Dès que le bus arrive, les filles partent manger. Je n'ai pas faim, alors je prends la direction de ma chambre.

Alors que je m'apprête à monter dans l'ascenseur, Andy se faufile juste avant que les portes ne se referment.

Manquait plus que ça…

– Mac, qu'est-ce qui t'as pris ce soir ? finit-il par demander.

Je ne veux pas avoir cette discussion avec lui, donc je continue de fixer mes pieds délibérément.

– Regarde-moi, au moins, réclame-t-il en élevant légèrement la voix.

Il ne lâchera pas l'affaire, je le sens.

Je m'exécute et crispe mes mâchoires pour retenir ces fichues larmes qui s'amoncellent dangereusement. Ses yeux contrariés rencontrent le désespoir dans les miens.

– Explique-moi, je suis là, chuchote-t-il enfin comme pour tenter de m'apaiser.

– Ça a l'air si facile pour toi, craché-je avec un rire nerveux, alors que j'ai l'impression que ma vie part en lambeaux. Je ne veux pas de ta pitié. J'aimerais juste que tu comprennes… Je n'ai jamais laissé personne entrer dans ma vie avant toi. Comme dans une partie de poker, on n'a pas risqué les mêmes choses sur la table. J'ai misé mon cœur, mon corps et mon âme et j'ai tout perdu. Je crois que c'est normal d'avoir besoin de temps pour me reconstruire, non ?

La douleur dans mon regard le décontenance mais il ne peut rien y changer.

Je n'attends pas de réponse de sa part et sors dès que la sonnerie de l'ascenseur retentit pour signaler l'ouverture des portes.

Je me précipite dans ma chambre, me jette sur mon lit et hurle de toutes mes forces dans mon oreiller, dans l'espoir d'évacuer cette souffrance qui me dévore. Je me glisse entre les draps et libère toute ma peine.

Je me promets de laisser tous les sentiments qui m'encombrent ici et de revenir dès demain à Stanford, plus forte que jamais.

CHAPITRE 20

J'avais raison, ce n'était pas un simple coup de sang du coach Vaughn. Voilà deux semaines que je touche à tout sauf à un ballon. *Qu'est-ce que les séances de beach avec Andy me manquent !*

J'ai dû perdre au moins deux kilos depuis notre retour ! Et tout ça nourrit ma rage, je n'arrête pas de repenser à ma prestation lors du dernier match. Comme dirait ma mère : « Maintenant, tu n'as que tes yeux pour pleurer ! » Le prochain match est dans deux jours à peine, et je sais d'avance que ma place sera sur le banc. Seulement, je me demande combien de temps ce calvaire va-t-il durer ? *Pour toujours.*

Andy m'interpelle, me sortant de ma torpeur. Il met fin par la même occasion à mon supplice et me fait signe de m'asseoir près de lui – à l'endroit qui me rappelle mon échec – sur le banc. J'observe le coach Vaughn s'arracher les cheveux à force d'essayer un nouveau système de jeu. Je tente à mon niveau de les encourager, car c'est tout ce qu'il me reste. Et même là, le coach continue à m'ignorer sans même m'accorder un regard. La situation devient de plus en plus insupportable. Je prends mon courage à deux mains pour demander à la fin de l'entraînement, une entrevue avec lui.

Je me dirige seule vers son bureau. Lorsque je frappe et qu'il m'aperçoit, il croise ses bras, signe qu'il est déjà complètement hermétique à ce que je pourrai dire ou faire. Tant pis, je me lance.

– Coach, je tiens à vous présenter mes excuses pour ce qui s'est passé lors du match, je vous assure que j'ai compris la leçon, le message est clair. Je ne veux plus vous décevoir, ça ne se reproduira plus, je peux vous l'assurer.

Il n'a pas levé une seule fois les yeux vers moi ce qui ajoute à mon désarroi. Le silence s'étire entre nous, à tel point que je peux entendre la ventilation tournée. Les secondes qui s'écoulent paraissent des heures ! Quand il relève enfin la tête, j'ai l'impression que la scène se passe au ralenti. Il me dévisage ouvertement.

– C'est bon ? T'as fini ?

J'acquiesce silencieusement.

– J'ai passé beaucoup de temps à t'aider à progresser et pas seulement moi, Andy aussi ! On t'a donné une chance alors que tu es seulement en première année. Ce championnat, c'est mon dernier et je compte bien le gagner. Je pensais le faire avec toi, mais tu as fait d'autres choix ! À toi d'en assumer les conséquences.

Il me fait signe de sortir. Quand il s'approche pour refermer la porte derrière moi, les mots franchissent la barrière de mes lèvres.

– Je me suis toujours donnée à fond jusqu'à présent, c'était ma seule erreur. Ce n'est pas juste ! tenté-je le tout pour le tout afin de me défendre.

– C'est aussi ce que je me suis dit quand j'ai assisté à ce désastre, rétorque-t-il simplement en refermant la porte.

Comme un poison, ma colère s'insinue dans chaque cellule de mon corps. Je ressens le besoin irrépressible de taper dans un ballon. Je reviens sur le terrain et me mets à frapper à la chaîne en laissant éclater ma frustration. Je recommence, encore et encore.

À bout de souffle, je m'arrête et range le matériel. En me retournant, je sursaute, surprise de découvrir Andy dans l'encadrement de la porte.

– Excuse-moi, je ne voulais pas te faire peur. J'ai entendu du bruit alors je suis venu voir ce qui se passait.

– Pas de souci, soufflé-je en faisant semblant de ranger quelques éléments restants.

Il demeure stoïque, à m'observer en silence. Je prends une profonde inspiration et le dépasse, comme si de rien n'était.

– Ne baisse pas les bras. Accroche-toi, tu n'as pas fait tout ça pour rien, déclare-t-il dans mon dos.

Je m'arrête net et réponds simplement.

– Ouais, on verra…

Jour de match. Et cette fois c'est à domicile. Même si je sais quelle est ma place, je dois malgré tout revêtir ma tenue. *L'espoir fait vivre.* Bien sûr, je porte ma déception comme un fardeau mais aujourd'hui mes états d'âme doivent rester dans ma chambre : priorité à l'équipe. Sur le terrain ou sur le banc, peu importe, on ne doit faire qu'un.

Je prends la direction du gymnase avec Jordane et en profite pour lui donner quelques conseils. J'ai pensé à certaines choses en regardant les vidéos des performances de nos adversaires. L'Oregon est une équipe à notre portée, cependant nous n'avons pas droit à l'erreur si nous voulons accéder aux quarts de finale. Reste à espérer que l'Utah perde son match contre Louisville pour nous permettre d'être à égalité et tout donner contre le Texas, l'équipe la plus difficile de notre poule. Le but étant d'arriver premiers du classement.

Le gymnase est bondé, ce qui est plutôt bon signe. Les supporters restent indispensables, car leurs encouragements peuvent véritablement faire basculer un match. Les coachs nous donnent leurs dernières directives avant l'entraînement.

Je touche enfin un ballon ! La jouissance absolue !

Durant ces quelques minutes, j'ai l'impression de reprendre vie, littéralement. Tout est fluide, mes attaques sont puissantes, mon service, précis. Ma satisfaction personnelle est immense mais de courte durée. C'est réellement un crève-cœur quand je dois retourner m'asseoir sur le banc. C'est comme si j'avais gravi tous les échelons et que je devais repartir au bas de l'échelle, la frustration est immense. *On a dit « pas d'états d'âme sur le terrain » !*

Alors, je me concentre sur mes coéquipières qui donnent tout dans un match qui s'avère plus difficile que prévu. *Parce que tu ne fais pas partie de la sélection !* Je secoue la tête pour chasser cette idée absurde. Bien sûr que j'aurais préféré être sur le terrain, à me battre avec mon équipe, mais je sais qu'elles sont capables de gagner, avec ou sans moi.

Je les encourage et invite toutes les remplaçantes à faire de même. À chaque temps mort, on n'hésite pas à leur montrer notre soutien, à leur prouver qu'on croit en elles. L'atmosphère change, quelque chose de formidable se dégage, une sorte de connexion. Les filles semblent fonctionner en symbiose.

J'oublie rapidement mes déconvenues, portée par ce match incroyable. Ce n'est pas forcément la qualité de jeu qui est extraordinaire mais plutôt de voir une équipe qui s'unit peu à peu sous nos yeux. Pour la première fois depuis un moment, je souris sincèrement.

Elles l'ont fait !

Les filles rentrent au vestiaire, la victoire sous le bras.

Surfant sur ce sentiment fabuleux et saisie d'une audace singulière, je regarde mes coéquipières puis me lance.

– Ce qui s'est passé sur le terrain ce soir doit être un début ! Je pense que nous devrions entretenir cette belle cohésion pour en faire notre force. Si vous êtes d'accord, j'aimerais vous proposer de jouer entre nous sur un terrain de beach, proche de l'océan, que je connais, où nous pourrions se retrouver de temps en temps. Est-ce que ça vous dirait ?

Elles se regardent avant de hausser les épaules en souriant.

– Pourquoi pas… répondent-elles en chœur.

Gail me fixe alors de ses yeux noirs.

– Ce sera sans moi, dit-elle sèchement.

La déception s'infiltre en moi : je suis convaincue que la plupart vont décliner ma proposition à cause de son refus. Pourtant, aucune ne s'accorde avec sa décision. Gail elle-même en semble étonnée. Je sens son moment d'hésitation, mais elle se contente de partir sous la douche.

Si aux entraînements je ne touche toujours pas le ballon, je peux enfin le faire sur le sable. Je retrouve ce plaisir qui me manquait tant. C'est une véritable libération. Je joue sans pression et m'éclate sans aucune gêne. Mon jeu a évolué, pourtant je reconnais cet entrain qui m'animait quand je jouais au lycée. *Je pensais l'avoir perdu !*

Nos rendez-vous sur la plage sont beaucoup moins rigoureux qu'au gymnase, ainsi c'est un bon moyen de se charrier et de rire ensemble, de manière plus légère. Ces moments me font un bien fou, mais Gail reste l'éternelle absente. Étant la passeuse principale, et dans cette volonté de bâtir un réel esprit d'équipe, je reste persuadée que sa présence est indispensable. Je crois avoir deviné la raison pour laquelle elle refuse de se joindre à nous.

Il est temps d'en avoir le cœur net. Je me dirige vers la chambre d'Arina et frappe. Elle ne cache pas sa surprise en me découvrant sur le pas de la porte.

– Tiens donc… Qu'est-ce que tu fais là ?

– Je voulais te parler.

Elle m'invite à entrer, perplexe. Je remarque immédiatement qu'elle ne marche plus avec ses béquilles.

– Si c'est pour me supplier de parler au coach pour plaider ta cause, tu peux toujours rêver ! annonce-t-elle en s'asseyant à son bureau.

Je vois qu'elle est toujours aussi amicale !

– Ça a l'air d'aller mieux, on dirait, tenté-je pour être sympa.

– Presque comme sur des roulettes, je vais bientôt reprendre ma place tandis que tu vas continuer de chauffer le banc !

Je me doutais bien qu'elle était au courant, je ne suis même pas surprise par sa remarque. Pourtant, je choisis de ne pas répondre.

– Bon, qu'est-ce que tu veux ? demande-t-elle, un tantinet, agacée.

– Gail a dû te le dire, mais avec les filles on se retrouve de temps en temps sur la plage pour jouer. Ce serait bien si toi et Gail veniez y faire un tour un de ces soirs. Je sais que tu ne peux pas encore reprendre comme avant, mais ça pourrait être bénéfique pour l'équipe que vous soyez présentes, mens-je volontairement.

Sa réaction me prend au dépourvu lorsqu'elle se met à rire à gorge déployée. Je l'observe, interdite.

– Qu'est-ce qui est si amusant ?

– Tu es gonflée, ma parole ! Tout ce petit manège sert uniquement ta cause pour retrouver les faveurs des coachs. Si les autres sont dupes, ce n'est pas mon cas. Je me fiche de toi et du reste de l'équipe. La seule chose qui vous manque pour gagner, c'est moi. Perdez votre temps à barboter dans le sable autant que vous voulez, ça ne vous rendra pas meilleures !

Je suis choquée par ses propos. Aussitôt, un sentiment d'injustice m'envahit.

– Tu me fais presque de la peine ! Accroche-toi bien à ton talent car tu n'as que ça, finalement. Je te plains, en fait. Tu gagneras peut-être des trophées dans ta vie, mais tu n'auras jamais personne avec qui les célébrer. C'est triste. Tu étais un modèle alors qu'en réalité, je donnerais tout pour ne pas devenir comme toi.

Je me contente de quitter sa chambre toxique en claquant la porte.

On n'a pas besoin d'elles !

Finalement, les moments que je passe avec l'équipe comblent ma profonde solitude et pansent un peu mes blessures. Ce soir, elles ont décidé qu'on devait sortir pour se changer les idées avant le match du week-end prochain. Je me promets mentalement de ne pas toucher à une goutte d'alcool !

Je m'empresse de proposer à Gavin de nous rejoindre, ça fait une éternité qu'on ne s'est pas vus. Il accepte sans attendre.

Quand Jordane revient de la salle de bains et me découvre, la déception lui barre son visage.

– Tu ne vas pas mettre ça ?

Je m'observe aussitôt.

– C'est quoi le problème ? Un jean et un tee-shirt ? demandé-je, interloquée.

– C'est juste que ça manque de sensualité, tout ça ! Tiens, enfile ça plutôt.

Elle me tend un crop top pris dans sa penderie.

– Euh… hésité-je.

– Fais-moi confiance.

Je me change et me contemple une minute dans le miroir. L'association de mon jean large, un peu délavé avec ce top noir simple me séduit beaucoup. Je lâche mes cheveux et admire le résultat.

– Eh ben voilà qui est beaucoup mieux ! commente Jordane en se retournant.

Je me contente de lui sourire et nous descendons rejoindre Gavin qui nous attend sur le parking. Dès qu'il m'aperçoit, il ne peut s'empêcher de faire une remarque.

– Voilà que je te laisse sans surveillance quelques jours et je te retrouve en parfaite concurrente de Blake Lively.

– Est-ce que le manque aurait fait de toi quelqu'un de gentil ? rétorqué-je.

– Ne t'habitue pas trop vite… Fais-moi un câlin.

Je ne me fais pas prier et le serre contre moi, savourant sa chaleur réconfortante !

Je m'occupe des présentations entre Jordane et Gavin.

– De toute évidence, toi aussi tu fais partie de cette secte où l'on porte ces trucs près du corps dont le concept me dépasse encore, reprend-il.

Jordane le regarde un instant avant de tourner la tête vers moi.

– Il est toujours comme ça ? s'amuse-t-elle.

– Je te présente Gavin, mon meilleur ami et dieu de la mode, annoncé-je en souriant.

Jordane pose ses yeux à nouveau sur lui et ouvre sa veste caban pour laisser apparaître sa robe noire à sequins argentés.

Gavin la détaille de la tête aux pieds, les yeux presque exorbités.

– Tu es adoptée ! dit-il sans attendre.

Nous rions tous les trois et il est déjà l'heure de se diriger vers notre lieu de rendez-vous. Le Hidden Tap, un bar à cocktails à la sortie de l'université. Près de l'entrée, un groupe de garçons, un verre à la main et un sourire alcoolisé sur les lèvres, nous interpelle.

– Deux géantes et un gnome, je ne savais pas que le thème de ce soir, c'était la forêt enchantée !

Les paroles d'Andy me reviennent aussitôt en mémoire. *« Une sorte de mécanisme de défense se met en place chez ces garçons afin de leur permettre de s'affirmer, de lutter contre le sentiment d'intimidation qui les envahit. »* Je m'arrête alors que Gavin et Jordane s'apprêtent à rentrer et m'adresse à eux.

– C'est drôle, venant d'un mec qui se coiffe en brosse juste pour gagner quelques centimètres. Je t'aurais bien dit de grandir un peu, mais de toute évidence, j'arrive trop tard.

Jordane et Gavin s'esclaffent puis nous entrons dans le pub. Je peine à reconnaître mon audace. Je ne sais pas ce qui m'a pris, c'est la première fois que je tiens tête à quelqu'un et je dois avouer que ça m'a fait un bien fou.

Nous rejoignons le reste de l'équipe dans une ambiance festive. Ce soir je décompresse et profite de mes amis. Je danse, ris et m'amuse sans me soucier du monde qui m'entoure. La musique me distrait de mes problèmes, ce qui n'est pas pour me déplaire. Certains garçons de l'équipe de basket se joignent à nous. L'un d'eux me scrute intensément et s'approche dangereusement de moi. Soudain, il se penche pour me murmurer à l'oreille quelque chose.

– Tu es si jolie, les cheveux lâchés comme ça.

Nos regards se croisent et, l'espace d'une seconde, le visage d'Andy remplace le sien. Mon cœur se serre et j'en perds le souffle. Je secoue la tête pour revenir à lui et lui offrir un sourire empli de gratitude avant de rejoindre Gavin près du bar.

Je ne suis pas prête pour quelqu'un d'autre en ce moment.

– Effrontée, jouant de ses charmes de façon assumée. Je pourrai dire que j'ai assisté à un miracle une fois dans ma vie. Faut croire que le ver de terre s'est transformé en papillon, hurle-t-il avant de boire son verre cul sec et de le poser sur le comptoir en riant.

– Gavin, c'est la chenille, pas le ver de terre !

– On s'en fiche. Tout ce qui compte, c'est que j'aimais l'ancienne MacKenzie mais maintenant, j'adule carrément la nouvelle !

Gavin se lève de son tabouret et vient près de moi.

– Regarde tous ces mecs qui aimeraient être à ma place, dit-il en m'obligeant à jeter un coup d'œil autour de nous. Tu te demandes pourquoi aujourd'hui et pas hier ? Tout simplement parce que tu t'es enfin affranchie de ces chaînes qui t'emprisonnent dans une image complètement fausse de toi-même. Ce qui les attire à présent, ce sont ton assurance et le parfum de liberté qui émane de toi. Tu montres enfin au monde entier que tu existes, telle que tu es. Et je suis fier de pouvoir dire que j'étais là pour le voir.

Il ne sait pas à quel point ses mots me touchent, d'autant plus venant de lui. Ce sont des moments comme celui-là qui comblent de façon temporaire le trou béant dans ma poitrine. C'est un baume chaleureux, réconfortant qui anesthésie quelque temps cette douleur.

Ce n'est pas ça qui va te guérir, raille ma conscience. Malheureusement, le seul qui pourrait guérir mes blessures est celui qui a volé mon cœur.

CHAPITRE 21

Invaincues depuis l'incident à Washington, nous sommes à présent dans le *Final Four*[15]. À l'aube de la demi-finale, je crois qu'inconsciemment les filles et moi sommes enfermées dans une bulle. Plus rien n'a d'importance à part cette finale qui nous tend les bras.

Nous continuons de nous retrouver sur la plage, ce qui me permet de toucher les ballons que les coachs me refusent toujours. J'ai décidé de ne plus m'apitoyer sur mon sort car les filles méritent tout mon soutien. Je passe sous silence la cruelle déception de m'imaginer spectatrice de ces derniers matchs qui s'annoncent incroyables. Je me suis attachée à mon équipe, j'ai vécu chacune de leurs victoires comme si c'était la mienne.

Quand j'arrive dans les vestiaires, les discussions vont bon train et je remarque tout de suite Gail à l'écart comme à son habitude. Avec les filles nous partageons désormais une belle complicité et je trouve toujours ça dommage qu'elle n'en fasse pas partie. En revanche, j'ai fini par comprendre que je devais respecter son choix.

Aujourd'hui, c'est Andy qui prend les commandes de l'entraînement comme c'est le cas depuis plusieurs jours maintenant. Les filles travaillent les positions pour le prochain

15. Les quatre dernières équipes restantes atteignent le stade du *Final Four*. Ces équipes s'affrontent dans des demi-finales pour déterminer les deux équipes qui accéderont à la finale nationale.

match et je suis surprise quand il me demande de l'aider. Je ne me fais pas prier davantage. Comme d'habitude, je vais donner le meilleur de moi-même. Quel bonheur d'entrer de nouveau sur le parquet !

Andy me fait des passes. Le but est d'attaquer pour leur faire travailler la défense. Après une belle série, je fais la même chose au contre et termine en faisant quelques services. Je suis vraiment heureuse d'avoir pu les aider pendant cet entraînement.

Alors que les filles remontent aux vestiaires, Andy s'approche de moi.

– C'est bien ce que tu fais pour l'équipe, dit-il simplement.

– Ça fait mal de l'admettre mais tu avais raison. On s'est chacun consacré à nos objectifs, il n'y a qu'à voir le résultat : un meilleur coach et une meilleure joueuse, tenté-je de plaisanter, même si mon cœur blessé est toujours en rééducation.

– C'est ce que j'essaie de me dire chaque jour, lâche-t-il avec une sincérité déconcertante.

Si on poursuit cette conversation, je risque de replonger dans cette dépendance affective et il ne faut pas…

– Je dois te laisser, elles m'attendent pour aller sur la plage.

Andy me fixe un instant mais je tourne les talons pour me préserver et l'abandonne sur le terrain.

Toutes réunies, on échange quelques balles quand Jordane s'interrompt brusquement.

– Ben ! Qu'est-ce qui t'arrive ? On dirait que tu as vu un fantôme ?

– Pincez-moi, je rêve ! répond-elle, m'invitant à me retourner.

J'obéis et découvre Gail qui vient droit sur nous. Je n'en crois pas mes yeux. Elle s'avance timidement, ce qui ne lui ressemble pas. Elle nous regarde tour à tour.

– Vous seriez d'accord pour bosser les phases de jeu comme à l'entraînement ?

Je jette un coup d'œil à mes coéquipières aussi sidérées que moi et attends leur accord. Personne ne cache son enthousiasme de pouvoir enfin la compter parmi nous !

Comme quoi, il ne faut jamais dire jamais.

– Bien sûr ! Viens, lui proposé-je en souriant.

Je suis vraiment contente qu'elle se soit décidée à se joindre à nous. C'est toujours mieux de pouvoir affronter ça ensemble. Je suis même soulagée de la voir ici, c'est un obstacle de moins vers notre rêve de victoire. Nous profitons pleinement de ces instants, de ces rires qui nous nourrissent avant d'affronter les choses sérieuses.

C'est le grand jour !

Tout le monde s'installe dans le bus avec un air concentré sur le visage. Lorsque le coach fait son apparition, je découvre Arina faussement enjouée sur ses talons. Jordane et moi échangeons aussitôt un regard médusé. *Mais qu'est-ce qu'elle fout là ?*

– Arina nous fait la joie de nous accompagner pour la demi-finale. Elle a à cœur de soutenir son équipe. Sa rééducation a fait ses preuves, elle devrait reprendre les entraînements dès la semaine prochaine. Si nous gagnons ce soir, nous avons bon espoir de pouvoir la réintégrer dans l'équipe pour la finale. Enfin, évidemment avec un accord médical.

Le coach nous annonce ça comme si c'était la meilleure nouvelle de l'année. Pourtant, je suis certaine que cette équipe peut gagner, avec ou sans elle. Je sais que si elle revient, c'est uniquement pour servir ses propres intérêts. Est-il naïf à ce point ?

Arina s'avance dans l'allée. Dès qu'elle arrive à ma hauteur, elle s'arrête.

– Tu dois avoir les fesses en feu depuis le temps que tu chauffes le banc, pouffe-t-elle, fière de sa blague.

Ça fait bien longtemps que ses piques ne m'atteignent plus. En revanche, la passivité de Gail, un peu plus. Je suis déçue de constater que l'influence d'Arina sur elle reste toujours intacte.

Quand nous foulons le parquet du gymnase de l'université de Los Angeles, le public est déjà en pleine effervescence. Tout le monde a bien conscience de l'enjeu : une des deux équipes sortira vainqueur.

Dans le vestiaire, personne ne parle, on entend seulement le brouhaha des spectateurs qui résonne dans les gradins.

Pendant que le coach Vaughn reste en retrait près de la porte, attentif, Andy fait un pas vers nous pour nous prodiguer ses derniers conseils.

– Les filles, vous ne vous êtes pas donné tout ce mal pour vous arrêter aux portes de la finale. Je sais que ça peut faire peur, mais va falloir la laisser aux vestiaires et enfiler votre détermination comme une seconde peau. Prenez du plaisir, amusez-vous, jouez votre jeu et tout se passera bien. Si l'une d'entre vous commence à flancher, on n'hésite pas à se réunir au centre du terrain pour se soutenir. On gagne ensemble, on perd ensemble. Je compte sur vous pour tout donner, même ce que vous n'avez pas ! Je veux que vous sortiez de ce gymnase sans regrets. Vos adversaires ne vous feront pas de cadeaux. La dernière fois qu'UCLA a remporté le championnat national, c'était en 2012. Ça fait longtemps qu'elles n'avaient pas accédé au *Final Four* alors elles vont se battre jusqu'au bout. Je veux voir votre niaque sur le terrain. Montrez-leur que le nom de Stanford est déjà inscrit au bas de la coupe ! conclut-il en hurlant.

– Oui, coach ! scandons-nous en chœur.

– Venez là !

On se rassemble pour lancer notre cri de guerre avant d'entrer dans l'arène.

Les acclamations des supporters résonnent en moi. Les gradins sont aux couleurs des deux équipes ; le bleu et or d'un côté, le rouge cardinal et blanc de l'autre. C'est le feu dans la salle comme dans nos esprits.

Ultimes mots d'encouragements et l'arbitre siffle l'entrée des équipes. Je peine à respirer quand le premier set démarre. Andy avait raison, UCLA veut sa place en finale et tous les moyens sont bons pour y parvenir. Les filles jouent proprement, s'efforçant de trouver des solutions. Le score est serré et l'équipe de Los Angeles remporte le premier set de justesse.

Andy distille ses conseils pour ce deuxième set au centre de l'équipe. Avec les autres remplaçantes, on profite de cette courte pause pour les encourager et les motiver.

L'arbitre siffle et les filles retournent sur le terrain. Très vite, je comprends que le doute s'est invité comme un septième joueur indésirable. Convaincue qu'elles peuvent surmonter ça si on réagit rapidement, je me lève, prise d'une audace inattendue et m'approche d'Andy.

– Laisse-moi rentrer, s'il te plaît, l'imploré-je.

J'aperçois Arina qui me dévisage, à la fois stupéfaite et envieuse. Mais tout ce qui compte à cet instant, c'est la décision d'Andy. Il se tourne vers moi puis vers le coach

Vaughn qui hausse les épaules comme si la décision lui revenait. Il réfléchit et me fait signe d'aller m'échauffer. Il annonce le changement à l'arbitre et j'attends près de la table de marque pour montrer mon numéro. J'entre à la place de Bianca et tape dans les mains de mes coéquipières, n'oubliant pas de les encourager au passage.

La détermination se lit dans chacun de mes gestes, la certitude qu'on peut y arriver coule dans mes veines. Alors que le service est pour l'autre camp, Gail m'annonce que la prochaine attaque est pour moi. En venant à peine de rentrer, je sais que nos adversaires vont m'attendre au contre. Pas grave, ça ne m'arrêtera pas. Effectivement, la centrale et l'attaquante montent toutes les deux au block, je frappe de toutes mes forces vers le haut de leurs mains pour qu'elles le touchent sans que leur libéro puisse la récupérer au fond du terrain. *Premier point pour nous !*

Je cours au centre du terrain, la rage de vaincre inscrite sur mon visage pour montrer au reste de l'équipe, qu'on peut y arriver ! Jordane sert et réussit plusieurs *aces*[16] qui nous sont très utiles pour rattraper notre retard.

Point après point, chacune reprend confiance et ne craint plus d'exposer son talent. Je sentais déjà cette cohésion incroyable sur le banc mais c'est encore plus exceptionnel de le vivre sur le parquet. Quand nous réussissons à remporter ce set, nous nous tombons dans les bras comme si c'était *la* victoire !

Je ressens une énergie électrisante parmi nous. C'est exactement ce qui nous manquait ! À lire la détermination sur le visage des filles, je sais que désormais plus rien ne peut les arrêter. Sûre de les avoir rejointes sur le terrain pour

---

16. Service précis et puissant que l'équipe adverse ne parvient pas à défendre.

briser ce cercle vicieux, je me rassieds sur le banc quand Andy se tourne vers moi tandis que je porte une des gourdes à mes lèvres.

– Qu'est-ce que tu fabriques ?

Je l'observe, surprise.

– Ce n'est pas le moment de se la couler douce, tu fais partie du six de base, allez ! ordonne-t-il avec un rictus.

Un sourire lumineux éclaire mon visage. Je voudrais le prendre dans mes bras pour lui exprimer ma reconnaissance, mais au lieu de ça, je m'empresse de rejoindre mon équipe.

L'arbitre siffle la fin du match, et on s'écroule littéralement sur le parquet. Ce match n'est pas un simple match, c'est un combat. Il ne se joue pas au talent mais au mental. On a tout laissé sur ce sol : nos bras, nos jambes, notre souffle. Andy avait raison : durant cette rencontre, on a tout donné, même ce qu'on n'avait pas.

À bout de forces, je ne peux contenir mes larmes, de joie ou d'épuisement. Quelques filles se jettent sur moi, folles de joie et m'aident à me relever pour rejoindre le reste de l'équipe au centre du terrain. Nous formons une ronde et laissons libre cours à notre enthousiasme avant d'aller saluer l'équipe adverse. Nous continuons à chanter, à crier dans les vestiaires.

Je m'habille en me répétant sans cesse : « On a réussi, on est en finale. » J'ai tellement de mal à y croire et pourtant… Je sors avec un sourire indécrochable sur les lèvres, accompagnée de Jordane et de Jane.

Andy arrive face à nous.

– MacKenzie, je peux te parler une seconde ?

Les filles nous dépassent, Jordane me mime un discret : « Fais vite », mais Andy n'est pas dupe et je me sens aussitôt obligée de me justifier.

– Comme l'équipe des garçons jouait aussi ce soir, on s'est dit qu'on allait boire un verre tous ensemble. Pas d'alcool, c'est promis ! dis-je pour me défendre.

– Je suis au courant. Vous méritez de fêter cette victoire mais gardez en tête que le plus dur reste à venir. Je tenais juste à te féliciter. Ce soir, c'était du grand volley. Mac, tu as beaucoup progressé et je n'ai aucun doute quant au fait que tu deviendras une grande joueuse.

– Ça me touche vraiment. Je tiens à te remercier de m'avoir laissée jouer. Participer à ce match était une expérience incroyable.

– Je ne suis pas seul à avoir pris cette décision, le coach Vaughn était d'accord aussi. En plus d'avoir compris la leçon, tu as fait preuve d'un bel esprit d'équipe et nous sommes convaincus que ça a énormément contribué à ce beau parcours. Je pense aussi que tu as les épaules nécessaires pour devenir capitaine.

– Chaque chose en son temps, déclaré-je en souriant.

– Bonne réponse.

Jordane apparaît dans l'encadrement de la porte du couloir.

– Alors ? crie-t-elle cette fois.

– J'arrive ! dis-je en me retournant.

Un sourire gêné sur les lèvres, je le salue d'un hochement de tête. Andy demeure immobile, son regard trahissant ce qu'il refuse d'admettre. Je cours rejoindre mes coéquipières pour empêcher ces pensées inutiles de ternir mon moral. Une fois à l'extérieur, Jane et Jordane s'empressent de m'interroger.

– Qu'est-ce qu'il te voulait ?

– Me féliciter pour le match et m'avertir que je n'aurai pas de seconde chance.

– Techniquement, il s'agirait d'une troisième chance, car il l'avait déjà dit en début de saison, plaisante-t-elle en me prenant par le bras.

Quand nous arrivons dans le bar, l'endroit est déjà bondé. Nous nous frayons un chemin tant bien que mal pour retrouver le groupe au fond du pub. Jordane et Jane s'empressent d'aller chercher à boire et quand elles reviennent, certains garçons de l'équipe les suivent pour venir jusqu'à nous. Ils ne jouaient pas ce soir une place en finale mais la deuxième place du classement du championnat d'État. L'ambiance est donc vraiment à la fête.

Nous dansons, rions tous ensemble. On s'amuse même à lancer notre cri de guerre. Je sens le regard assez insistant d'un des garçons de l'équipe. Quoi que je fasse, mes yeux croisent toujours les siens.

Je chante avec eux en chœur *Flowers* de Miley Cyrus quand j'aperçois Andy et le coach Vaughn qui entrent dans le bar. *Qu'est-ce qu'il fait là ?* Tout devient limpide quand je les vois serrer les mains des coachs de l'équipe des garçons. Je retourne danser comme si sa présence ne pouvait pas m'atteindre. *Menteuse !*

Je file au bar pour commander un énième verre de jus d'orange auprès du serveur. Il me le dépose devant moi. Je découvre le garçon de tout à l'heure en me retournant.

– Jus d'orange ? Curieux comme choix pour fêter une victoire.

– Justement, je veux me souvenir de cet exploit et pas avoir de trou noir ! expliqué-je en riant.

– Décision judicieuse, tente-t-il de crier par-dessus la musique. Jeffrey, deuxième année, attaquant poste quatre, se présente-t-il en me tendant la main.

– MacKenzie, première année, centrale. Enchantée, réponds-je timidement.

Naturellement, nous commençons à discuter et je dois avouer que sa compagnie est agréable. Jeffrey est très grand, assez fin, j'ai même l'impression d'être petite. Ses cheveux bruns sont parfaitement coiffés en arrière et son air angélique m'inspire confiance. Mon sourire s'efface quand je surprends Andy en train de me fixer sans discrétion tout en sirotant son verre.

– Ça te dérange, si on sort quelques minutes ? Il fait affreusement chaud ici, proposé-je en agitant la main.

– Bonne idée, accepte-t-il en criant près de mon oreille.

Jeffrey me prend par la main pour éviter qu'on se perde au milieu de la foule. Je sais que ce détail n'échappe pas à Andy lorsque nous passons près de lui. Dès que l'air frais me rafraîchit, j'inspire profondément et m'adosse contre le mur quelques mètres plus loin. Je ferme les yeux un instant pour essayer de reprendre mes esprits mais Jeffrey interprète ça comme une invitation, et je sens ses lèvres sur les miennes. Je ne le repousse pas immédiatement pour laisser une chance à ce baiser. C'est peut-être la solution à tous mes problèmes. Ou non. Je ne ressens absolument rien. Quand je me rends compte que ses doigts se promènent sur mon corps, je décide d'y mettre un terme.

– Jeffrey, arrête, lui demandé-je gentiment.

– Quoi ? chuchote-t-il tout en poursuivant.

J'attrape ses mains et le stoppe carrément. Il me regarde, surpris.

– Je pensais que le courant passait bien entre nous.

– Tu es très sympa mais je n'ai pas envie d'aller plus loin, désolée.

– Oh ! Je suis sûr que je peux te faire changer d'avis, lance-t-il en m'embrassant de nouveau dans le cou.

Maintenant, j'ai la nausée.

– Jeffrey, tu perds ton…

Mais avant que je puisse terminer ma phrase et le repousser, Andy s'interpose pour éloigner Jeffrey.

– Qu'est-ce que tu n'as pas compris dans le mot « non » ? Le consentement, tu connais ?

Complètement effrayé et honteux, Jeffrey s'enfuit en bredouillant un « désolé coach » sans même se retourner.

– J'aurais très bien pu m'en sortir seule.

– Je n'ai aucun doute là-dessus, dit-il tranquillement. Je m'apprêtais à rentrer quand je vous ai vus. On ne traite pas mes joueuses de cette façon, c'est tout.

– Pourquoi ai-je l'impression que tu ne me dis pas tout ?

Andy ne répond pas. À la place, nos regards s'inspectent pendant que je me nourris de ces émotions qui me manquent tant. À contrecœur, je me décale pour retourner dans le bar. Andy me rattrape par la main et m'attire dans la ruelle voisine.

Nez contre nez, souffle contre souffle, nous sommes éclairés par la lumière du réverbère. Sa bouche me supplie de céder autant que mon entrejambe. Tous mes sens sont en éveil, j'ai l'impression d'être au bord du précipice, sur le point de faire une chute vertigineuse.

Résiste !

– Block, me chuchote Andy à l'oreille.

Ses yeux me dévorent et le combat est redoutable.

Par nécessité, je le serre contre moi. C'est une question de survie. Nos corps s'entrechoquent tandis que nos esprits gravent ce moment dans notre mémoire. Son odeur m'enivre, m'apaise. Je ferme les yeux pour savourer ce parfum. Je voudrais lui parler, lui demander ce qu'il en est de…

Tout à coup, des talons résonnent dans l'allée.

– La fille sur la photo, c'était toi…

Andy recule aussitôt, le souffle court, mon cœur à ses pieds, et nous regardons tous les deux cette personne. Arina nous dévisage.

CHAPITRE 22

Depuis ce fameux soir, j'ai l'impression d'avoir en permanence une bombe accrochée à ma poitrine, dont le détonateur est entre les mains d'Arina. J'ignore quand elle va exploser mais lorsque le moment sera venu, ça risque de faire très mal. Je suis persuadée que cette situation amuse particulièrement cette garce.

Lorsqu'elle nous a surpris, Arina s'est contentée de lâcher un rire dédaigneux et de reprendre sa route comme si de rien n'était. Avant de quitter Los Angeles, j'ai tenté de lui parler à plusieurs reprises, sans succès. Elle a fait en sorte de m'éviter. Arina est en position de force et elle en savoure chaque seconde. Mes coéquipières ont bien remarqué que quelque chose me préoccupait, je n'ai même pas essayé de le cacher. Je suis surtout terrifiée...

Quand Jordane arrive dans les vestiaires, elle est surprise de me trouver déjà là. Ces derniers temps, on a pris l'habitude de venir ensemble mais j'espérais pouvoir intercepter Arina afin de la convaincre de se taire sur ce qu'elle a vu ce week-end. *Autant pisser dans un violon !* Je sais déjà que, peu importe ce que je pourrai lui dire, elle ne changera jamais d'avis. Pourtant, je me dois d'essayer, je n'ai pas le choix.

Mon amie lit en moi comme dans un livre ouvert, elle remarque mon inquiétude mais garde le silence. Dès notre arrivée sur le terrain, je remarque immédiatement l'absence d'Andy. Aussitôt, je m'imagine les pires scénarios au point d'en avoir le vertige. *Aucun ne finit bien.*

Trop distraite, j'écoute à peine les consignes du coach Vaughn. Nous commençons à courir et j'aperçois finalement Andy faire son entrée. Je suis incapable de le lâcher du regard. *Tout signe est bon à prendre !* Il me fait un geste discret pour m'intimer de garder mon calme. *Facile à dire !*

On se concentre sur nos étirements quand une des filles demande :

– Arina n'était pas censée revenir aujourd'hui ?

Rien que d'entendre son prénom, ça me glace le sang.

– Elle passe les derniers contrôles médicaux dans la journée. Si tout est OK, elle sera de retour dès demain, s'empresse d'expliquer notre entraîneur.

Le soulagement doit se lire sur mon visage, je sais que j'ai gagné cette bataille. Encore un moment de répit. *Mais c'est elle qui gagnera la guerre !* Cette simple idée me donne envie de vomir.

En sortant du gymnase, j'attends, un peu cachée, à l'abri derrière un arbre, Andy. Quand je l'aperçois, ma nervosité est à son paroxysme.

Je lui fais signe de me rejoindre en regardant autour de nous.

– Qu'est-ce qu'on fait ? le questionné-je, paniquée.

– Faudrait déjà connaître les intentions d'Arina, dit-il pour tenter de me calmer.

– C'est simple à deviner ! Pour une raison que j'ignore, cette fille me déteste et on vient de lui offrir la possibilité de se venger, tu crois qu'elle va se gêner ?

– Je vais essayer de lui parler, peut-être que j'arriverai à la convaincre de garder le silence.

– Elle va accepter et te demander un autographe en contrepartie. Sois réaliste ! Si ça se trouve, elle est déjà dans le bureau du doyen à l'heure qu'il est, soufflé-je, angoissée.

– Je t'assure que non, elle est avec les médecins pour passer ses contrôles. Le coach était au téléphone avec eux tout à l'heure, et elle n'a pas parlé, sinon c'est moi qui serais convoqué en ce moment.

– Andy, je suis morte de trouille. On pourrait nous interdire de participer à la finale.

Il pose ses mains sur mes épaules et me regarde droit dans les yeux.

– Je vais aller voir Arina et négocier avec elle. De toute façon, si elle est vraiment déterminée à nous balancer, rien ne l'en empêchera. En revanche, on peut essayer de gagner un peu de temps. Je vais lui proposer de nous laisser jouer la finale et en contrepartie, je parlerai d'elle à mes contacts. Mais si elle souhaite nous dénoncer, je préfère lui couper l'herbe sous le pied en expliquant au doyen que j'ai outre-passé mon rôle d'entraîneur et que je suis le seul coupable. J'en assumerai les conséquences, et toi, tu devrais écoper seulement d'un avertissement.

– C'est hors de question que tu te sacrifies pour moi, j'étais consentante. J'ai voulu ce qui s'est passé. On ne va pas laisser Arina tout gâcher, on n'a rien fait de mal ! m'indigné-je.

– Tu vois une autre solution ? On ne pourra pas sauver notre peau tous les deux. Sauf qu'entre nous deux, celle qui a le plus à perdre, c'est toi, et ce n'est même pas envisageable !

– Je refuse que tu fasses ça. Laisse-moi parler à Arina d'abord…

Le temps presse, mais les alternatives sont comme les chances de la faire changer d'avis : inexistantes.

Après une nuit atroce, je traîne comme une âme en peine tout au long de cette journée de cours qui me paraît interminable. Bien sûr, je me confie à Gavin. Il essaye pendant le déjeuner d'apaiser mes craintes, même ses tentatives d'humour sont vaines, mon angoisse m'étouffe peu à peu.

En arrivant au gymnase ce soir-là, je peux sentir mon cœur battre dans mes tempes. Je reconnais en passant dans le couloir, Arina en pleine discussion avec le coach Vaughn.

OK, c'est la fin…

Je pénètre rapidement dans les vestiaires et sors mes affaires. Quand j'entends la porte grincer, mon cœur s'arrête aussitôt. Arina entre, l'allure triomphante. Je prends donc mon courage à deux mains pour me tourner vers elle.

– L'équipe médicale a validé mon retour, ça y est. Je suis là et compte bien y rester. Ce n'est pas le cas pour tout le monde, lance-t-elle en me fixant droit dans les yeux. Ne considère pas mon silence comme une faiblesse, au contraire. Je suis pleinement consciente de ce que vous risquez tous les deux, mais également du pouvoir que j'ai désormais sur vous. Je crois que c'est ce qui me plaît le plus. J'ai juste envie de faire durer le plaisir. J'espère que ce sera un vrai feu d'artifice quand le moment sera venu, me devance-t-elle avec un sourire malsain.

– Je ne comprends pas pourquoi tu agis ainsi. Tu as pensé une seconde à Andy ? Il risque sa place !

– Ce n'est pas mon problème. S'il avait eu des goûts moins douteux, il n'en serait pas là ! crache-t-elle sans retenue.

Elle a perdu la raison.

– Mais qu'est-ce que je t'ai fait pour que tu me détestes à ce point ? Tu retrouves ta place de leader, tu vas pouvoir jouer la finale et être recrutée par l'une des meilleures équipes du pays. Tu as tout ce que tu désirais, alors pourquoi fais-tu ça ?

– Disons que c'est la cerise sur le gâteau.

– Tu veux quoi ? Que je te supplie ? Très bien. Je t'en conjure, ne dis rien. Dans quelques jours à peine, tu n'entendras plus jamais parler de moi.

– Ce n'est pas moi qui t'ai mise dans cette situation. Tu as fait ça comme une grande, maintenant il est temps d'assumer.

Arina me dévisage une dernière fois et part, l'air victorieux. Je prends ma tête entre mains et m'effondre en larmes même si ça ne peut rien changer. Les filles entrent au même moment et restent stupéfaites de me trouver dans cet état. Incapable de lutter, je regarde mes coéquipières, témoins de ma détresse.

– Vous pouvez dire aux coachs que je suis malade.

Avant qu'elles puissent m'interroger, je m'enfuis du gymnase pour me réfugier dans ma chambre.

J'envoie malgré tout un message à Andy.

Mac : *J'ai discuté avec Arina, c'est foutu.*

Mes larmes redoublent d'intensité.

Quand Jordane rentre de sa séance, je ne suis pas encore calmée. Je la sens s'asseoir au pied de mon lit.

– Mac, je ne t'ai jamais vue dans un état pareil. Dis-moi ce qui se passe, je peux peut-être t'aider.

– Tu ne peux pas, personne ne peut, marmonné-je entre deux sanglots.

– OK. S'il n'y a vraiment pas de solution, tu peux au moins m'expliquer le problème ? Ça te soulagera sans doute d'en parler à quelqu'un.

Je me retourne dans mon lit pour lui faire face. Je renifle pendant que Jordane me fixe, le regard empli de compassion. *Perdue pour perdue.* J'essaie de me reprendre une minute, inspire profondément et finis par tout lui raconter, y compris les suggestions d'Andy.

– Ça ne m'étonne pas d'elle, s'insurge-t-elle. On ne peut pas la laisser faire ça !

– J'ai beau retourner le problème dans tous les sens, il n'existe aucun moyen de l'arrêter.

Elle réfléchit un moment.

– Repose-toi. La nuit porte conseil, dit-elle en m'adressant un sourire de soutien.

Je soupire, désemparée par la situation et cette désagréable impression d'être pris au piège.

– Qu'est-ce que les coachs ont dit à propos de mon absence ?

– Rien. On leur a seulement expliqué que tu n'arrêtais pas de vomir et que c'était sans doute dû au stress de la finale. Je crois qu'ils nous ont crues, enfin surtout le coach Vaughn. Dors maintenant.

Aujourd'hui, je déjeune avec Gavin, mais nous sommes interrompus par Jordane qui débarque à notre table.

– Mac, viens avec moi dehors, s'il te plaît, requiert-elle.

Surprise, je m'exécute en m'excusant auprès de mon ami. Nous marchons quelques mètres en silence.

– Où va-t-on ? demandé-je enfin.

– Tu vas le comprendre dans une minute.

Elle s'arrête près d'un arbre et je découvre toute mon équipe réunie, même Gail est présente. Jordane se tourne vers moi.

– Je leur ai simplement dit que tu avais besoin d'aide et elles ont toutes rappliqué. Maintenant, répète-leur ce que tu m'as expliqué.

Je suis tellement reconnaissante qu'elles soient là sans même connaître les raisons, juste par solidarité. Je m'assieds et leur confie mon secret.

– La seule chose dont je sois coupable, c'est d'être tombée amoureuse, conclus-je d'une voix tremblante.

– Si Arina a vraiment pris rendez-vous avec le doyen, je le saurai, m'informe Gail.

– Parfait. Dès que tu as l'info, tu nous envoies un message et on débarque toutes pour le rendez-vous ! Le doyen ne pourra jamais virer l'équipe entière, il a trop à perdre ! explique alors Jordane.

– Je vous arrête tout de suite. Il n'est pas question que vous preniez un risque pareil ! m'interposé-je

– J'ai une meilleure idée, renchérit Jane.

Je suis en plein cours d'éthique journalistique quand mon téléphone vibre.

Arina a rendez-vous à 16 heures.
Sois présente cinq minutes avant !
Jo

Dès que la sonnerie retentit, je cours en direction du bureau du doyen. Les filles sont déjà là. Je les observe et me raccroche à leur détermination pour continuer d'y croire. Décidées, nous avançons et découvrons Arina vêtue d'un sublime tailleur-jupe noir, assise, qui patiente. Nous ignorons la secrétaire en pleine conversation téléphonique et nous dirigeons tout droit vers Arina. Elle se lève aussitôt pour nous faire face.

– Gail, franchement… J'aurais dû m'en douter. J'ai toujours su que tu étais une suiveuse. Tu t'es laissé monter la tête mais que tu es faible, ma pauvre !

Jordane avance d'un pas.

– Arina, on sait très bien pourquoi tu es là. Mac nous a tout raconté. Pourtant, tu ne vas pas le faire.

– Tiens donc ! Et pourquoi ça ? Vous pensez que créer un comité de soutien pour elle va m'empêcher de parler ? Ce n'est plus de la naïveté mais de la débilité à ce niveau-là !

– Je crois que c'est toi qui nous sous-estimes. Tu as beau être la meilleure, avoir les meilleures stats et le meilleur avenir, le volley est un sport qui se joue à six, alors comment feras-tu pour montrer tes talents si on déclare forfait ? s'emporte Jordane.

Pour la première fois de sa vie, Arina perd le contrôle de ses émotions et la colère inonde ses yeux d'habitude si froids.

– Je vous interdis de faire ça ! Vous mesurez l'enjeu de cette finale ? dit-elle si fort que la secrétaire tourne la tête dans notre direction.

– C'est justement parce qu'on en connaît la valeur qu'on peut très bien attendre l'année prochaine pour tenter de gagner. Hein, qu'est-ce que vous en pensez, les filles ? renchérit Jane en se tournant vers le reste de l'équipe.

Nous répondons « oui » en chœur.

– Vous êtes pitoyables et vous le resterez toute votre vie ! crache-t-elle avant de s'en aller, enragée.

Je soupire de soulagement après son départ. On laisse échapper un cri de victoire sans prêter attention au raffut que l'on provoque. Le doyen surgit pour savoir ce qui se passe. On grimace un sourire gêné avant de partir en courant. À l'extérieur, je les prends chacune dans mes bras, émue par leur preuve de solidarité.

J'envoie immédiatement un message à Andy pour lui raconter les derniers événements. Sa réponse ne se fait pas attendre.

Andy : *Je suis soulagé et heureux de l'apprendre, mais encore plus de savoir que la cohésion de votre équipe dépasse les limites du terrain. Comme quoi, ensemble, vous êtes capables de tout. C'est super, les filles !*

Je me voyais déjà remballer mes affaires et, grâce à elles, je vais jouer cette finale et vivre ce rêve ! Un sourire enthousiaste et reconnaissant se dessine sur mes lèvres tandis qu'un poids se libère de moi. Je suis prête à tout donner !

Jour de finale.

Nous avons passé notre journée au gymnase loin de la cohue qui patiente pour ce soir. Pour l'occasion, le match se déroulera au Chase Center à quelques kilomètres de l'université, une salle capable d'accueillir les dix-neuf mille spectateurs, un record de participation après celui de l'année dernière ! Je crois que les coachs ont essayé de nous préserver au maximum de la folie ambiante. Nous avons révisé les stratégies de jeu, examiné à nouveau des séquences de match du Wisconsin, en mettant l'accent sur la finale qu'ils ont disputée la saison précédente.

Il est temps d'entamer la partie pratique. Je crois qu'on n'a jamais été aussi concentrées que maintenant. Personne ne dit un mot, on entend seulement les ballons qui heurtent le sol, les baskets qui crissent sur le parquet et la voix des coachs. Tout le monde est dans sa bulle, mémorisant ses mouvements, ses déplacements.

Dans le bus qui nous conduit jusqu'au Chase Center, je glisse mes écouteurs dans mes oreilles pour rester focalisée sur le match. Aux abords de la salle, on découvre l'effervescence du public. C'est une véritable marée humaine rouge qui inonde les trottoirs. En effet, l'université du Wisconsin et celle de Stanford partagent les mêmes couleurs.

Nous pénétrons à l'intérieur. Le lieu nous en met immédiatement plein les yeux. C'est à la fois moderne et élégant. Quand nous entrons dans les vestiaires, je suis sans voix. En vrai fan, je dépose mes affaires sur le fauteuil de Stephen Curry[17] qui porte son nom. *J'espère qu'il me portera chance.*

On se change puis, dans un silence de plomb, Andy prend la parole avec l'aval de Vaughn.

– Ce soir, vous allez vivre un moment exceptionnel. J'espère que vous avez remarqué qu'à chaque match, l'ambiance dans la salle devient de plus en plus électrique. Imaginez ce soir, une véritable apothéose. N'hésitez pas à vous laisser porter par cette énergie incroyable quand ça vous paraît trop difficile. Vous ne voudriez pas décevoir votre public. Gardez à l'esprit que vous vous êtes battues pour en arriver là, à la sueur de votre front et de votre talent, rien d'autre. Vous n'avez pas volé votre place, vous l'avez méritée. Votre vie de volleyeuse sera ponctuée de moments similaires à celui-là, mais ce dernier aura toujours une valeur particulière car il restera à jamais le premier. Faites-en quelque chose d'unique, un souvenir auquel vous penserez toujours avec le sourire. Amusez-vous, prenez du plaisir mais n'oubliez pas que c'est un combat.

Andy nous tend un papier et pose un bocal au centre de la pièce.

– Avant de franchir cette porte, je veux que vous laissiez ici vos sentiments. Que vous soyez effrayées, tristes,

17. Joueur de basketball professionnel américain, considéré comme l'un des meilleurs tireurs trois points de l'histoire de la NBA.

amoureuses ou en colère, peu importe. Je vous demande de les écrire sur cette feuille et de les déposer à l'intérieur. Considérez que vous vous en êtes débarrassées et que, maintenant, plus rien ne compte à part cette finale. Je veux voir des guerrières sur le parquet, est-ce que c'est clair ?

– Oui, coach ! hurlons-nous en chœur.

Que le jeu commence !

CHAPITRE 23

En rang, nous quittons le vestiaire. Plus on se rapproche du terrain et plus les cris deviennent assourdissants. L'équipe du Wisconsin prend place près de nous en attendant que l'animateur nous invite à entrer. Tous les spectateurs sont debout, les acclamations et les cris de joie pleuvent dans les gradins. L'endroit est aux couleurs des deux universités : rouge et blanc. Cette ambiance électrique qui règne me prend directement aux tripes.

Nos visages défilent sur l'écran géant au centre du terrain. L'émotion est si forte que les larmes me montent aux yeux. À cet instant, je suis reconnaissante de pouvoir vivre un moment pareil. Nous nous réunissons pour un dernier cri, à peine audible, au beau milieu de cette foule en délire. L'arbitre siffle pour inviter les joueuses à prendre place.

Le Wisconsin obtient le service. Dès les premiers échanges, je sens qu'on n'a pas vraiment le droit à l'erreur. Le match est sous haute tension, personne ne veut laisser tomber le ballon. Quand j'entre à mon tour, je respire un grand coup et me permets une prière.

Je prends la place de la libéro et me répète les paroles d'Andy pour maintenir le cap. *La rage ! La rage ! La rage !* Au filet, les difficultés s'accumulent, l'équipe en face est un véritable mur. On ne parvient pas à trouver de solution et l'écart se creuse à leur avantage. Je sens bien que le poids de l'enjeu me paralyse, je n'arrive pas à surmonter ma peur de l'échec.

Le Wisconsin remporte le premier set. Malheureusement, pendant le deuxième set notre moral peine à remonter ! Les points défilent sans qu'on puisse arrêter le massacre, même Arina ne peut rien faire.

Pour le dernier set, Andy se place au milieu pour nous parler.

– Les filles, c'est maintenant ou jamais ! Vous voulez leur donner la coupe sans même vous battre ? Vous avez donc fait tout ça pour rien ? On peut rentrer maintenant si vous préférez ? Arrêtez de douter de vous, vous êtes en finale, putain !

Ses mots me piquent comme ils me secouent.

Nous tendons nos mains au centre, les posons les unes sur les autres et lançons notre cri de guerre. Avant de rejoindre le parquet, Andy nous attrape Jordane et moi.

– Décalez un peu au contre, l'attaquante déborde beaucoup à l'extérieur du terrain et quand vous montez, la balle sort systématiquement. Si vous poussez un peu plus vers la chaise de l'arbitre, le ballon prend la trajectoire opposée et tombe pile dans les trois mètres.

On hoche la tête et enregistre ses directives.

Avant que le set reprenne, je m'approche de Gail.

– En basket, celle-là, lui conseillé-je.

Gail acquiesce. Jordane sert et nous mettons tout de suite les conseils d'Andy en pratique. Premier point, première étape vers un retour de notre confiance. Jordane et moi sautons de joie. Nous prenons le temps de nous réunir au centre avec le reste de l'équipe. J'en profite pour glisser un mot à Gail.

– Sois créative à la passe, elles nous attendent à chaque fois au contre. Il faut que tu décales pour qu'on puisse les éviter. Où que tu envoies, on suivra !

– Entendu ! dit-elle, déterminée.

– Allez Stanford ! crions-nous en chœur.

Chacune reprend sa place et Jordane nous offre un service incroyable, dans l'angle droit, propre et efficace. Euphoriques, on lui tape dans la main pour l'encourager. Jordane sert à nouveau mais cette fois la balle revient, la libéro la réceptionne parfaitement et Gail me fait la passe, un peu plus poussée qu'à l'accoutumée.

Grâce à une mauvaise lecture de jeu, les filles en face montent au contre, me laissant le champ libre, et je frappe le ballon de toutes mes forces sur la ligne. Ce point rétablit ma confiance en moi.

Le score est serré mais je sens bien que la dynamique a changé de camp. Mes coéquipières ont retrouvé le sourire. La flamme de vaincre brûle à nouveau. Nous jouons différemment et ça paye. Nous réussissons à semer le doute dans leur esprit, et c'est exactement ce dont nous avons besoin.

Le troisième set dans la poche, ça sauve notre début de match désastreux. Pourtant, tout reste encore à faire. L'équipe adverse ne se laisse pas impressionner aussi facilement.

Dans ce quatrième set, elles prennent une avance dangereuse. Soudain, les paroles d'Andy me reviennent en mémoire. *N'hésitez pas à vous laisser porter par le public quand ça vous paraît difficile.* La poste quatre du Wisconsin place une magnifique balle au milieu du terrain et je profite du moment pour motiver celles au centre.

– On a besoin du public, maintenant ! déclaré-je d'un ton ferme.

– À quoi tu penses ? me demande aussitôt Jordane.

– On se retourne, on leur demande de se lever et d'applaudir.

Elles acquiescent et font face au public. Instantanément, les supporters jouent le jeu et on se laisse envahir par la force de leurs acclamations.

Gail feinte et passe la deuxième balle dans les trois mètres : point imparable. À mon tour de servir, je compte bien y mettre toute mon envie de gagner. Quand je vois la balle caresser magnifiquement la ligne, un sourire triomphant se dessine sur mon visage.

Point par point, nous rattrapons notre retard. La satisfaction est immense quand nous remportons le quatrième set. Tout se joue maintenant, au *tie-break*[18]. Il nous reste seulement quinze points pour faire la différence. Nous sommes toutes d'accord qu'il est impératif de varier notre jeu, pour réussir à créer la surprise et avoir des possibilités de marquer.

Je choisis de faire quelques feintes pour troubler la vision du jeu de mes adversaires. Le Wisconsin ne nous épargne pas, pour autant la sensation que mon équipe est invincible, à ce stade du jeu, est inébranlable.

La tension dans l'air est palpable, le public ne tient plus et j'essaie de garder le peu de souffle qu'il me reste pour cette dernière balle. Gail annonce qu'elle est pour moi. Elle se place en poste deux, Jordane court comme si elle comptait attaquer mais la balle passe juste au-dessus de la passeuse. Le contre est absent, la voie est libre. Je veux que ce point soit magistral, qu'il soit mémorable !

Les conseils d'Andy sur le sable me reviennent en mémoire. Je m'élance en ayant le sentiment de n'avoir jamais sauté aussi haut, avec la folle sensation d'avoir le filet qui m'arrive presque au nombril ! L'angle du fond me paraît idéal pour ce dernier coup de maître. Je frappe de toutes mes forces et le ballon atterrit pile au bon endroit.

18. Dans le cas d'un score à deux sets partout, les équipes jouent un cinquième set décisif, appelé *tie-break*. La première équipe ayant marqué quinze points (avec deux points d'écart minimum) remporte le cinquième set et le match.

La capitaine du Wisconsin demande un contrôle par vidéo à l'arbitre sur les conseils de son coach. Je n'ai aucun doute, je sais qu'elle est bonne. Tout le monde retient son souffle, les regards braqués sur les grands écrans. La vidéo confirme mes certitudes. L'arbitre donne le coup de sifflet final. Nous sommes en délire, le public aussi ainsi que nos coachs.

Les filles me sautent dessus avant que le reste du banc nous rejoigne. Les confettis tombent pour célébrer notre victoire. Les larmes sur nos joues et la coupe dans nos bras, nous crions de joie. On forme une ronde autour de nos coachs, animées par l'euphorie. Tout le monde se congratule. Quand Andy me serre contre lui, personne n'y prête attention. *À part mon cœur !*

Nous remercions l'équipe adverse avant de faire le tour du terrain pour saluer les supporters. En montant sur le podium, le bonheur est indescriptible. J'en savoure chaque seconde et je ne cesse de contempler cette médaille d'or autour de mon cou.

Je retrouve mes parents aussi heureux que moi. Mon père ne cache pas ses larmes de fierté. Je les serre tous les deux dans mes bras et les embrasse à tour de rôle. La surprise est immense quand je reconnais Gavin s'approcher de moi malgré la foule. Vêtu de son pull Stanford, rouge et blanc, c'est un vrai supporter ! À fleur de peau, je ne peux cacher mon émotion. Je suis tellement heureuse qu'il soit là que je l'étreins pour lui prouver ma gratitude. Je sais quel effort ça représente pour lui. Je profite de l'occasion pour le présenter à mes parents.

Les gradins se vident peu à peu, signe qu'il est temps de partir. Je propose à Gavin de se joindre à nous pour le dîner.

Je passe un merveilleux moment avec les personnes que j'aime le plus au monde. *Il en manque une...*

Mes parents sont sous le charme de Gavin. Je le sais à la façon de rire de mon père. Je suis toujours sur un petit nuage. Je les observe un à un, ne réalisant pas encore que je viens de gagner le championnat et que nous sommes réunis pour fêter cette victoire. J'ai l'impression de rêver.

Perdue dans mes pensées, je sens mon téléphone vibrer dans ma poche. Je le sors et découvre un message de « Molten » :

Rejoins-moi maintenant sur le terrain de beach, s'il te plaît.

Mon père mange tranquillement sa glace tandis que ma mère écoute attentivement les histoires de Gavin. Je fais mine de bâiller et elle le remarque aussitôt.

– C'est vrai que tu dois être sacrément fatiguée, ma chérie.

– Je dois admettre que la pression et le stress m'ont épuisée. L'adrénaline est en train de redescendre.

– Rentre te coucher, on se voit demain. Notre hôtel n'est pas très loin.

– Gavin, tu me ramènes ?

– Bien entendu.

J'embrasse mes parents pendant que mon ami les salue. À peine sommes-nous sortis du restaurant que Gavin se tourne vers moi.

– Menteuse, déclare-t-il sans préambule.

– Quoi ? dis-je innocemment.

– Au moment où ton téléphone s'allume, tu te sens soudain éreintée. C'est fou, cette coïncidence ! se moque-t-il ouvertement.

- C'était un message de ton frère.

– Qu'est-ce qu'il veut ? m'interroge-t-il en fronçant les sourcils.

– Tu peux me conduire au terrain de beach sur la plage ?

Il sourit à ma réplique.

– Évidemment ! Monte, petite dévergondée.

Quand Gavin gare la voiture sur le parking, il me retient un instant.

– Attention, faire l'amour sur la plage, c'est très désagréable, le sable, ça pique, tu es prévenue !

Je lève les yeux au ciel et claque la portière. Je souffle longuement avant que mes pieds ne caressent le sable. La peur et l'envie se livrent un duel dans ma poitrine. Je me demande pourquoi il m'a fait venir ici, aussi tard.

Je reconnais Andy près du brasero, assis, éclairé par les flammes. Dès qu'il m'aperçoit, il se relève et je le rejoins. À présent, face à face, mon cœur est en suspens. Il me regarde droit dans les yeux.

– On s'assied, si tu le veux bien, propose-t-il.

Quand je m'installe, je remarque près de lui la boîte que nous avons enterrée ici il y a quelques mois.

– Je t'ai fait venir parce que j'ai quelque chose d'important à te dire.

S'il te demande de le suivre au bout du monde, tu ne réfléchis pas, dis oui !

Un sourire timide s'étire sur mes lèvres.

– J'arrête, Mac. Je vais quitter l'université. Après le match, j'ai prévenu le coach Vaughn de ma décision.

Ses mots, comme des couteaux, s'enfoncent violemment dans ma poitrine. Mon sourire s'efface et les sanglots nouent ma gorge. Je me mords la lèvre pour ne pas flancher.

– Le temps est venu aussi d'être complètement honnête avec toi. Ça fait des mois que je te mens, mais je n'ai plus aucune raison de continuer.

Mon expression circonspecte trahit mon angoisse.

– Je ne comprends plus rien. Pourquoi m'avoir fait venir jusqu'ici pour me dire que tu t'es foutu de ma gueule depuis tout ce temps ?

Je suis à bout, épuisée par ces ascenseurs émotionnels.

– Écoute-moi jusqu'au bout, s'il te plaît, implore-t-il.

Andy se redresse sur ses genoux et se racle la gorge sans me quitter du regard.

– C'est ici que tout a commencé, pas vrai ? se moque-t-il en désignant cet endroit. En réalité, je crois que ça remonte au jour de mon arrivée, quand mes yeux se sont posés sur toi. Il s'est passé quelque chose à l'intérieur de moi. Sans pouvoir le nommer, j'ai rangé ça dans un coin de ma tête comme une simple attirance. Ta façon d'être sur un terrain me faisait tellement penser à moi, je me suis dit que je faisais un transfert. En fait, tout ça n'était que des excuses pour laisser cette drôle de sensation dans l'ombre. Seulement, au fil du temps, c'est devenu de plus en plus fort, et ça prenait de plus en plus de place. Quand j'ai goûté tes lèvres pour la première fois, je n'avais plus rien pour me cacher. Je devais admettre une évidence déconcertante. Je peux même te le prouver.

Andy ouvre la boîte et sort un petit carton blanc. Il le déballe pour faire apparaître un petit cœur rouge sur pieds. Andy remonte le mécanisme et le pose entre mes mains. Le voilà qui fait *clac-clac-clac-clac*.

– J'étais tellement chamboulé que j'ai passé la nuit à y repenser. J'ai cru que je pouvais l'enfouir dans le sable et l'oublier puis j'ai compris que le hasard n'existait pas. Lorsque je me suis rendu compte que ma carrière était finie, j'ai cru que ma vie l'était aussi. Le volley était le centre de mon univers, comment poursuivre sans ça ? Ensuite, tu es entrée dans ma vie et tu as rallumé la lumière de mon existence. Si j'avais continué mon parcours, nos chemins ne se seraient jamais croisés et j'aurais manqué l'occasion de ressentir la plus belle chose qui soit. Je suis persuadé que le destin t'a mise sur ma route. Mac, je suis éperdument amoureux de toi. Le soir où tu m'as offert ton corps, ton cœur a volé le mien. Depuis ce jour, je t'appartiens. Ce que j'ai ressenti pour toi était trop fort, trop profond, trop vrai. Il était clair que ma carrière ne faisait plus le poids face à toi. J'aurais pu tout plaquer sans même me retourner, mais il était inconcevable de te demander la même chose. Tu possèdes un talent indiscutable, tu dois réaliser tes rêves. Je refuse d'être un obstacle vers ta réussite. Je n'ai jamais douté de toi, Mac, jamais. Je me suis juste mis en retrait pour te laisser briller comme tu le mérites, tout simplement. Il n'y a pas eu un seul jour où je n'ai pas souhaité te prendre dans mes bras, humer ton parfum ou toucher ta peau mais je me suis accroché de toutes mes forces parce que ça en valait la peine. Cette victoire m'a donné raison, être témoin de ton succès valait ce sacrifice. Je t'ai vu devenir quelqu'un qui n'a plus peur de ses ambitions, qui ne regarde plus ses aspirations comme une montagne impossible à gravir, mais qui l'escalade pierre après pierre, sans avoir le vertige. Si tu ressens un tant soit peu la même chose que moi, j'aimerais que tu me permettes d'être la personne qui t'encourage, te tienne la main et te prenne dans ses bras quand tu atteindras les sommets. Je veux être la première personne à qui tu penses le moment venu.

Les larmes roulent sur mes joues tandis que ses yeux bruns attendent une réaction.

– Je cherche les mots justes pour répondre à la plus belle déclaration que j'aie jamais entendue.

– Dis-moi simplement que tu gardes mon cœur, demande-t-il en regardant le jouet qui fait toujours *clac-clac-clac-clac* dans mes mains.

J'ai attendu ce moment depuis des semaines, mais il est encore plus beau que dans mes rêves.

Je me jette à son cou et pose mes lèvres sur le meilleur endroit du monde. Ce baiser me guérit, allume mon âme, nous unit.

Andy approche sa bouche de mon oreille.

– Je t'aime plus que le volley, chuchote-t-il.

– Je t'aime plus…

Andy m'embrasse et m'empêche de terminer ma phrase.

– Un jour… Mais pas aujourd'hui, affirme-t-il en me serrant plus fort contre lui.

ÉPILOGUE

Los Angeles – Jeux olympiques 2028

Mesdames et messieurs, bonsoir !

Bienvenue sur NBC, je suis John White. C'est toujours un plaisir de vous retrouver ! J'espère que vous êtes confortablement installés, que les pizzas sont chaudes et le soda frais. Voici le moment que nous attendions tous ! L'Amérique décrochera peut-être sa quarantième médaille ce soir, alors ne ratez pas cet événement.

Nous allons retrouver nos deux commentateurs en direct de Los Angeles :

– Walter, vous m'entendez ?

– Parfaitement, John. C'est la folie ici, et si ça continue comme ça, nous n'aurons plus de voix à la fin de cette soirée.

– En effet, quelle ambiance ! Je vous laisse l'antenne, et allez les États-Unis !

Nous reprenons le direct de la chaîne, installés dans les tribunes destinées aux journalistes.

– Bonsoir Mesdames et Messieurs, si vous nous rejoignez, nous sommes en direct du Honda Center d'Anaheim pour la finale des Jeux olympiques de volley féminin. Pour commenter ce match, je ne me sépare jamais de mon binôme, Andy Spencer !

– Bonsoir Walter, bonsoir à celles et ceux qui nous regardent. Ce soir, nous allons en prendre plein les yeux !

– Ça vous rappelle de bons souvenirs ?

– Des vieux, surtout, plaisanté-je.

– Vous avez des pronostics pour cette finale ?

– Mon côté patriotique rêve d'une victoire des États-Unis et je ne pense pas que ce soit irréalisable. En revanche, ça va être extrêmement difficile parce que la Pologne, en face, est du genre coriace.

– Il me semble d'ailleurs que vous connaissez particulièrement bien trois joueuses sur le terrain ce soir.

– En effet, il y a quelques années, j'ai entraîné MacKenzie Miller, Arina Porokova et Jordane Weatherly. À l'époque déjà, elles rêvaient de ce match et, aujourd'hui, elles y sont pour leur première sélection en équipe nationale. C'est déjà un très beau parcours !

– À noter qu'Arina ne joue pas dans l'équipe américaine.

– Absolument, elle représente son pays d'origine. Le duel risque d'être explosif, car le feu affronte la glace ! Ça promet d'être spectaculaire.

– Tout à fait, ces joueuses sont pleines de ressources ; Miller a déjà un palmarès impressionnant. Elle a remporté le championnat national NCAA trois années consécutives avec son équipe universitaire de Stanford et on lui a remis deux distinctions en tant que meilleure centrale.

– Exact ! D'ailleurs, je vous conseille de rester jusqu'à la fin de ce match car j'ai moi aussi une distinction bien particulière pour elle.

– On a hâte Andy, on a hâte ! Les joueuses ont à présent terminé l'échauffement, place aux hymnes.

Le match commence enfin ! Je me dois de rester professionnel même si mes yeux sont sans cesse attirés par Mac. Je suis toujours aussi fasciné par son charisme, sa prestance sur le terrain. Mac est devenue la joueuse incroyable que j'avais imaginée. Je suis tellement fier d'elle. J'ai eu la chance de voir le magnifique papillon sortir de sa chrysalide.

– Clark a un service incroyable. Le radar a enregistré une pointe à soixante-quinze *miles*.

– Incroyable ! Je crois même que, statistiquement, son pourcentage d'échec est très faible. J'espère que la Pologne ne compte pas trop sur ça, commente mon partenaire.

– Les États-Unis mènent de deux points seulement. Clark sert à nouveau. C'est propre et puissant. Nowak fait la passe au centre pour Porokova. Weatherly et Miller montent au contre. Waouh ! Quel contre magnifique ! Connaissant Arina, c'est un coup dur ! Est-ce que vous entendez les supporters hurler : « Monster block » ? De quoi attiser un peu plus la rage de la jeune Polonaise, continué-je de décrire le match dans le micro.

Ce que je ne dirai jamais, c'est qu'Arina a été recrutée par Las Vegas Ramblers, une des meilleures équipes du pays. Seulement, au bout d'un an, elle a été transférée à Philadelphie, pour un motif « incompatibilité d'humeur ». Malheureusement pour elle, encore le même scénario. Arina a donc décidé de rentrer en Pologne. Ça devenait de plus en plus compliqué de trouver une équipe qui les accepte, elle et son ego.

Elle aurait pu participer aux Jeux olympiques 2024, mais son mauvais caractère lui a fermé des portes, les unes après les autres. Pourtant, il semblerait que le temps et l'âge aient fait des miracles. Arina se serait un peu assagie, la preuve ce soir.

Walter me sort alors de mes pensées.

– Je crois que les confettis seront aux couleurs des États-Unis !

– Les prochaines minutes seront décisives. Je pensais que la Pologne mettrait un peu plus notre équipe en difficulté.

– Et voilà la balle de match, Andy.

– Weatherly est au service. L'arbitre siffle, elle nous offre un dernier service basket de qualité. Kowalki fait une magnifique réception sur Nowac qui la passe à Zielinski qui attaque en diagonale. Harris la récupère proprement puis la renvoie sur Taylor qui sert Miller au centre. Attention, elle arme ! Porokova et Zielinski montent au contre et c'est un magnifique *block out* ! Le match est terminé ! Les Américaines sont championnes olympiques chez elles ! Un souvenir qu'on n'est pas près d'oublier ! Bravo aux deux équipes ! m'écrié-je dans le micro.

Le public est en délire, les confettis pleuvent sur le terrain et le drapeau américain flotte un peu partout dans les gradins. J'essuie d'un revers de la main une larme de fierté qui s'échappe quand l'un des membres du comité olympique passe la médaille autour du cou de Mac.

Le rêve de toute une vie.

– Andy, je crois qu'il est temps. Nos téléspectateurs s'impatientent, reprend mon collègue.

– En effet, il est temps, confirmé-je avec un sourire nerveux.

Je prends une grande inspiration et descends les marches qui me séparent du terrain. Je présente mon accréditation pour qu'on me laisse passer et me dirige vers les vestiaires. Le caméraman dans la confidence, m'attend là.

Je prends mon micro et me tourne vers la caméra.

– Je vais donc vous demander d'attendre avec moi que Mackenzie Miller soit sortie des vestiaires. Comme vous pouvez le constater, c'est encore l'effervescence ici. De nombreux journalistes du monde entier attendent également afin d'obtenir une entrevue avec les nouvelles championnes.

Quelques minutes à peine s'écoulent quand je l'aperçois enfin. Elle ne cache pas sa surprise de me trouver ici. Mac sait parfaitement que ce n'est pas mon rôle d'interviewer les sportifs après le match. Elle pense sans doute que ma présence est due à sa victoire. Ce qui n'est pas tout à fait faux. Indifférente aux caméras qui nous entourent, elle se jette dans mes bras et laisse échapper des larmes de joie. Je la serre contre moi avant de l'embrasser tendrement.

– Mackenzie, peut-on avoir tes premières impressions sur ce match extraordinaire ? demandé-je, l'air de rien.

– Eh bien... Euh... Très heureuse... On a fait un super parcours. Tous nos efforts n'ont pas été vains, nous sommes très fières de notre victoire, tente-t-elle de se reprendre.

Jordane arrive alors sur ses talons, un sourire victorieux sur les lèvres mais le regard complice. Mac lui jette un rapide coup d'œil avant de revenir à moi. Elle sent bien que quelque chose se trame.

– Pourquoi tu me regardes comme ça ? ricané-je au micro.

– C'est juste que c'est étonnant de te voir ici. Bryan est malade ?

– Bryan va très bien. Je suis venu car j'ai une surprise pour toi. Retourne-toi maintenant, dis-je en lui donnant un indice.

Mac regarde autour d'elle sans comprendre.

– L'écran géant, murmuré-je, le sourire aux lèvres.

Ses yeux s'écarquillent devant le gigantesque « VEUX-TU M'ÉPOUSER ? » inscrit dessus. Avant de mettre un genou à terre, je lui glisse à l'oreille.

– Je pensais tomber amoureux une seule fois, mais tous les jours, tu me prouves le contraire.

Les mains sur son visage, Mac se tourne vers moi bouche bée. Je l'admire et lui présente une bague de fiançailles scintillante dans son écrin. Elle reste sans voix avant de prononcer un « oui » empreint de larmes.

Je me redresse pour la prendre dans mes bras alors qu'autour de nous les applaudissements fusent. Dans ce brouhaha, j'arrive malgré tout à entendre les mots de Mac.

– Je t'aime plus que le volley.

Je prends son visage entre mes mains, un sourire indélébile sur les lèvres, et l'étreins amoureusement.

J'oublie que nous sommes toujours en direct. C'est le caméraman qui me ramène à la réalité en me tapant discrètement sur l'épaule.

– Pardon les amis ! Merci d'être restés jusqu'au bout et d'avoir partagé ce moment spécial avec nous. Je terminerai en citant Shakespeare : « L'amour est un feu qui brille dans les yeux de l'amant. » J'ajouterai à ces belles paroles que le bonheur envoie ton être dans les nuages. Belle soirée à vous. Je rends l'antenne !

Afin que la surprise soit vraiment parfaite, j'ai demandé aux parents de Mac, à ma mère et à Gavin de nous attendre à l'extérieur pour fêter ça. Mon frère est désormais styliste pour une grande marque de luxe française. Mac et lui passent tous les deux beaucoup de temps au téléphone, à défaut de se voir comme ils le souhaiteraient. J'espère que ça changera maintenant que nous nous installons à Modène en Italie pour la prochaine saison.

Assis tous ensemble au restaurant, je les observe un à un. Bien sûr, il manque mon père. Nous avons cessé de nous parler quand j'ai choisi de devenir commentateur sportif pour NBC. Il n'a pas supporté que je choisisse une autre chaîne que la sienne. Je ne regrette rien, ça a été la meilleure décision de ma vie. J'ai l'impression d'être sorti de ses griffes, tout comme Gavin. Bien sûr, il n'a pas oublié d'embarquer James dans ses bagages.

Ma mère est la seule à souffrir de cette situation, mais elle a compris qu'elle pouvait venir nous voir dès qu'elle le désirait. Elle s'est même offert un voyage à Paris pour voir mon frère, et il ne s'est pas privé de lui en mettre plein les yeux.

Enfin, mon regard se pose sur *elle*. Le sourire de Mac fait tourner mon monde, je donnerais ma vie pour la voir rire ainsi éternellement. Si le bonheur était un instant, je prendrais celui-là en photo.

Je suis vraiment un mec chanceux, bordel !

REMERCIEMENTS

En premier mes remerciements s'adressent à vous, lecteur·rice, merci d'avoir donné une chance à cette histoire, de l'avoir fait vivre pendant quelques heures entre vos mains. Si vous avez aimé l'univers du volley au milieu de ces pages, alors ce sera ma plus belle réussite.

Ensuite, je remercie celles qui m'ont poussée à écrire cette histoire. Ces femmes sont si inspirantes pour moi. Je commence par toi Steph, c'était ton idée, l'avenir nous dira si elle était bonne. Puis Milou, ma centrale préférée, ma binôme, à nos meilleurs fous rires. Aurélie T., une ola pour ton superbe service basket et à ton rire que j'adore ! Aurélie L. et ta super chorégraphie au service, inégalable ! Johanne, je l'écris noir sur blanc : je te pardonne pour ma cheville. Marion, Noëlle, et vos superbes récep. Merci les filles pour tous ces moments, ces souvenirs, merci d'avoir rendu mon aventure dans le volley aussi belle ! Une tendre pensée pour le COL et pour toutes les personnes qui ont partagé ces belles années et un gros big-up au club de Lunel-Viel.

Merci à Manon et aux Sandrine, d'être toujours là, de répondre présentes quand j'ai besoin de vous. Votre présence quoi qu'il arrive est si importante.

Merci à Sylvie d'avoir toujours cru en moi et en cette histoire si chère à mes yeux et merci à Julia d'avoir aussi bien repris le relais. Merci à Hugo pour sa confiance.

Dahlia, Delinda, Lily et Morgane, mes valeurs sûres. Merci de m'avoir écoutée pleurnicher, d'avoir respecté mes silences et de m'avoir soutenue dans ce processus d'écriture et merci aussi pour vos précieux conseils. Camille, merci de distiller tes recommandations avec toujours autant d'humour et de franchise.

Pauline G., Ellie Jade et Élodie Solare, mon trio infernal !

À Johan, Célia et Kentin, merci d'être aussi incroyables.

À mes parents, pour votre amour inconditionnel qui me porte chaque jour.

À Nathou et Caro, mes meilleures amies, mes piliers, merci pour votre amour, votre soutien de chaque instant, ça compte tellement !

À mon mari, pour ta patience et ta compréhension, pour ces longues soirées où je t'ai délaissé pour mon ordinateur ! Je t'aime.

À mes filles, lire la fierté dans vos yeux est ma plus belle réussite.

Et enfin merci à tous·tes ceux et celles que j'ai oublié de mentionner mais qui rendent cette aventure toujours plus belle.

Imprimé en France par CPI
en juillet 2024

Composition réalisée par Nord Compo à Villeneuve-d'Ascq

N° d'impression : 3057755